季羡林自选集

八大印章珍藏版

印章编号 3

— 季羡林自选集 —

一生的远行

季羡林 著

北京联合出版公司
Beijing United Publishing Co.,Ltd.

图书在版编目（CIP）数据

一生的远行 / 季羡林著. -- 北京：北京联合出版公司，2024.7
（季羡林自选集）
ISBN 978-7-5596-7667-2

Ⅰ.①一… Ⅱ.①季… Ⅲ.①散文集-中国-当代 Ⅳ.①I267

中国国家版本馆 CIP 数据核字 (2024) 第 105640 号

季羡林自选集：一生的远行
季羡林　著

出 品 人：赵红仕
选 题 策 划：外图凌零
统　　　筹：徐蕙蕙
特 约 编 辑：康舒悦　陈佳韵
责 任 编 辑：牛炜征
封 面 设 计：陶　雷
内 文 排 版：孟　迪

北京联合出版公司出版
（北京市西城区德外大街 83 号楼 9 层 100088）
北京联合天畅文化传播公司发行
武汉市盛宏源印务有限公司　新华书店经销
字数 205 千字　880 毫米 ×1230 毫米　1/32　8 印张
2024 年 7 月第 1 版　2024 年 7 月第 1 次印刷
ISBN 978-7-5596-7667-2
定价：42.00 元

版权所有，侵权必究
未经书面许可，不得以任何方式转载、复制、翻印本书部分或全部内容。
本书若有质量问题，请与本公司图书销售中心联系调换。电话：（010）64258472-800

代序 —— 做真实的自己

◎ 季羡林

在人的一生中,思想感情的变化总是难免的。连寿命比较短的人都无不如此,何况像我这样寿登耄耋的老人!

我们舞笔弄墨的所谓"文人",这种变化必然表现在文章中。到了老年,如果想出文集的话,怎样来处理这样一些思想感情前后有矛盾,甚至天翻地覆的矛盾的文章呢?这里就有两种办法。在过去,有一些文人,悔其少作,竭力掩盖自己幼年挂屁股帘的形象,尽量删削年轻时的文章,使自己成为一个一生一贯正确、思想感情总是前后一致的人。

我个人不赞成这种做法,认为这有点作伪的嫌疑。我主张,一个人一生是什么样子,年轻时怎样,中年怎样,老年又怎样,都应该如实地表达出来。在某一阶段上,自己的思想感情有了偏颇,甚至错误,绝不应加以掩饰,而应该堂堂正正地承认。这样的文章绝不应任意删削或者干脆抽掉，而应该完整地加以保留，以存真相。

在我的散文和杂文中，我的思想感情前后矛盾的现象，是颇能找出一些来的。比如对中国社会某一个阶段的歌颂，对某一个人的崇拜与歌颂，在写作的当时，我是真诚的；后来感到一点失望，我也是真诚的。这些文章，我都毫不加以删改，统统保留下来。不管现在看起来是多么幼稚，甚至多么荒谬，我都不加掩饰，目的仍然是存真。

像我这样性格的一个人，我是颇有点自知之明的。我离一个社会活动家，是有相当大的距离的。我本来希望像我的老师陈寅恪先生那样，淡泊以明志，宁静以致远，不求闻达，毕生从事学术研究，又决不是不关心国家大事，绝不是不爱国，那不是中国知识分子的传统。然而阴差阳错，我成了现在这样一个人。应景文章不能不写，写序也推托不掉，"春花秋月何时了，开会知多少"，会也不得不开。事与愿违，尘根难断，自己已垂垂老矣，改弦更张，只有俟诸来生了。

1995年3月18日

序二　　我尊敬的国学大师

◎ 梁　衡

季羡林先生是我尊敬的国学大师，但他的贡献和意义又远在其学问之上。我尝问先生："你所治之学，如吐火罗文，如大印度佛教，于今天何用？"他肃然答道："学问不问有用无用，只问精不精。"其严谨的治学态度发人深省。此其一令人尊敬。先生学问虽专、虽深，然文风晓畅朴实，散文尤美。就是有关佛学、中外文化交流、甚至如《糖史》这些很专的学术论著也深入浅出，条分缕析。虽学富五车，却水深愈静，绝无一丝卖弄。此其二令人尊敬。先生以教授身份居校园凡六十年，然放眼天下，心忧国事。常忆季荷池畔红砖小楼，拜访时，品评人事，说到动人处，竟眼含热泪。我曾问之，最佩服者何人。答曰："梁漱溟。"又问再有何人。答曰："彭德怀。"问其因，只为他们有骨气。联系"文化大革命"中，先生身陷牛棚，宁折不屈，士身不可辱，公心忧天下。此其三令人尊敬。

先生学问之衣钵，自有专业人士接而传之。然治学之志、文章之风、人格之美则应为学术界、全社会，尤其是青少年所学、所重。而这一切又都体现在先生的文章著作中。遂建议于先生全部著作中，选易普及之篇，面对一般读者，编一季文普及读本。于是有此选本问世，庶可体现初衷。

（梁衡，著名散文家。曾任原国家新闻出版署副署长、人民日报社副总编辑）

序三　　季羡林先生的道德文章

◎ 梁志刚

"季羡林自选集"丛书付梓在即，责编要求我写一篇序。初闻此言，颇感错愕：老朽何德何能，哪有资格为大师的文集作序？继而思之，季先生的同辈学人，已经渐去渐远，即使我的师兄师姐，也是寥若晨星。我作为先生的及门弟子和读者，同时还是先生传记的作者，谈点心得体会，作为引玉之砖，不但是必要的，而且是应该的。于是我鼓足勇气，写点一孔之见，与诸位读者交流。

说起季羡林先生的自选集，据我所知，最早是在1988年，北京师范学院出版社要求季先生自选精华，编成《季羡林学术论著自选集》。季先生从过去几十年所写的200万字的学术著作中，选出几十篇，还为这本集子写了自序。他发现，所选文章基本上都是考证方面的，这说明，自己的兴趣和能力即在于此。清代大文豪姚鼐说:"天下学问之事,有义理、文章、考证三者之分,异趋而同为不可废。"

20世纪80年代中期以前,季羡林的治学主要是考证。他师承陈寅恪和瓦尔德施米特,认为考证是做学问的必由之路。至于考证的方法,他十分佩服并身体力行胡适提出的"大胆的假设,小心的求证"。他认为,过去批判这两句话,批判一些人,是在极左思想的支配下,以形而上学冒充辩证法来进行的。他反对把结论当成先验的真理,不许怀疑,只准阐释,代圣人立言,为经典作注。他认为这样只能使学术堕落。他说:"我过去五六十年的学术活动,走的基本上是一条考证的道路。""考证要达到什么目的呢?无非是寻求真理而已。""什么叫真理?大家的理解也未必一致。有的人心目中的真理有伦理意义。我不认为是这样。我觉得,事情是什么样子,你就说它是什么样子。这是唯物主义,同时也是真理。"要想了解季羡林是如何考证、如何寻求真理的,请读一读本丛书中的《季羡林谈佛》。

季羡林曾经多次说"不喜欢义理"。可是在20世纪80年代中后期,他在"义理"的研究方面,投入了不少的精力,取得了可喜的成果。其原因是,他看到,西方文化引领世界数百年,给人类带来前所未有的利益,同时也造成了巨大的生存危机,诸如环境污染、人口爆炸、淡水不足、气候变暖、臭氧出洞、物种灭绝、战争频发、贫富差距扩大等等。他在思考人类的出路在哪里。当然不只是季羡林,世界上有些有识之士也在考虑同样的问题。英国的汤因比对人类文明的发展趋势进行了深刻的反思,日本的池田大作在考虑如何把"战争与暴力的世纪"改造成"和平与共生的世纪",并与季羡林展开隔空对谈。季羡林从中国古代圣贤那里受到启发,提出了"天人合一"的新解,主张人与自然和谐相处;在人与人、国与国的关系方面,主张和为贵,和而不同,建立和谐世界;在东西方文化关系方面,主张坚持"拿来",强调"送去",用东方的药,治西方的病;他提出"河东河西论",大胆预言:21世纪将是中国的世纪。这些,为建立人类命运共同体理念提供了理论支撑。我们这套丛书中的《季羡林谈国学》《季羡林谈东西方文化》无疑是其代表作品。

至于文章,季羡林先生是广受读者欢迎的散文大家。他笔耕七十余载,创作散文五百余篇,其中许多是脍炙人口、清新隽永的名篇。1980年香港文学研究社出版的《季羡林选集》和1986年北京大学出版社出版的《季羡林散文集》就是较早的散文自选集。在这前一本书的跋和后一本书的自序中,他详细介绍了自己的创作过程和"惨淡经营"的创作理念。此后,各家出版单位编辑出版的季羡林散文集可以说数不胜数。记得2006年初,有一家出版社找到我,要编一本季先生的学者散文。我去医院请示季先生,季先生说:"我的散文已经出了七八种,有的还没有经过我同意。这些书大同小异,你选这几篇,他选那几篇,重复的不少。这对读者不负责任。你不要凑这个热闹。人家不编的,你编。"本套丛书大多是散文。对季先生的散文,方家评论多矣,我这里只引用林江东的评语——"季先生散文的特点是:在朴实中蕴含着优美,在静穆中饱含着热情,在飘逸秀丽中不失遒劲和锋刃,在淳朴亲切的娓娓道来中给人以强烈的震撼,在诙谐隽永的语言中蕴含着深刻的人生哲理,在行云流水般的字里行间凸显先生的人格魅力。"我认为此言不虚,读季先生的散文,确实是一种美的享受。

季羡林先生是著名翻译家,他的译著在三十卷《季羡林全集》中占三分之一。1994年初,中国工人出版社出版了一本季羡林译著自选集。季羡林为这本《沙恭达罗——中国翻译名家自选集·季羡林卷》写了篇小引,提出了一个十分重要的原则,"不改少作,意在存真"。他说:"除了明显的错误或者错排,其余的我一概不加改动,意在存真,给历史留下些真实的影子。有的作家到了老年拼命改动自己青年和中年时代的文章，好像一个老年人想借助美容院之力把自己修饰得返老还童。我认为此举不足取。"季羡林先生是这样说的，也是这样做的。他的《清华园日记》和早年许多著述，都是以本来面目示人。令人欣喜的是，本套丛书的编者，严格遵循作者的本意，不辞辛劳追根溯源，坚决剔除某些版本的不当修饰，奉献给读者的是季先生的原玉。

季羡林先生走了，留给我们丰厚的精神遗产。印刷机轰鸣，指示灯闪烁，一套新书很快就要和读者见面了。这套书里的文章是季先生亲自挑选，出版社精心打造的；是值得认真品读，值得珍藏，传诸后世的。季羡林说："我的工作主要是爬格子。几十年来，我已经爬出了上千万的字。这些东西都值得爬吗？我认为是值得的。我爬出的东西不见得都是精金粹玉，都是甘露醍醐，吃了能让人升天成仙，但是其中绝没有毒药，绝没有假冒伪劣，读了以后至少能让人获得点享受，能让人爱国、爱乡、爱人类、爱自然、爱儿童，爱一切美好的东西。总之一句话，能让人在精神境界中有所收益。"

季羡林被评为"感动中国"2006年度人物，评委们称赞他是"中国现代知识分子的一面旗帜和榜样"。他是如何做到的呢？在人生的最后岁月，季羡林考虑最多的是和谐。他对《人民日报》的记者说："要想达到个人和谐的境界，需要具备两个条件，良知和良能。知是认识，能是本领。良知是基础，良能是保障，两者缺一不可。知行合一，天人合一，方能和谐。良知是什么？概括起来就是八个字——爱国、孝亲、尊师、重友，这在中国传统文化中都有。一个人如果做到了这一点，就可以说他是个人和谐了，而每一个人都和谐了，那整个社会也就和谐了。"至于良能是什么，季羡林没有说。窃以为，从事不同的行业，良能当各有特色。而对学者与教师而言，季羡林为聊城大学题写的校训"敬业、博学、求实、创新"似可概括。良知和良能的完美结合，季羡林不仅是倡导者，而且是模范的实践者。限于篇幅，我不能展开讲，只能扼要说说。

说到爱国，这是中国知识分子的传统。季羡林先生提倡的爱国，是具有世界眼光的爱国，是和国际主义相统一的爱国，不是义和团式的"爱国"。那样的"爱国"其实是害国。1931年"九一八"事变后，20岁的季羡林和清华同学躺在铁轨上拦火车，去南京请愿要求政府出兵抗日；1942年，德国当局承认汪伪政权，季羡林和张维等留学生坚决反对汉奸政府，他们不顾生死，宣布自己"无国籍"；朝鲜战争爆发后，他积极签名，捐献稿费支援抗美援朝。他的爱国，更多表现在实际工作中，融汇在本职岗位的敬业里。20世纪80年代，他担任中国敦煌吐鲁番学会会长，针对"敦煌在中国，敦煌学在日本"的说法，响亮地提出"敦煌在中国，敦煌学在世界"的口号，带领我国敦煌学者与国际学术界密切合作开展敦煌学研究，取得了骄人的业绩，他本人更是在耄耋之年学术冲刺，完成了《糖史》和《吐火罗文A(焉耆文)〈弥勒会见记剧本〉译释》两部顶尖的科学巨著，为祖国争得了荣誉。季羡林的爱国，还表现在他深谙"天下兴亡，匹夫有责"的道理，针对那场给国家民族带来巨大灾难的十年浩劫，他主张总结亿金难买的深刻教训，绝不允许悲剧重演。他用自己的切身经历，和着血和泪写成《牛棚杂忆》，一时令"洛阳纸贵"。他还发出振聋发聩的四问，不仅震撼国人心灵，而且展现了一个有良知者对祖国的拳拳赤子之心。

季羡林提倡尊师，是以爱生为前提的。作为北京大学的资深教授，季羡林对学生如亲人，他为新生看行李的故事，几乎尽人皆知。我再说几件不那么家喻户晓的事。1964年新生入学，季羡林到男生宿舍看望新生，他看见盥洗室水槽里放着几个瓦盆，就问："怎么把尿盆放在这里？"我怯怯地说了句："不是尿盆。"季先生没有再说什么，第二天，系学生会通知：季先生自掏腰包买了二十个搪瓷脸盆，没有脸盆的同学可以来领。我虽然没有去领盆，但心里暖暖的。1980年海淀区人民代表选举，中文系一名女学生自荐参加竞选，结果代表没有选上，反遭大字报围攻。季副校长知道这名同学承受着巨大压力，吩咐身边工作人员暗中呵护，以免发生不测。1985年新生入学，一位从广东农村来的同学没有带被褥和棉衣，季先生发动老师们为他捐钱捐布票置办被褥，还找出自己的旧棉袄给他御寒。同学们都知道，季先生学问好，人更好，所以他深受学生的爱戴和崇敬。

季羡林先生为学为人都达到了很高的境界，绝非偶然。我们读他怀念师友的文章，可清楚地发现，他从恩师陈寅恪、汤用彤、胡适和瓦尔德施米特、西克、哈隆身上传承了什么，还有鞠思敏、王寿彭、胡也频、董秋芳、吴宓、朱光潜等对他的影响和帮助，原来他是站在大师的肩膀上啊！

读季先生的书，不难看出，他一生走过曲折的路。回国后的三十多年，他是在战争和一个接一个的运动中度过的。在极左乌云压城的时候，运动来了，他不停地检讨自己"智育第一、业务至上"的"修正主义"，运动一过，就"死不悔改、我行我素"。有人会说，这是典型的"人格分裂"。我认为不是。中国的知识分子，像陈寅恪那样始终清醒的是凤毛麟角。大多数人都与季羡林遭遇类似。我们要听其言，观其行。在高压下违心或诚心地检讨是"言"，是为了"过关"。而其行，坚持"死不悔改"，坚持业务至上，坚持教书育人，才是其良知使然。而且，季羡林死守一条底线，就是只检查自己，决不攻击他人，这才是更加难能可贵的。

不仅仅如此，有人问他，一生最敬佩什么人？他回答是彭德怀和梁漱溟，由此不难窥见他的风骨。季羡林晚年，致力于中华优秀传统文化的发掘和传承，他曾多次与人讨论"侠"和"士"的问题，可惜没有来得及写成文章。这样的文章只能由后人来写了。我相信我们这个伟大民族，一定能够出现越来越多造福人类的国侠和国士。

以上体会尽管浅陋,但是我的肺腑之言。遵照季先生吩咐,"假话全不说,真话不全说",就此打住。我想重复一句季先生对我耳提面命的话,作为这篇序的结尾:"记住,书好不好,读者说了算。"

2023年7月30日

于北京大兴

(梁志刚,季羡林的学生,《季羡林大传》作者)

目 录

第一辑　非洲之行 /001

科纳克里的红豆 　　　　　　　　　　　　003
马里的芒果城 　　　　　　　　　　　　　007
巴马科之夜 　　　　　　　　　　　　　　010
战斗吧，非洲！ 　　　　　　　　　　　　014

第二辑　下瀛洲 /021

游唐大招提寺 　　　　　　　　　　　　　023
下瀛洲 　　　　　　　　　　　　　　　　028
日本人之心 　　　　　　　　　　　　　　032

第三辑　尼泊尔随笔 /041

飞越珠穆朗玛峰 　　　　　　　　　　　　043
加德满都的狗 　　　　　　　　　　　　　045
乌鸦和鸽子 　　　　　　　　　　　　　　047
雾 　　　　　　　　　　　　　　　　　　050

神　牛	053
游巴德冈故宫和哈奴曼多卡宫	056
游兽主（Paśupati）大庙	059
望雪山——游图利凯尔	062
在特里普文大学	066
别加德满都	070

第四辑　曼谷行 /073

初抵曼谷	075
郑午楼博士	079
华侨崇圣大学开学典礼	086
鳄鱼湖	091
东方文化书院和陈贞煜博士	098
报德善堂与大峰祖师	103
帕塔亚帕塔亚	108
一只小猴	111
奇石馆	113

第五辑　神州游记 /117

游天池	119
在敦煌	122

观秦兵马俑	137
法门寺	144
石林颂	149
西双版纳礼赞	153
逛鬼城	158
游小三峡	164
洛阳牡丹	169
换了人间——北戴河杂感	172
虎门炮台	175
游石钟山记	178
登庐山	181
富春江上	185
访绍兴鲁迅故居	190
登黄山记	194
登蓬莱阁	210
延边行（小引）	215
我在延吉吃的第一顿饭	217
延吉风情	222
美人松	226
观天池	230

第一辑　非洲之行

1962年,季羡林出访埃及

科纳克里的红豆

我一来到科纳克里,立刻就爱上了这个风景如画的城市。谁又能不爱这样一个城市呢?它简直就是大西洋岸边的明珠,黑非洲土地上的花园。烟波浩渺的大洋从三面把它环抱起来。白天,潋滟的波光引人遐想;夜里,涛声震撼着全城的每一个角落,如万壑松声,如万马奔腾。全城到处都长满了芒果树,浓黑的树影遮蔽着每一条大街和小巷。开着大朵红花的高大的不知名的树木间杂在芒果树中间,鲜红浓绿,相映成趣。在这些树木中间,这里或那里,又耸出一棵棵参天的棕榈,尖顶直刺天空。这就更增加了热带风光的感觉。

不久,我就发现,这个城市之所以可爱,不仅由于它那美丽的风光。我没有研究过非洲历史,到黑非洲来还是第一次。但是,自从我对世界有一点知识的那天起,我就知道,非洲是白色老爷的天下。他们仗着船坚炮利,硬闯了进来。他们走到什么地方,什么地方就布满刀光火影,一片焦土,一片血泊。黑人同粮食、水果、象牙、黄金一起，被他们运走。不知道有多少万人从此流落他乡，几辈子流血流汗，做牛做马。然而白色老爷们还不满足，他们绘影图形，在普天下人民面前，把非洲人描绘成手执毒箭身刺花纹半裸体的野人。非洲人民辗转呻吟在水深火热中，几十年，几百年，多么漫长黑暗的夜啊！

然而，天终于亮了。人间换了，天地变了。非洲人民挣断了自己脖子上的枷锁，伸直了腰，再也不必在白色老爷面前低首下心了。我来到科纳克里，看到的是一派意气风发、欣欣向荣的气象。我在大街上遇到各种各样的人，有穿着工作服的工人，有牵着牛的农民，有挎着书包上学的小学生，有在街旁树下乘凉的老人，还有芒果树荫里游戏的儿童，以及身穿宽袍大袖坐在摩托车上飞驰的小伙子。看他们的眼神，都闪耀着希望的、幸福的光芒。他们一个个精神抖擞。看样子，不管眼前是崎岖的小路，还是阳关大道，他们都要走上去。即使没有路，他们也要用自己的双脚踏出一条路来。

我也曾在那些高大坚固的堡垒里遇到这些人。他们昂首横目控诉当年帝国主义分子所犯下的滔天罪行。他们现在不再是奴隶，而是顶天立地的人，凛然不可侵犯。这种凛然不可侵犯的气概最充分地表现在五一节的游行上。那一天，我们被邀请观礼。塞古·杜尔总统，所有的政治局委员和部长都亲自出席。我们坐在芒果树下搭起来的木头台子上，游行者踏着这些芒果树的浓荫在我们眼前川流不息地走过去，一走走了三个多小时。估计科纳克里全城的人有一多半都到这里来了。他们有的步行，有的坐在车上，表演着自己的行业：工人在织布、砌砖，农民在耕地、播种，渔民在撒网捕鱼，学生在写字、念书，商人在割肉、称菜，电话员不停地接线，会计员不住地算账。使我们在短暂的时间里能够看到几内亚人民生活的各个方面。男女小孩脖子上系着红色、黄色或绿色的领巾。这是国旗的颜色，小孩子系上这样的领巾，就仿佛是把祖国扛在自己肩上。他们载歌载舞，像一朵朵鲜花，给游行队伍带来了生气，给人们带来了希望。于是广场上、大街上，洋溢起一片欢悦之声，透过芒果树浓密的叶子，直上云霄。

走在队伍最后面的是武装部队。有步兵，也有炮兵，他们携带着各种各样的武器。我觉得，这时大地仿佛在他们脚下震动，海水仿佛停止了呼啸。于是那一片欢悦之声，又罩上了一层严肃威武，透过芒果树浓密的叶子，直上云霄。

中国人民同北非和东非的人民从邈远的古代起就有来往，这在历史上是有记载的。但是，几内亚远处西非，前有水天渺茫的大西洋，后有平沙无垠的撒哈拉，在旧时代，中国人是无法到这里来的。即使到了现代，在十年八年以前，在科纳克里，恐怕也很少看到中国人。但是，我们现在来到这里，却仿佛来到了老朋友的家，没有一点陌生的感觉。我们走在街上，小孩子用中国话高喊："你好！"卖报的小贩伸出大拇指，大声说："北京，毛泽东！""北京，周恩来！"连马路上值班的交通警察见到汽车里坐的是中国人，也连忙举手致敬。有的女孩子见了我们，有点腼腆，低头一笑，赶快转过身去，嘴里低声说着："中国人。"我们走到什么地方，什么地方就有和蔼的微笑、温暖的双手。深情厚谊就像环抱科纳克里的大西洋一样包围着我们，使我们感动。

正在这个时候，我忽然听说，在科纳克里可以找到红豆。中国人对于红豆向来有一种特殊的感情。我们的古人给它起了一个异常美妙动人的名字："相思子"。只是这一个名字就能勾起人们无限的情思。谁读了王维的"红豆生南国，春来发几枝。愿君多采撷，此物最相思"那一首著名的小诗，脑海里会不浮起一些美丽的联想呢？

一个星期日的傍晚，我们到科纳克里植物园里去捡红豆。在红豆树下，枯黄的叶子中，干瘪的豆荚上，一星星火焰似的鲜红，像撒上了朱砂，像踏碎了珊瑚，闪射出诱人的光芒。

正当我们全神贯注地捡着红豆的时候，蓦地听到有人搓着拇指和中指在我们耳旁发出了清脆的响声。我们抬头一看：一位穿着黑色西服、身体魁梧的几内亚朋友微笑着站在我们眼前。这个人好面熟，好像在哪里见过。我们脑海里像打了一个闪似的，立刻恍然大悟：他就是塞古·杜尔总统。原来他一个人开着一部车子出来闲逛。来到植物园，看到有中国朋友在这里，立刻走下车来，同我们每个人握手问好。他说了几句简单的话，就又开着车走了。

这难道不算是一场奇遇吗？在这样一个时候，在这样一个地方，竟遇到了中国人民的朋友塞古·杜尔总统。我觉得，手里的红豆仿佛立刻增加了分量，增添了鲜艳。

晚上回到旅馆，又把捡来的红豆拿出来欣赏。在灯光下，一粒粒都像红宝石似的闪闪烁烁。它们似乎更红，更可爱，闪出来的光芒更亮了。一刹那间，科纳克里的风物之美，这里人民的心地之美，仿佛都集中到这一颗颗小小的红豆上面来。它仿佛就是几内亚人民对中国人民的深情厚谊的结晶。连大西洋的涛声、芒果树的浓影，也仿佛都反映到这些小东西上面来。

我愿意把这些红豆带回国去，分赠给朋友们。一颗红豆，就是几内亚人民的一片心。让每一位中国朋友都能分享到几内亚人民对中国人民的情谊，让这种情谊的花朵开遍全中国，而且永远开下去。我自己还想把这些红豆当做永久的纪念。什么时候我怀念几内亚，什么时候我就拿出来看一看。我相信，只要我一看到这红豆，它立刻就会把我带回到科纳克里来。

1964年7月

马里的芒果城

早就听说珂里可乐①在马里是著名的芒果城。一看到公路两旁芒果树渐渐地多了起来,肥大的果实挂在树上,浓黑的阴影铺在地上,我心里就想:珂里可乐大概快要到了。

果然,汽车蓦地停在一棵高大的芒果树下面,在许多芒果摊子旁边。省长、政治书记、副市长、驻军首长,还有一大群厅长、局长,都站在那里欢迎我们,热情地向我们伸出了手。于是一双双友谊的手就紧紧地握在一起。

到马里的小城市里来,这还是第一次。走在路上的时候,我心里直翻腾,我感到有一些陌生,有一点不安。然而,现在一握到马里官员们那一些坚强有力的手,我感到温暖,感到热情与友谊;原来的那一些陌生不安的感觉立刻消逝得无影无踪了。我仿佛来到了老友的家里、兄弟的家里。

----
① 通译"库科罗"。

我们就怀着这样的心情,在这些热情的朋友的陪同下,到处参观。

当我们走近榨油厂和造船厂的时候,从远处就看到鲜艳的五星红旗同马里国旗并排飘扬在尼日尔河上面晴朗辽阔的天空中。从祖国到马里三万多里的距离仿佛一下子缩短了,我好像正在天安门前,看红旗在北京十月特有的蔚蓝的晴空中迎风招展。成群的马里工人站在红旗下面,用热烈的掌声迎接我们。他们的代表用不太熟练的法语致辞,欢迎他们的"中国同志",语短情长,动人心魄;他们对中国人民的热爱燃烧在心里,表露在脸上,汹涌在手上。他们用双手抓住我们的手,摇晃不停。这是工人们特有的手,长满了茧子,沾满了油污,坚实,有力,像老虎钳子一般。我感到温暖,感到热情与友谊。

工人们的笑容在我们眼前还没有消逝,我们已经来到了人民服务队,看到了队员们的笑容。他们一律军服、持枪,队伍排得整整齐齐,在大门口等候我们。这地方原来是法国的兵营,现在为马里人民所有。政府就从农村调集了一些青年,到这里来受军事训练,学习生产技术,学习文化。两年后,再回到农村去,使他们学到的东西在农村中生根、开花。这里是个好地方,背覆小山,前临尼日尔河。数人合抱的木棉高耸入云,树上开满了大朵的花。还有一种不知名的树,也开着大朵的红花。远远望去,像是一片朝霞、一团红云,像是落日的余晖、燃烧的火焰,把半边天染得通红,使我们的眼睛亮了起来。地上落满了红花,我们就踏着这些花朵,一处处参观,看学员上课、养鸡、用土法打铁、做木工活。时间虽不长,但是,学员们丰富多彩的生活、光辉灿烂的前景,给我们留下了深刻的印象。临别的时候,队长们跟过来同我们握手。这是马里军人的手,同样坚实有力;但是动作干净利落。我感到温暖,感到热情与友谊。

军人们的敬礼声在我们耳边还余音袅袅,我们已经来到了师范学校,听到了学员们的欢呼声。校长、政治书记、党的书记、全体教员、全体学生,倾校而出,站在那里,排成一字长蛇阵,让我们在他们面前走过。

中午,当我们到学校餐厅去吃饭的时候,一进餐厅,扑面而来一阵热烈的掌声。原来全体师生都来了。党的书记致欢迎词,热情洋溢地赞美伟大的中华人民共和国和牢不可破的中马友谊。当他高呼"中华人民共和国万岁""中马友谊万岁"的时候,全屋沸腾起来,掌声和欢呼声像疾风骤雨。刹那间,我回想到今天上午所遇到的人、所参观的地方,我简直不想离开这个几个钟头以前还感觉陌生的地方了。

但是,不行,当天下午我们必须赶回马里的首都巴马科,那里还有许多事情等着我们。于是,一吃完午饭,我们就回到那一棵高大的芒果树下。省长、副市长、书记和许多厅长、局长早就在那里等着欢送我们。这时正是中午,炎阳当顶,把火流洒下大地,热得使人喘不过气来。但是,铺在地上的芒果荫却仿佛比早晨更黑了。挂在树上的大芒果也仿佛比早晨更肥硕了。树下的芒果摊子仿佛比早晨更多了。这一切都似乎能带来清凉,驱除炎热。

正当马里朋友们在这里同我们握手告别的时候,冷不防,一个老妇人从一个芒果摊子旁边嗖地站了起来,飞跑到我们跟前,用双手紧紧地握住我们的手。她说着邦巴拉语,满面笑容。我们谁也不懂邦巴拉语;可是一点也用不着翻译,她的意思我们全懂了。她浑身上下都洋溢着一个马里普通老百姓对中国人民的深情厚谊,这就是最好的翻译。马里人民对于压迫他们的帝国主义、殖民主义者是怀着刻骨的仇恨的;而把同情和支持他们的反帝、反殖民主义斗争的中国人看做自己的朋友、兄弟,甚至说中国人就是马里人,今天这个老妇人表现的不正是这样一种感情吗?我们那两双不同肤色的手紧紧地握在一起,我激动得说不出话来。这是一双农民的手,很粗糙,上面还沾了些尘土和芒果汁,腻腻的,又黏又滑,但是我一点也不觉得它脏,我觉得它是世界上最干净的手,她是世界上最可爱的人。我感到温暖,感到热情与友谊。

1964年10月1日

巴马科之夜

巴马科之夜是平静的，平静得像是一潭止水，令人想不到身处闹市之中。高大的芒果树，局促在大树下的棕榈树，还有其他的开红花黄花的不知名的树，好像是都松了一口气，伸开了肥大的或者细小的叶子，尽情地享受夜风的清凉。它们也毫不吝惜地散发着浓郁的香气，这香气仿佛充塞了黑暗的夜空。中午将近五十摄氏度的炎热似乎还让它们留有余悸，趁这个好时候赶快松散一下吧，这样就能积聚更多的精力，明天再同炎阳搏斗。

马里的中午也确实够呛。炎阳像是一个大火轮，高悬中天，把炎热洒下大地，洒在一切山之巅，一切树之丛，一切屋顶上，一切街道上，整个大地仿佛变成了一个大火炉。在这时候，首当其冲的就是这些树木。它们站得最高，热流首先浇在它们头上。但是，它们挺直腰板，精神抖擞，连那些娇弱的花朵也都显出坚毅刚强的样子。就这样，这些树和花联合起来，把炎炎的阳光挡在上面，下面布上了片片的浓荫，供人们享受。

巴马科的人民显出了同树和花一样的风格，他们也在那里同炎阳搏斗。不管天气多么热，活动从不停止：商店都不关门，卖各种杂货的小摊仍然摆在芒果树荫中；街上还是人来人往，熙熙攘攘；穿着宽袍大袖的人们照样骑在机器脚踏车上，来回飞驰，热风把他们的衣服吹得鼓了起来，像是灌满了风的布帆。到处洋溢着一片生机、一团活力。

我是第一次来到马里，不知道这里以前的情况怎样；但是，我总觉得，这是一种新精神，一种鼓舞人心、振奋斗志的新精神。只有觉醒的、战斗的、先进的人民才能有这种精神。我曾在一个炎热的下午参加了在体育场举行的非洲青年大会。在那里我不但看到了马里的青年，而且还看到从刚果和葡属几内亚战斗前线来的青年。他们身着戎装，从他们身上仿佛还能嗅到浓烈的炮火气息。当他们振臂高呼控诉殖民主义的滔天罪行的时候，全场激起了暴风雨般的呼声和掌声。非洲的天空仿佛在他们头上颤抖，非洲的大地仿佛在他们脚下震动。刚才进场的时候，我实在感觉到热不可耐。我幻想有一件皮袍披在身上会多好呀，这样至少可以挡住外面的热气。但是，一看到这热烈的场面，我立刻振奋起来，我也欢呼鼓掌，同这些战士热烈地握手。这时候，我陡然感到遍体生凉，一点也不热了。

当然，真正的凉意只有夜间才有。巴马科之夜还是可爱的。在一天炎热之后，夜终于来了。炎阳已经隐退，头顶上没有了威胁。虽然气温仍在四十二摄氏度左右，但是同白天比起来，从尼日尔河上吹来的微风就颇带一些凉意了。动物和植物皆大欢喜。长街旁，短墙下，家家户户都出来乘凉。有的人点上了火炉，在那里煮晚饭。小摊子上点上了煤气灯，在灯火中，黑大的人影晃来晃去。看来人们的兴致都不坏，但是却寂静无哗，只有火炉中飘出来的轻烟袅袅地没入夜空。

这也是我们的好时候。我们参加中国大使馆举行的招待会。在会上，我们遇到了许多白天参观访问时已经见过面的马里朋友。虽然认识了不过才一天，但已经大有旧雨重逢之感了。我们也遇到了许多在马里工作的中国专家。看样子，他们都是单纯朴素的人，谦虚和气的人；但是他们做出来的事情却是十分不平凡。过去，马里是不长茶叶和甘蔗的。殖民主义者曾大吵大嚷，说是要帮助马里人民种茶树，种甘蔗。但是一种种了十几年，钱花了无数，人力费了无数，却不见一棵茶树、一根甘蔗长成。最后的结论是：马里是不适于种茶树和甘蔗的。现在，中国专家来了。他们不声不响，住在马里乡下，同农民一起劳动，一起生活，终于在那样同中国完全不同的气候条件下，让中国的甘蔗和茶树在马里生了根。他们自己也仿佛在马里生了根，马里人民把他们叫做"马里人"。他们赢得了从总统一直到一个普通人上上下下异口同声的赞誉。乡村里的孩子们看到他们老远就用中国话高喊："你好！"每年，当第一批芒果和香蕉熟了的时候，马里农民首先想到的就是他们，把果品先送来让他们尝鲜。现在，细长的甘蔗、矮矮的茶树，已经同高大的芒果树长在一起，浓翠相连，浑然一体，它们将永远成为中马两国人民永恒友谊的象征。难道说这不是一个奇迹吗？我觉得，创造这个奇迹的那些单纯朴素、谦虚和气的人们身上有什么东西闪耀着炫目的光芒，吸引住了我。同他们在一起，我感到骄傲，感到幸福。

我们也在夜里参加马里朋友为我们举办的招待会。有时候是在露天舞场里，看马里艺术家表演精彩的舞蹈。有时候是在一起吃晚饭。在这时候，访问过中国的马里朋友往往挤到我们身边来，娓娓不倦地对着我们，又像是对着自己，谈论他们在中国的见闻。他们绘形绘色地描述天安门和人民大会堂的庄严瑰丽，描述颐和园的绮丽风光。他们也谈到上海的摩天高楼、南京路上的车水马龙。也总忘不掉谈到杭州：西湖像是一面从天上掉下来的镶着翡翠边缘的明镜。无论谈到哪里，中国人民对他们的友情总是主要的话题。国家领导人、工厂里的工人、人民公社里的农民，连幼儿园的小孩子都对他们怀着真挚的感情，使他们永世难忘。他们谈着谈着，悠然神往，仿佛眼前不是在马里，而是在中国；眼前看到的仿佛不是芒果树，而是天安门、人民大会堂、颐和园、南京路和西湖。我听着听着，也悠然神往。我仿佛回到了祖国，眼前是祖国那如此多娇的江山。等到我一伸手捉到从栏杆外面探进来的芒果树枝的时候，我才恍如梦醒，知道自己是身在马里。我内心里深深感激着马里的朋友们，他们带我回了一趟祖国。

有一天，也就是在这样的一个夜里，我们几个人坐在中国大使馆的一个小院子里闲谈。周围是一些不知名的树。因为不知名，我们也就没有去注意。但是，刚一坐下，就有一股幽香沁入鼻中。我们异口同声地说道："是桂花！"我们到处搜寻，结果在一株枝条细长的树上找到了像桂花似的细小花朵，香气就是从那里面流出来的。不管树是不是桂花树，花香却确实像桂花香。我的心一动，立刻有一股乡思涌上心头。本来是平静的心，竟有点乱起来了。

乡思很难说是好东西，还是坏东西；是使人愉快的，还是使人痛苦的。但是，在这样一个亲切友好、斗志昂扬的国家里，有什么乡思，在这样一个夜里，有什么乡思，似乎是不应该的。中国古语说："四海之内，皆兄弟也。"在马里人的心目中，中国人就是兄弟。同马里人民待在一起，像中国专家那样，同他们一起生活，一起劳动，难道还不是人生最大的幸福吗？在马里闻到桂花香，难道不是同在中国一样令人高兴吗？我陡然觉得，我爱上了这个地方。如果有需要也有可能的话，我愿意长住下去，把自己那微薄的力量贡献给这个国家。

巴马科之夜是平静的，平静得像是一潭止水；但是它包含的东西却是丰富的。我应该感谢巴马科之夜，它给了我许多新的启示，它使我看到了许多新东西，它把我带到了一个新的境界。奇妙的巴马科之夜啊！

1965年7月18日

战斗吧，非洲！

不久前，从非洲大陆上传来了帝国主义杀人放火的消息，同时也送来了刚果（利）人民惊天动地的战鼓声，送来了许多非洲国家领导人和人民愤怒抗议的声音。

我的心又回到非洲去。

我曾经在不算太长的时间内两次访问非洲。我虽然没有到过刚果；但是北非和西非的许多国家我都到过。我曾访问过许多工厂、学校、乡村、城市，接触过成千上万的人，结识了不少的朋友。我到处看到的是一片欣欣向荣的朝气。我深深地爱上了这一个我久已向往的地方。

到非洲来的人第一个印象恐怕就是，这里国家多，人种复杂，语言分歧。如果你乘飞机，往往半小时或一小时，就飞过一个国家。一走下飞机，看到餐厅里面包的式样变了，人们嘴里说的话也变了，你就会知道：已经又换了一个国家。

但是，非洲人自己恐怕是不大会有这种感觉的。尽管他们的国家情况不同，社会制度也不完全一样。但是有一点他们是一致的。多少年来外来的殖民主义者残酷地剥削和压迫使他们有一种十分强烈、十分巩固的同命运共呼吸的感觉。在非洲，他们走到什么地方，都可以找到同情与支援；走到什么地方，都像是到了自己家里一样。据说，非洲的人出国旅行，有时候是用不着护照的。他们共同的历史、共同的命运就是最可靠的护照，此外还要什么护照呢？

在另外一点上，非洲人也是一致的，就是对中国人的友好态度。这一点同上面谈到的情况是有紧密的联系的。并不是所有的非洲国家都已经同我们建立了正式的外交关系，但是，非洲人民，不管是北非或西非，还是东非或南非，都是新中国的朋友。中国人走到什么地方都会受到欢迎。哪怕是坐在火车上、汽车上，或者甚至乘飞机过路，都可以看到热情的目光、微笑的面孔。

我曾到过阿联[①]的塞得港。这个港口城市曾遭到帝国主义者的严重破坏。英勇的阿联人民打败了侵略者，到今天才不过几年，破坏的痕迹一点也看不出来了，全城建设得焕然一新，比原来的城市还要漂亮。我们一到，就受到当地官员的热情招待。不管我们的汽车是走在闹市中，还是小胡同里，站在街道两旁的大人们总向我们点头微笑，而小孩子们则成群结队地跟在我们汽车后面跑，拍着小手，嘴里还喊着什么，一团热情温暖的气氛。这是什么原因呢？一位阿联朋友回答了这个问题："在我们最艰难困苦的日子里，是中国人民支持了我们，让我们在挫折中看到胜利，在黑暗中看到光明。这一点是我们永世难忘的。"

我曾在阿尔及利亚遇到一些老游击队员。多少年战火和牢狱的锻炼，使他们看上去坚毅像苍松，雄健如山鹰。他们每个人都有一段不平

[①] 全称"阿拉伯联合共和国"（United Arab Republic）。1958年2月由埃及同叙利亚合并组成。1961年9月叙利亚脱离后，单指埃及。1971年9月改名阿拉伯埃及共和国。

凡的历史，或者手执武器同敌人搏斗，或者被敌人关在牢里忍受难以形容的折磨，或者在阿尔及尔和其他城市里做地下工作，"把脑袋提在手里"（用他们自己的生动的说法），同敌人的密探周旋于大街小巷中，一个极其微小的疏忽就能把性命送掉。在他们最苦难的日子里，首先伸出支援之手的是中国和其他国家。"中国"这个词对他们说来就十分亲切，听到它，眼前一片光明，心头一团温暖。他们搏斗下去，终于赢得了最后的胜利。现在见到了中国兄弟，怎能不倾诉一下自己的胸怀呢？他们根本不管我们听懂听不懂，只是絮絮地讲下去。我的法国话不太灵，但是主要内容是听得懂的。我想，即使我一句法国话都不懂，我照样可以听懂他们的话。他们那有力的握手、充满了激情的眼睛、洋溢着无限热情的声音不已经把自己的心完完全全地托给我们了吗？

我在马里也曾遇到许多同样激动人心的场面。著名的芒果城珂里可乐造船厂和炼油厂的工人们那热烈欢迎的盛况，中马两国国旗并排地飘扬在尼日尔河晴朗的上空中那动人的情景，师范学校学生们高呼"中华人民共和国万岁"那激昂的声音，一个乡村农妇匆匆地跑过来紧握我们手时那一股热情，这一切都使我终生难忘。

同样使我难忘的还有一件小事，也可以说是一件大事。有一天中午，天气十分炎热，气温已经远远超过了四十度。我们完成了上午的参观节目，正走在回招待所去的路上。走过一条大街的时候，前面开了红灯，我们的车子只好停下来。这时后面又开上来了一辆车子，同我们的车并排着停在那里。我只看到司机是一个马里青年，双目炯炯发光。还没有等我把他的面貌看清楚，绿灯亮了。他蓦地一回头，看到我们车里的中国人，温和地一笑，说了一声："中国同志，很好。"车子就风一般地开走了。这件事情发生在半秒钟之内，可是留给我的印象却是百年也难以磨灭的。

另外，还有一件使我难以忘怀的事情。有一天下午，我们接连着参观了三个小学。小学生有的年龄很小,看上去不过五六岁;最大的也不过十一二岁。我们走进正在上课的教室,我们的面孔大概对他们十分陌生,他们显然有点惊愕。老师示意鼓掌,他们勉强拍了几下。但是,当老师一告诉他们,这是从中国来的伯伯和叔叔,他们的眼睛蓦地亮了起来,微笑压住了惊愕,立即响起了春雷般的掌声。每个学校是这样,每一个班也是这样。在他们小小的心灵里,"中国"这个字谁知道有多大分量呢?

我曾在几内亚住了两个星期。时间不算太长,但是遇到的动人心魄的事情却不算少。在首都科纳克里的街上,小孩子们会用中国话向我们说:"你好。"有些小孩子成群结队地高呼"北京——毛泽东""北京——周恩来"。值岗的警察看到插着中国国旗的汽车,连忙举手致敬,满面笑容。有一次,我们遇到一辆运送兵士的大卡车。看到我们的车走过,一个士兵匆匆忙忙地站了起来,敬了一个礼。在科纳克里,这都是常常遇到的很平常的事情。但是其中所透露的却是十分不平常的感情。

当我们从科纳克里到金迪亚去访问的时候,沿途几百里路,我们所遇到的工人、农民、警察,男、女、老、幼,只要看到我们,几乎都招手示意,或者点头微笑。沿途山清水秀,柳暗花明,路有多长,几内亚人民对中国人民的友谊就有多长,一直把我们陪到金迪亚。到了金迪亚,自然风光之美似乎更增加了,人们的友谊也似乎更增加了。在著名的果品研究所的果子园里,我们走在万木丛中,上下左右全给绿色包围了起来。各种各样的芒果累累垂垂地挂满了树枝,有的竟压到地面上。还有金黄色的大橘子、像马头那样大的不知名的水果,都引人注目。就在这里,我们遇到了一群男女工人。我们走过去,他们鼓掌欢迎;我们走回来,他们又鼓掌欢迎。自然之美和情谊之美在我们心里交融起来,让我们感动,让我们陶醉。我想,如果我们再从金迪亚走上去的话,几内亚人民的友谊还会陪我们走上去。这友谊是决不会枯竭的。

上面说的这一些事例，是说也说不完的。我们到处受到这样的欢迎，难道是由于我们自己有什么了不起的地方、对非洲人民做了不知多少好事因而引起他们对我们的尊敬吗？不，决不是这样。只有特别狂妄的人才会这样想的。像我这样的人，人家根本不知道我姓什么叫什么，而且也并不想去知道，他们的兴趣不在这里。出国的时候，我们往往印上一些名片。在某些时候，在某些地方，这些名片确实也有一些用处，未可一概抹煞。但是，在广大的群众中，比如走在大街上，参加集会，访问一个大学、中学或小学，参观一个工厂，名片就英雄无用武之地。谁也不会在这时候把名片掏出来，一一散发。人家也决不要求你这样做。科纳克里的小孩子向我们高呼"北京——毛泽东""北京——周恩来"，这是很耐人寻味的。他们觉得，这些伟大而响亮的名字就能代表我们所有的名字；我们觉得，他们的想法完全正确。在更多的情况下，他们只是说一声"中国朋友""中国同志""中国兄弟"，或者干脆只说"中国人"，这也就很够很够，也就能代表一切了。我们伟大的祖国已经给我们每一个人刻好了一张名片："中国人"。

非洲人民世世代代为外来的殖民主义者所压迫、所剥削。他们的血肉养肥了西方新老殖民主义的老爷们，而自己却处在水深火热之中，过着牛马不如的生活。身体遭到摧残，智慧遭到压抑。今天他们觉醒了，他们要打碎套在脖子上的枷锁，他们要战斗。帝国主义者手执利刃，张牙舞爪，要扑灭他们。但是他们要战斗。一些别有用心的人劝他们安静，但是他们要战斗。革命的道路总不会是直的，现在和将来都可能遭到这样的或那样的失败和挫折，但是他们要战斗。现在刚果（利）人民的斗志不是减弱了，而是增强了；他们的战略和战术不是失灵了，而是更加灵活机动了。他们意气风发，而帝国主义则惊慌失措。谁胜谁败，瞭如观火。战斗吧,非洲!全中国人民、全世界一切反对帝国主义的人民支持你们。

1965年1月10日

第二辑 下瀛洲

1986年6月,季羡林先生在日本早稻田大学演讲

游唐大招提寺

多么凑巧的事情,又是多么可喜的事情!唐大和尚鉴真回国探亲,我们在北京刚见过面;他回到日本不久,我们又来探望参拜他了。

一走进唐大招提寺,我们仿佛回到了祖国。此地的一草一木,一梁一柱,无不让我们感到亲切可爱。连踏在脚下的砂粒,似乎也与别处不同。我们的心情又兴奋,又宁静;又肃穆,又虔诚。我们明确地意识到,这不是一个普普通通的地方,这是一个神圣的地方;这是中日两国人民悠久的传统友谊结晶的地方,决不能等闲视之。

我们现在看到的当然是历历在目的大殿、经堂、佛像、神龛。但是我的心却一下子回到了一千多年以前的历史上去,回到鉴真生活的时代中去。这样的经历我从前曾经有过一次,那是在印度瞻谒玄奘遗迹的时候。我当时曾看到玄奘的身影无所不在。今天,印度换成了日本,玄奘换成鉴真了。同玄奘一样，鉴真的面貌我们都是熟悉的。我现在在这一座古寺里到处看到的就是鉴真的慈祥肃穆的面容。我仿佛看到他慈眉善目，庞眉铺目，到处烧香礼佛。看到他盘腿坐在莲花座上，讲经说法，为天皇、皇太子、贵族、平民传法授戒。他在整个寺院里让人搀扶着来来往往地行走。我不但能看到他的身影，而且能听到他的声音，虽然我并说不出，他的声音究竟是个什么样子。我们今天满怀虔敬之心踏在这一座古寺的土地上。我们知道，这一座古寺的每一寸土地都留有鉴真的足迹。我们脚下踏着的就是鉴真当年留下的足迹。因此，我们的步履轻而又轻，谨慎而又谨慎。特别是当我们走过一座重门深锁的院落的时候，我们的步子更轻了，我们仿佛在临深履薄，戒慎恐惧。这院落"庭院深深深几许"，在望之如云端仙境的重楼上，鉴真的漆像就作为国宝保存在那里。这门是经常锁着的。我们不由得面向楼阁深处，合十致敬。

鉴真爱不爱日本人民呢？他当然是爱的。他怀着满腔炽热的感情爱日本，爱日本人民。他同中国人民一样，深深地体会到中日两国人民的亲密关系，决心为日本人民牺牲自己的一切，把他认为能济世度人的佛法传到日本去。为了日本人民的幸福，他毅然决然离开了自己的祖国。在当时想到日本去，简直难于上青天。今天讲一衣带水，形容两国邻近，非常轻松，非常惬意。然而海中波涛滚滚，龙蛇飞舞，用木头造的船横渡，其艰险决非今日所能想象。鉴真尝试过几次，都失败了，最后终于九死一生，到了日本。如果对日本人民不抱有最深沉的爱，能做到这一步吗？他到日本时，双目已完全失明，什么东西都看不见了。但是，我相信，他能够看到一切。他看到的日本、日本人民、日本的自然风光，决不比任何人少，而且会比任何人都更多，更深刻。他看到了别人看不到的东西，他看到了日本人民的心。他的心同日本人民的心共同跳动，"心有灵犀一点通"。他们心心相印。就凭着这一点，虽然他不懂日本语言——我猜想，他初到日本时是不懂当地的语言的——他却完全能同日本各阶层的人民交流思想,沟通感情。日本人民的喜怒哀乐就是他的喜怒哀乐。他同日本人民浑然一体。"海为龙世界,天是鸟家乡",日本就成了他的海,成了他的天了。

鉴真会不会怀念祖国呢?当然会的。他同样也是怀着满腔炽热的感情爱着自己的伟大的祖国。否则他决不会在离开祖国一千多年以后又不远千里不顾年老体衰仆仆风尘回国探亲。不但探望了扬州,而且还探望了他离开祖国时还不存在的首都北京。他是一位高僧,不会有什么尘世俗念。但是爱国之情是人们最基本的感情,高僧也不能例外。遥想他当年远离祖国,寄身异邦,每天在礼佛讲经之余,一灯荧然,焚香静坐,殿外的春花秋月、夏雨冬雪,难免逗起一腔怀乡之情。檐边铁马的叮咚不会让他想到扬州古寺中的铁马吗?日本古代大俳句家松尾芭蕉非常了解鉴真的心情。他有一首著名的俳句,前有小引:"唐招提寺开山祖鉴真和尚来日时,于船中遇难七十余次。其间,因海风侵袭双目,终成盲圣。今日拜谒尊像,得诗一首。"诗云:

新叶滴翠,
摘来拂拭尊师泪。(林林译)

像鉴真这样的高僧,断七情,绝六欲,眼中的泪珠从何而来呢?除了因怀念祖国而流泪之外,还能有什么原因呢?大诗人芭蕉不愧是真正的诗人,他能深切体会鉴真的心情,发而为诗,才写出这样感人的诗句,使我们今天的人,不管是中国人,还是日本人,读到它,还为之感动不已。

我们中国人,不管读没读过芭蕉的名句,好像都能体会鉴真爱国思乡的心情。因此,当他这次回国探亲时,不管走到什么地方,扬州也好,北京也好,他都受到热烈的欢迎。今天他看到的祖国同他当年的祖国相比，已经完完全全变了样子；但是，祖国的人民、祖国人民的心，特别是对他那一片赤诚之心，则是一点也没有变的。我想，鉴真是完全擦干了眼泪带着微笑回到他的第二祖国日本去的吧！即使在日本再呆上几百年，甚至几千年，他内心里也感到欣慰吧！

中国人民对鉴真的敬爱还表现在另外一个方面。今天，凡是到日本来的中国人，只要有可能，没有不到唐大招提寺来参谒的。我们几个人现在就来到了这里。我走在这一座清净肃穆的大寺院里，花木扶疏，竹石掩映，到处干干净净，宛然一处人间仙境。但是我心中却是思潮腾涌，片刻不停，上下数千年，纵横数千里，遍照三世，神驰四极，对眼前的景物有时候视而不见。连自己走过的道路也有时候清楚，有时候不清楚。在不知不觉中，我们终于来到了鉴真的墓塔跟前。这一座墓塔并不特别高大巍峨，同中国常见的高僧墓塔样子和大小都差不多。这里就是鉴真永远安息的地方。我亲眼看到，日本人民男女老少成群结队，怀着极端虔敬的心情，到这里来参谒墓塔。走近墓塔的时候，他们面容严肃，脚步迈得轻轻的，唯恐惊扰了墓中的高僧。鉴真活着的时候，为日本人民的利益而牺牲了自己的一切。到了今天，他圆寂已经一千多年了，他仍然活在日本人民心中，他好像仍然生活在日本人民中间，天天受到他们的礼敬。鉴真死而有知，他一定感到莫大的欣慰吧！

墓塔的周围，茂树参天，绿竹挺秀，更显得特别清幽闃静。离开墓塔不远，有一片荷塘。此时正是夏天，塘里荷花盛开。这里的荷花很有点特色，花瓣全是白的，只有顶上有一抹鲜红，闪出红彤彤的光，宛如富士山雪峰顶上照上一片红霞。我在中国许多地方，世界上许多地方，都看到过荷花；在荷花的故乡印度也看到过荷花。白荷花、红荷花，甚至蓝荷花、黄荷花，都看到过。但是像鉴真墓旁这样的荷花却从来没有见过。难道是富士山之灵钟于荷花上面了吗？难道是鉴真的神灵飞附到这荷花瓣上来了吗？

不管我是多么依恋唐大招提寺，多么依恋鉴真的墓塔，多么依恋池塘里的荷花，我们的活动是有时间限制的。经过了两三个小时的漫游，我们终于必须离开了。我们怀着依依难舍的心情，一步三回首，慢慢地踱出了这一座举世闻名的古寺。登上汽车以后，仍然从车窗里回望那些巍峨的大殿楼阁，直至车子转弯，它的影子完全消失为止。这些影子在眼前消失了，然而却落入我的心灵深处，将永远留在那里。

敬爱的鉴真大和尚！我们暂时告别了。倘若有朝一日我还能来到日本，我一定再来参谒你。我会从祖国最神圣的地方，最神圣的一棵树上，采下一片最神圣的嫩叶，来拂拭你眼中的泪珠。

1980年7月23日于日本箱根写草稿
1985年1月29日于北京抄毕

下瀛洲

我仿佛正飞向一个古老又充满了神话的世界，心里有点激动，又有点好奇。但我又知道，这是一个崭新的完完全全现实的世界；我的心情又平静下来……

我就是怀着这样复杂多变的心情，平静地坐在机舱内。飞机正飞行在万米高空。我觉得，仿佛是自己生上了翅膀，"排空驭气奔如电"，飞行的是我自己，而不是飞机。下面是茫茫云海。大地上的东西，什么都看不到。但是，从时间上来推算，我大体上能知道，下面是什么地方。两个多小时以后，茫茫云海并没有改变。但是我明确地知道，下面是大海。又过了一些时候，飞行速度似乎在下降。不久，凭机窗俯望，就看到海岸像一抹绿痕：日本到了。

我是第一次到日本来。但是我从小就读了大量关于日本的书籍，什么瀛洲，什么蓬莱三岛。虽然我不大懂这些东西，"山在虚无缥缈间"，可是日本对我并不陌生。今天我竟然来到了这里。对来过的人说来，也许是司空见惯的事。对我说来，却是满怀新奇之感。机舱中那种复杂的心情，又向我袭来。我不禁有点兴奋起来了。

同行的一位青年教师说："来到日本，似乎是出了国，又似乎没有出。"短短几句话很形象地道出了一个中国人初到日本的心情。事情确实是这样。时间只相隔两三个小时，短到让我们决不会想到自己已经远适异域，东京大街上的招牌、匾额，甚至连警察厅的许多通告和条例，基本上都是汉字，我们一看就能明白。街上接踵联袂的行人，面孔又同我们差不多。说是已经身在异国，似乎是不大可信。从前一位中国诗人到了法国巴黎，写了两句有名的诗："对月略能推汉历，看花苦为译秦名。"在东京，也同在巴黎一样，是在国外；但是我们却决不会有这样的感觉。"月是故乡明"，在日本也同样地明了，至于花，好多花的名字，中日文是一致的。倘若我们不仔细留意，我们决不会感到，我们已经是在离开祖国几千里外的异域了。

但是，最重要的还不是这些表面上的东西，而是日本人民的心。近两三年来，我在北京大学接待过几十个日本代表团。其中有重要的政治家，有著名的学者和作家，有年高德劭的大和尚，有老人，有青年，有男子，有妇女。他们的职业和经历都是完全不同的，政治见解也是五花八门。但是，他们几乎都有一颗对中国人民诚挚的心。他们对于中国过去的文化曾经帮助过日本这一件事，表示由衷地感谢；对于极少数军国主义者给中国人民造成的灾难，又表示真诚地内疚。我曾多次为这样一颗颗的心而感动。我感到，从我们嘴里说出的和我们耳朵里听到的"中日人民世世代代友好下去"这一句话，表示了我们两国人民的真诚愿望，决不是一句空洞的话。

就在不久以前，我招待一个日本大学校长代表团。团长是一位学自然科学的大学校长。他纯朴热情，诚挚忠厚，真正是一位学者。看样子，他并不擅长辞令，但是说出来的话却句句能激动人心。在一次宴会上，喝了几杯茅台之后，他脸上泛起了一点红潮，样子已经有几分酒意了。他站起来讲话，又讲到日中文化关系，讲到日本军国主义者对中国人民的骚扰。这些话并没有新的内容，我已经听过许多遍，毫不陌生了。但是，现在从这样一位学者口中说出来，却似乎有异常的力量，让我永远难忘。

今天我自己来到了日本，接触到许多日本学者，接触到广大的日本人民。尽管我不能同所有的日本人民都谈话；但是，从一粒沙中可以看到宇宙，从少数日本朋友的谈话中，我仿佛听到了广大日本人民的声音。我在国内从日本代表团那里得到的印象，今天都完全得到了证实。

日本这个国家，整个就是一座大花园。到处树木翁郁，绿草芊芊，很难找到一块不干净的地方。如果你想丢掉一团用不着的废纸什么的，那还真不容易，你简直找不到一块可以丢废纸的地方。家家户户，不管庭院有多么小，总要栽上一点花木。最常见的是一种矮而肥的绿松，枝干挺拔，绿意逼人。衬托着后面的小楼，看上去令人怡情悦目。

至于住在这里的人，都彬彬有礼，"谢谢！""对不起！"经常挂在嘴上。日本人民九十度的鞠躬是闻名全世界的。

但是，彬彬有礼并不等于慢慢腾腾。初到日本的人，大概都会感到，日本人走路、办事，都是急急忙忙，精神高度集中。连穿着高跟鞋走路的女士们，也都像赶路似的，脊背挺直，精神抖擞，得、得、得一溜小跑。好像前面有什么东西吸引着，后面有什么东西追赶着。日本人重视工作，重视工作效率、重视时间，决不肯浪费一点时间的。有的外国人把日本人描绘为"只知道工作的蜜蜂""工作中毒"等等。这些说法，我觉得丝毫没有讽刺的意思，而是充满了敬佩与赞美。第二次世界大战结束时，日本战败了，国破家亡，疮痍满目，过了一段非常艰苦的日子。一直到今天，年纪大一点的人，谈起来还心有余悸。然而在短短的一二十年中，他们又勇敢地站了起来。创造了让全世界都瞠目结舌的奇迹。这似乎难以理解，实际上却非常自然。联想到我上面说到的日本人民的那种精神，创造些子奇迹，又有什么可以吃惊的呢?

我今天来到的就是这样一个国家：既陌生，又熟悉；既有神话，又有现实；既属于历史，又属于当前；既显得很远，又显得很近；既令人惊诧难解，又令人感到顺理成章。向这样一个国家和人民，我们有许多东西是可以学习的。如果说从前的蓬莱、瀛洲都隐在一团虚无缥缈的神话的迷雾中，那么今天的日本却明明白白、毫不含糊地摆在我的眼前。我就这样怀着好奇而又激动的矛盾心情，开始了对日本的访问。

1981年7月原稿
1982年1月4日抄完

日本人之心

今年五月,我应邀访问日本,曾在早稻田大学讲演过一次。题目是日本主人出的,叫做"东洋之心"。由于自己水平低,又是临时抱佛脚,从理论上来看,讲演内容确实是卑之无甚高论。但是,在参观日本名胜古迹过程中,也就是说,在实践方面,我深有体会,好像是摸到了日本人之心。下面就写两件小事。

诗仙堂

我从来没有听说过诗仙堂的名字,我们的日程安排上也没有。我们从京都到岚山的路上,汽车忽然在一座园子门前停了下来,主人说,这里是有名的诗仙堂。

大门是用竹竿编成的,门旁立着一块石碑,上面镌着三个汉字：诗仙堂。门上有匾，横书三个汉字：小有洞。我们一下子仿佛回到了祖国，在江南苏州一带访问一座名园。我们到日本以后，从来没有置身异域的感觉。今天来到这里，心理距离更消泯得无影无踪了。

进门是石阶，阶尽处是木头结构的房子，同日本其他地方的房子差不多。整个园子并不大，但是房屋整洁，结构紧凑；庭院中有小桥流水，通幽曲径，枝头繁花，水中涟漪，林中鸟鸣，幽篁蝉声，一下子把我们带进了一个清幽的仙境。

小园中的一切更加深了我们在门前所得的印象：整个园子泛溢着浓烈的中国风味。我们到处看到汉字匾额，堂名、轩名、楼名，无一不是汉字，什么啸月楼，什么残月轩，什么跃渊轩，什么老梅关，对我们说来，无一不亲切、熟悉，心中油然升起故园之情。

园子的创建人是四百多年前天正十一年，公历1583年诞生的石川丈山。他是著名的文人和书法家，受过很深的中国文化的熏陶，能写汉诗。这是他晚年隐居的地方。根据宽永二十年、公历1643年林罗山所撰的《诗仙堂记》，石川早岁入仕，五十六岁时，辞官建诗仙堂，"而后丈人不出，而善仕老母以养之，游事艺阳者有年矣。至于杯圈口泽之气存焉，抛毛义之檄，乃来洛阳，相攸于台麓一乘寺边，伐恶木，刜奥草，决疏沮洳，搜剔山脚，新肯堂，揭中华诗人三十六辈之小影于壁上，写其诗各一首于侧，号曰诗仙堂"。这就是诗仙堂的来源。三十六诗人以宋代陈与义为首，其下是宋黄庭坚、宋欧阳修、宋梅尧臣、宋林逋、唐寒山、唐杜牧、唐李贺、唐刘禹锡、唐韩愈、唐韦应物、唐储光羲、唐高适、唐王维、唐李白、唐杜审言、晋谢灵运、汉苏武、晋陶潜、宋鲍照、唐陈子昂、唐杜甫、唐孟浩然、唐岑参、唐王昌龄、唐刘长卿、唐柳宗元、唐白居易、唐卢仝、唐李商隐、唐灵彻、宋邵雍、宋苏舜钦、宋苏轼、宋陈师道、宋曾几。选择的标准看来并不明确，其中有隐逸诗，有僧人诗，有儒家诗，有官吏诗，花样颇多，总的倾向是符合石川那种隐逸的心情的。三十六诗仙都是中国著名的诗人，可见中国诗歌对他影响之大，也可见他沉浸于中国文化之深。在诗仙堂中其他的轩堂里，还可以看到石川手书的《朱子家训》、"福禄寿"三个大字，还有"既饱"两个大汉字。石川深通汉诗，酷爱中国儒家思想。从诗仙堂整个气氛中，可以看出他对中国文化了解之深、热爱之切。我相信，今天来这里参观的中国人，谁都会萌发亲切温暖之感，自然而然地想到中日两国文化关系之源远流长，两国人民友谊之既深且厚。回天无方，缩地有术，诗仙堂仿佛一下子把我带回了祖国，不禁发思古之幽情了。

但是，一转瞬间，我却发现，不管诗仙堂怎样触动了我的心，真正震动我的灵魂的还不是诗仙堂本身，而是一群年纪不过十四五岁的女中学生，她们都穿着整整齐齐的中学生制服，朴素大方，神态自若。我不大了解日本中学生的情况。据说一放暑假，男女中小学生都一律外出旅行。到祖国各地参观，认识祖国。我这次访日，大概正值放暑假，我在所有我经过的车站上，都看到成群结队的小学生，坐在地上，或者站在那里，等候火车，活泼而不喧闹，整齐而不死板，给人留下深刻的印象。在诗仙堂里，我们也遇到了他们。因为看惯了，最初我并没有怎么介意。但是，我一抬头，却看到一个女孩子对着我们微笑。我也报之以微笑。没想到，她竟走上前来，同我握手。我不懂日本话；我猜想，日本中学生都学习英语，便用英语试探着同她搭话：

"Do you speak English?"

"Yes, I do."

"How do you do?"

"Well, thank you!"

"What are you doing here?"

"We are travelling during summer vacation."

"May I ask, what is your name?"

"My name is……"

她说了一个日本名字,我没有听清楚,也没有再去追问。因为,我觉得,人之相知,贵相知心,区区姓名是无所谓的。只要我知道,我眼前站着的是一个日本少女,这也就足够足够了。

我们站在那里交谈了几句,这一个小女孩,还有她的那一群小伙伴,个个笑容满面,无拘无束,眼睛里流露出一缕天真无邪的光辉,仿佛一无恐惧,二无疑虑,大大方方,坦坦荡荡,似乎眼前站的不是一个异域之人,而是自己的亲人。我们仿佛早就熟识了,这一次是久别重逢。我相信,这一群小女孩中没有哪一个曾来过中国,她们为什么对中国不感到陌生呢?难道说这一所到处洋溢着中国文化芳香的诗仙堂在无形中,在潜移默化中起了作用,让中日两国人民之心更容易接近吗?我无法回答。按年龄来说,我比她们大好几倍,而且交流思想用的还是第三国的语言。但是,所有这一切都没能成为我们互相理解的障碍。到了现在,我才仿佛真正触摸到了日本人之心,比我在早稻田大学讲演时对东洋之心了解得深刻多了,具体多了。我感到无比地欣慰。"同是东洋地上人,相逢何必曾相识?"连今后能不能再会面,我也没有很去关心。日本的少女成千上万,哪一个都能代表日本人之心,又何必刻舟求剑,一定要记住这一个少女呢?

箱　根

箱根算是我的旧游之地。上一次来到这里,只住了一夜,因而对箱根只留下了一个朦胧的印象;虽然朦胧,却是非常美的;也可以说,唯其朦胧,所以才美。

我们到达饭店的时候,天已经晚下来了。我们会见了主人室伏佑厚的夫人千津子，他的大女儿厚子和外孙女朋子。我抱起了小朋子，这一位刚会说话的小女孩偎依在我的怀里，并不认生。室伏先生早就对我说，要我为朋子祝福，现在算是祝福了。室伏先生说，朋子这个名字来源于"我们的朋友遍天下"这一句话。这一家人对中国感情之深厚概可想见了。他们想在小孩子心中也埋下友谊的种子。室伏先生自己访问中国已达数十次，女婿三友量顺博士和二女儿法子也常奔波于两国之间，在学术界和经济界缩紧友谊的纽带。同这样一家人在一起，我们感到异常地温暖，不是很自然的吗？

晚饭以后，我们走出旅馆，到外面湖滨上散步。此时万籁俱寂，月色迷蒙。缕缕的白云像柳絮一般缓缓飘来，仿佛伸手就能抓到一把。路旁的绿草和绿色灌木，头顶上的绿树，在白天，一定是汇成了弥漫天地的绿色；此时，在月光和电灯光下，在白云的障蔽中，绿色转黑，只能感到是绿色，眼睛却看不出是绿来了，只闪出一片黑油油的青光。茫茫的芦湖变成了一团暗影，湖上和岸边，什么东西都看不清楚。就因为不清楚，我的幻想反而更有了驰骋的余地。我可以幻想这里是人间仙境，我可以幻想这里是蓬莱三山。我可以幻想这，我可以幻想那，越幻想越美妙，越美妙越幻想，到了最后，我自己也糊涂起来：我是在人间吗？不，不！这里决非人间；我是在天堂乐园吗？不，不！这里也决非天堂乐园。人间天上都不能如此美妙绝伦。我现在所在的地方成了一个地地道道的人间仙境了。

夜里我做了一个仙境的梦。第二天，我们没能看到芦湖的真面目，就匆匆离开。只有这一个仙境的梦伴随着我，一转眼就是几年。

现在我又来到了箱根。

邀请我的还是同一个主人：室伏佑厚先生。他同法子小姐和女婿三友量顺先生亲自陪我们乘汽车来到这里。上一次同来的日本东京大学名誉教授中村元博士也赶来聚会。室伏夫人和长女厚子、外孙女朋子都来了。朋子长大了几岁,反而有点腼腆起来;她又有了一个小妹妹,活泼可爱,满脸淘气的神气。我们在王子饭店里热热闹闹地吃了一顿十分丰盛的晚餐,很晚才回到卧室。这一夜,我又做了一个仙境的梦。

第二天,一大早晨,我就一个人走出了旅馆的圆厅,走到芦湖岸边,想看一看上一次没能看到的芦湖真面目。我脑海中的那一个在迷蒙月色下的人间仙境一般的芦湖不见了——那一个芦湖是十分美妙绝伦的。现在展现在我眼前的芦湖,山清水秀,空翠弥天;失掉了那朦胧迷幻的美,却增添了真实澄澈的美——这一个芦湖同样是十分美妙绝伦的。哪一个芦湖更美呢?我说不出,也用不着说出,我强烈地爱上了两个芦湖。

又过了一天的早晨,我又到芦湖岸边散步,这一次不是我孤身一人,主人室伏佑厚先生、法子小姐和三友量顺先生都陪来了。以前我没能真正认识芦湖,"不识芦湖真面目,只缘身在此湖中"。今天,我站在湖边上,仿佛是脱离开了芦湖,我想仔仔细细地认识一番。但是湖上云烟缭绕,真面目仍然无法辨认。我且同主人父女在湖边草地上漫步吧!

我们边走边谈,芦湖似乎存在,又似乎不存在。散策绿草地,悠然见芦湖。我好几次都有陶渊明悠然见南山的感觉。我们走过两棵松树,样子非常像黄山的迎客松。我告诉主人,我想为它取名迎客松。主人微笑首肯,认为这是一个好名字。他望着茫茫的湖水,告诉我说,在黄昏时分,湖上会落满了野鸭子。现在是早晨,鸭子都飞到山林里面去了,我们一只也看不到。话音未落,湖上云气转淡,在伸入水中的木桥头上,落着一只野鸭子。此时晨风微拂,寂无人声,仿佛在整个宇宙这一只野鸭子是唯一活着的东西。我们都大喜过望,轻手轻脚地走上木桥。从远处看到野鸭子屁股下面有一个白白的东西。我们一走近,野鸭子展翅飞走,白白的东西就拿在我们手中,原来是一个圆圆的鸭蛋。我们都非常兴奋,回看那一只野鸭已经飞入白云中,绕了几个圈子,落到湖对岸的绿树林里,从此就无影无踪了。

当我们从浮桥上走回岸边的时候,有四个老年的日本妇女正踏上浮桥。我们打一个招呼,就各走各的路了。此时,湖水依然茫茫渺渺,白云依然忽浓忽淡。大概因为时间还很早,湖上一只船都没有。岸边绿草如茵,花木扶疏,我心头不禁涌现出来了一句诗:"宫花寂寞红。"这里的花也有类似的情况:园花寂寞红。除了湖水拍岸的声音之外,什么声音也没有。我们几个人好像成了主宰宇宙沉浮的主人。我心里有说不出来的一种滋味,有点失神落魄了。猛回头,才发现室伏先生没有跟上我们,他站在浮桥上,正同那几个老妇人聊天。过了一会儿,他终于同那四个妇女一齐朝我们走来。室伏先生把她们一一介绍给我。原来她们都是退休的女教师,现在来箱根旅游。她们每个人都拿出了小本本,让我写几个字。我自然而然地想到那两句著名的古诗:

海内存知己,
天涯若比邻。

于是我就把这两句诗写在每人的小本本上,合拍了一张照片,又客套了几句,就分手了。

我原以为这不过是萍水相逢,虽然感人,但却短暂,没有十分去留意。但是,我回国以后不久就接到一封日本来信,署名的就是那四位日本退休女教师。又过了不久,一盒装潢十分雅致漂亮的日本横滨名产小点心寄到我手中。我真正感动极了,这真是大大地出我意料。我现在把她们的信抄在下面,以志雪泥鸿爪:

季羡林先生：

前些日子有幸在箱根王子饭店见到您，并承先生赐字，一起合影留念，不胜感激。我将万分珍视这次意想不到的初次会面。

从室伏那儿得知先生在贵国担任着重要的工作。望多多保重身体，并祝先生取得更大的成绩。

昨天我给先生寄去了横滨传统的点心——喜乐煎饼，请先生和各位品尝，如能合先生口味，将不胜欣慰。

请向担任翻译的女士问候。

四年前我曾去贵国做过一次愉快的旅行，在北京住了三天，在大同住了三天。

我思念中国，怀念平易近人的先生，并期待着能与先生再次见面。怀此心情给您写了这封信。

归山绫子
6月28日
（李强译）

信写得朴素无华，却充满了感情。我立刻写了封回信：

归山绫子女士并其他诸位女士：

大札奉悉，赐寄横滨名产喜乐煎饼，也已收到，感荷无量。

箱根邂逅诸位女士，给我留下了深刻的印象，将永远忆念难忘。从你们身上可以看到中日人民之间的友谊确实是根深蒂固，源远流长。我们两国人民一定能世世代代永远友好下去。

敬请
暑安

季羡林
1986年7月12日

这确实是一件小事，前后不过半个小时。在人生的长河中，这不过是一个涟漪，一个小水泡。然而它显然深深地印在四位日本普通妇女的记忆中；通过她们的来信也深深地印在我的记忆中。借用佛家的说法，这叫做缘分。缘分一词似乎有点迷信。如果我们换一个词儿，叫做偶然性，似乎就非常妥当了。缘分也罢，偶然性也罢，其背后都有其必然性，这就是中日两国人民之间的深情厚谊，这是几千年中形成的一种情谊，不会因个别小事而被抹掉。

　　呜呼，吾老矣！但自认还是老而不朽。在过去半个多世纪中，我对日本没有什么研究，又由于过去的个人经历，对日本决没有什么好感。经过最近几年同日本朋友的来往，又两度访问日本，我彻底改变了看法，而且也逐渐改变了感情。通过同室伏佑厚先生一家人的交往，又邂逅了这样四位日本妇女，我现在真仿佛看到了日本人之心。我希望，而且相信，中日两国人民都能互相看到对方的心，世世代代永远友好下去这一句大家熟悉的话将不仅仅是一句口号了。我馨香祝之。

1986年7月28日晨于庐山

第三辑 尼泊尔随笔

1986 年，季羡林在尼泊尔留影，背后是珠穆朗玛峰

飞越珠穆朗玛峰

我们的专机从北京起飞，云天万里，浩浩茫茫，大约三个多小时以后，机上的服务人员说，下面是西藏的拉萨。我们赶快转向机窗，瞪大了眼睛向下看：雪峰林立，有如大海怒涛，在看上去是一个小山沟沟里，错错落落，有几处房舍，有名的布达拉宫，白白的一片，清清楚楚地映入我们的眼帘。

一转瞬间，下面的景象完全变了。雅鲁藏布江像一条深绿色的带子蜿蜒于万山丛中。中国古代谢朓的诗说："澄江净如练。"我们现在看到的却不是一条白练，而是一条绿玉带。

又过了不久，机上的服务人员又告诉我们说，下面是珠穆朗玛峰。我们又赶快凭窗向下张望。但是万山耸立，个个都戴着一顶雪白的帽子，都是千古雪峰，太阳照在上面，发出刺眼的白光，真可以说是宇宙奇观。可是究竟哪一个是珠峰呢？机组人员中形成了两个"学派"：一个是机右说，一个是机左说。我们都是外行，听起来，公说公有理，婆说婆有理，也没有法子请出一个权威来加以评断。难道能请珠峰天女自己来向我们举手报告吗？

此时一秒值千金，我无暇来参加两个学派的研讨，我费上最大的力量，把眼睛瞪大到最大可能的限度，下望万峰千岭。有时候我觉得这一座山峰像是珠峰，但是一转瞬间，另一座雪峰突兀峥嵘，同我想象中的珠峰相似。我似乎看到了峰顶插着的五星红旗在迎风招展，给皑皑的白雪涂上了胭脂似的鲜红。我顾而乐之，陶醉在自己的想象中。

但是飞机只是不停地飞，下面的山峦也在不停地变幻，我脑海里的想法跟着不停地变化。说时迟，那时快，飞机已经飞越雪峰的海洋。我没有别的办法，只有这样来安慰自己：不管哪一座雪峰是珠峰，既然我望眼欲穿地看了那么多的山峰，其中必有一个是真正的珠峰，我总算看到这个大千奇迹世界最高峰了。我心里感到安慰，感到高兴。这种感觉一直陪伴我到了尼泊尔的首都加德满都。

1986年11月25日凌晨于加德满都苏尔提宾馆

加德满都的狗

我小时候住在农村里,终日与狗为伍,一点也没有感觉到狗这种东西有什么稀奇的地方。但是狗却给我留下了极其深刻的印象。我母亲逝世以后,故乡的家中已经空无一人。她养的一条狗——连它的颜色我现在都回忆不清楚了——却仍然日日夜夜卧在我们门口,守着不走。女主人已经离开人世,再没有人喂它了。它好像已经意识到这一点。但是它却坚决宁愿忍饥挨饿,也决不离开我们那破烂的家门口。黄昏时分,我形单影只从村内走回家来,屋子里摆着母亲的棺材,门口卧着这一只失去了主人的狗,泪眼汪汪地望着我这个失去了慈母的孩子,有气无力地摇摆着尾巴,嗅我的脚。茫茫宇宙,好像只剩下这只狗和我。此情此景,我连泪都流不出来了,我流的是血,而这血还是流向我自己的心中。我本来应该同这只狗相依为命,互相安慰。但是,我必须离开故乡,我又无法把它带走。离别时,我流着泪紧紧地搂住了它,我遗弃了它，真正受到良心的谴责。几十年来，我经常想到这一只狗，直到今天，我一想到它，还会不自主地流下眼泪。我相信，我离开家以后，它也决不会离开我们的门口。它的结局我简直不忍想下去了。母亲有灵，会从这一只狗身上得到我这个儿子无法给她的慰藉吧。

从此，我爱天下一切狗。

但是我迁居大城市以后，看到了狗渐渐少起来了。最近多少年以来，北京根本不许养狗，狗简直成了稀有动物，只有到动物园里才能欣赏了。

我万万没有想到，我到了加德满都以后，一下飞机，在机场受到热情友好的接待，汽车一驶离机场，驶入市内，在不算太宽敞的马路两旁就看到了大狗、小狗、黑狗、黄狗，在一群衣履比较随便的小孩子们中间，摇尾乞食，低头觅食。

这是一件小事，却使我喜出望外：久未晤面的亲爱的狗竟在万里之外的异域会面了。

狗们大概完全不理解我的心情，它们大概连辨别本国人和外国人的本领还没有学到。我这里一往情深，它们却漠然无动于衷，只是在那里摇尾低头，到处嗅着，想找到点什么东西吃吃。

晚上，我们从中国大使馆回旅馆的时候，天已经完全黑了。加德满都的大街上，电灯不算太多，霓虹灯的数目更少一些。我在阴影中又隐隐约约地看到了大狗、小狗、黑狗、黄狗，在那里到处嗅着。回到旅馆，在沐浴后上床的时候，从远处的黑暗中传来了阵阵的犬吠声。古人说，深夜犬吠若豹。我现在听到的不是吠声若豹，而是吠声若犬。这事当然并不稀奇。可这并不稀奇的若犬的犬吠声却给我带来了无尽的甜蜜的回忆。这甜蜜的犬吠声一直把我送入我在加德满都过的第一夜的梦中。

1986年11月25日凌晨于加德满都苏尔提宾馆

乌鸦和鸽子

傍晚,我们来到了清凉宫。正当我全神贯注地欣赏绿玉似的草地和珊瑚似的小红花的时候,忽然听到天空里一阵哇哇的叫声。啊!是乌鸦。一片黑影遮蔽了半个天空。想不到暮鸦归巢的情景竟在这里看到了。

这使我立即想起了三十多年以前我第一次缅甸之行。我首先到了仰光,那种堆绿叠翠的热带风光牢牢地吸引住了我。但是,更吸引住了我、使我感到无限惊异的是那里的乌鸦之多。我敢说,在世界的任何地方都不会有这么多的乌鸦。据说,缅甸人虔信佛教,佛教禁止杀生到了可笑的地步。乌鸦就乘此机会大大地繁殖起来,其势猛烈,大有将三千大千世界都化为乌鸦王国的劲头。

我曾在距离仰光不太远的伊洛瓦底江口看到我生平第一次见到的最大的乌鸦群,恐怕有几万只。停泊在江边的大小船上的桅杆上、船舱上、船边上,到处都落满了乌鸦,漆黑一大片。在空中盘旋飞翔的,数目还要超过几倍。简直成了乌鸦的世界,乌鸦的天堂,乌鸦的乐园,乌鸦的这个,乌鸦的那个,我理屈辞穷,我说不出究竟是乌鸦的什么了。

今天早晨,也就是到清凉宫去的第二天的早晨,我参观哈奴曼多卡古王宫时,我又第二次看到了我生平见到的最大的乌鸦群之一,大概有上千只吧。它们忽然一下子从王宫高塔的背面飞了出来,嗵哨一声,其势惊天动地,在王宫天井上盘旋了一阵,又嗵哨一声,飞到不知道什么地方去了。

乌鸦在中国古代不被认为是吉祥的动物,名声不佳。人们听到它们的鸣声,往往起厌恶之感。可是这些年以来,在北京,甚至在树木葱茏的燕园里面,除了麻雀以外,别的鸟很少见到了。连令人讨厌的乌鸦也逐渐变得不那么讨厌了。它们那种决不能算是美妙的叫声,现在听起来大有日趋美妙之势了。

我在加德满都不但见到了乌鸦,而且也见到了鸽子。

鸽子在北京现在还是能够见到的,都是人家养的,从来没有听说过野鸽子。记得我去年春天到印度新德里去参加《罗摩衍那》的作者蚁垤国际诗歌节,住在一所所谓五星旅馆的第十九层楼上。有一天,我出去开会,忘记了关窗子。回来一开门,听到鸽子咕噜咕噜的叫声。原来有两位长着翅膀的不速之客,乘我不在的时候,到我房间里来了。两只鸽子就躲在我的沙发下面亲热起来,谈情说爱,卿卿我我,正搞得火热。看到我进来,它俩坦然无动于衷,丝毫没有想逃避的意思,也看不出一点内疚之意。倒是我对于这种"突然袭击"感到有点局促不安了。原来印度人决不伤害任何动物。鸽子们大概从它们的鼻祖起就对人不怀戒心,它们习惯于同人们和平共处了。反观我们自己的国家,情况有很大的不同。专就北京来说,鸟类的数目越来越少。每当我在燕园内绿树成荫的地方,或者在清香四溢的荷花池边,看到年轻人手持猎枪、横眉竖目，在寻觅枝头小鸟的时候，我简直内疚于心，说不出话来。难道在这些地方我们不应该向印度等国家学习吗？

我不是哲学家，也不喜欢，更不擅长去哲学地思考。但是古今中外都有不少的哲人，主张人与大自然应该浑然一体，人与鸟兽（有害于人类的适当除外）应该和睦相处，相向无猜，谁也离不开谁，谁都在大自然中有生存的权利。我是衷心地赞成这些主张的。即使到了人类大同的地步，除了人与人之间的关系应该同过去完全不同之外，人与大自然的关系，其中也包括人与鸟兽的关系，也应该大大地改进。我不相信任何宗教，我也不是素食主义者。人类赖以为生的动植物，非吃不行的，当然还要吃。只是那些不必要的、损动物而不利己的杀害行为，应该断然制止。写到这里，我忽然想到一件不大不小的事：过去有一段时间，竟然把种草养花视为修正主义。我百思不得其解。有这种主张的人有何理由？是何居心？真使我惊诧不置。世界一切美好的东西，不管是人类，还是鸟兽虫鱼，花草树木，我们都应该会欣赏，有权利去欣赏。我认为，这是天经地义的真理。难道在僵化死板的气氛中生活下去才算得上唯一正确吗？

写到这里，正是黎明时分。窗外加德满都的大雾又升起来了。从弥漫天地的一片白色浓雾的深处传来了咕咕的鸽子声，我的心情立刻为之一振，心旷神怡，好像饮了尼泊尔和印度神话中的甘露。

1986年11月26日凌晨

雾

浓雾又升起来了。

近几天以来,我早晨起床后第一件事就是推开窗子,欣赏外面的大雾。

我从来没有喜欢过雾。为什么现在忽然喜欢起来了呢?这其中有一点因缘。前天在飞机上,当飞临西藏上空时,机组人员说,加德满都现在正弥漫着浓雾,能见度只有一百米,飞机降落怕有困难。加德满都方面让我们飞得慢一点。我当时一方面有点担心,害怕如果浓雾不消,我们将降落何方;另一方面,我还有点好奇:加德满都也会有浓雾吗?但是,浓雾还是消了,我们的飞机按时降落在尼泊尔首都机场,机场上阳光普照。

因此,我就对雾产生了好奇心和兴趣。

抵达加德满都的第二天凌晨,我一起床,推开窗子:外面是大雾弥天。昨天下午我们从加德满都的大街上看到城北面崇山峻岭,层峦叠嶂,个个都戴着一顶顶的白帽子,这些都是万古雪峰,在阳光下闪出了耀眼的银光。这是我生平第一次看到这种景象,我简直像小孩子一般地喜悦。现在大雾遮蔽了一切,连那些万古雪峰也隐没不见,一点影子也不给留下。旅馆后面的那几棵参天古树,在平常时候,高枝直刺入晴空,现在只留下淡淡的黑影,衬着白色的大雾,宛如一张中国古代的画。昨天抵达旅馆下车时,我看到一个尼泊尔妇女背着一筐红砖,倒在一大堆砖上。现在我看到一个男子,手里拿着一堆红红的东西。我以为他拿的也是红砖。但是当他走得近了一点时,我才发现那一堆红红的东西簌簌抖动,原来是一束束红色的鲜花。我不禁自己笑了起来。

正当我失神落魄地自己暗笑的时候,忽然听到不知从哪里传来了咕咕的叫声。浓雾虽然遮蔽了形象,但是却遮蔽不住声音。我知道,这是鸽子的声音。当我倾耳细听时,又不知从哪里传来了阵阵的犬吠声。这都是我意想不到的情景。我万万没有想到,我在加德满都学会了喜欢的两种动物——鸽子和狗,竟同时都在浓雾中出现了。难道浓雾竟成了我在这个美丽的山城里学会欣赏的第三件东西吗?

世界上,喜欢雾的人似乎是并不多的。英国伦敦的大雾是颇有一点名气的。有一些作家写散文、写小说来描绘伦敦的雾,我们读起来觉得韵味无穷。对于尼泊尔文学我所知甚少,我不知道,是否也有尼泊尔作家专门写加德满都的雾。但是,不管是在伦敦,还是在加德满都,明目张胆大声赞美浓雾的人,恐怕是不会多的,其中原因我不甚了了,我也没有那种闲情逸致去钻研探讨。我现在在这高山王国的首都来对浓雾大唱赞歌,也颇出自己的意料。过去我不但没有赞美过雾,而且也没有认真去观察过雾。我眼前是由赞美而达到观察,由观察而加深了赞美。雾能把一切东西:美的、丑的、可爱的、不可爱的,一塌括子都给罩上一层或厚或薄的轻纱,让清楚的东西模糊起来,从而带来了另外一种美,一种在光天化日之下看不到的美，一种朦胧的美，一种模糊的美。

一些时候以前，当我第一次听到模糊数学这个名词的时候，我曾说过几句怪话：数学比任何科学都更要求清晰，要求准确，怎么还能有什么模糊数学呢？后来我读了一些介绍文章，逐渐了解了模糊数学的内容。我一反从前的想法，觉得模糊数学真是一个了不起的发现。在人类社会中，在日常生活中，在社会科学和自然科学中，有着大量模糊的东西。无论如何也无法否认这些东西的模糊性。承认这个事实，对研究学术和制定政策等等都是有好处的。

在大自然中怎样呢？在大自然中模糊不清的东西更多。连审美观念也不例外。有很多东西，在很多时候，朦胧模糊的东西反而更显得美。月下观景，雾中看花，不是别有一番情趣在心头吗？在这里，观赏者有更多的自由，自己让自己的幻想插上翅膀，上天下地，纵横六合，神驰于无何有之乡，情注于自己制造的幻象之中；你想它是什么样子，它立刻就成了什么样子，比那些一清见底、纤毫不遗的东西要好得多，而且绝对一清见底、纤毫不遗的东西，在大自然中是根本不存在的。

我的幻想飞腾，忽然想到了这一切。我自诧是神来之笔，我简直陶醉在这些幻象中了。这时窗外的雾仍然稠密厚重，它似乎了解了我的心情，感激我对它的赞扬。它无法说话，只是呈现出更加美妙更加神秘的面貌，弥漫于天地之间。

1986年11月26日

神 牛

我又和我的老朋友神牛在加德满都见面了。这是我意料中但又似乎有点出乎意料的事情。

过去，我曾在印度的加尔各答和新德里等大城市的街头见到过神牛。三十多年以前我第一次访问印度的时候，在加尔各答那些繁华的大街上第一次见到神牛。在全世界上似乎只有信印度教的国家才有这种神奇的富有浪漫色彩的动物。当时它们在加尔各答的闹市中，在车水马龙里面，在汽车喇叭和电车铃声的喧闹中，三五成群，有时候甚至结成几十头上百头的庞大牛群，昂首阔步，威仪俨然，真仿佛天上天下，唯我独尊。它们对人类社会的一切现象，对人类一切的新奇的发明创造，什么电车汽车，又是什么自行车摩托车，全不放在眼中。它们对人类的一切显贵，什么公子、王孙，什么体操名将、电影明星，什么学者、专家，全不放在眼中。它们对人类创造的一切法律、法规，全不放在眼中。它们是绝对自由的,愿意到什么地方去,就到什么地方去;愿意在什么地方卧倒,就在什么地方卧倒。加尔各答是印度最大的城市,大街上车辆之多,行人之多,令人目瞪口呆,从公元前就有的马车和牛车,直至最新式的流线型的汽车,再加上涂饰华美的三轮摩托车,有上下两层的电车,无不具备。车声、人声、马声、牛声,混搅成一团,喧声直抵印度神话中的三十三天。在这种情况下,几头神牛,有时候竟然兴致一来,卧在电车轨道上,"我困欲眠君且去",闭上眼睛,睡起大觉来。于是汽车转弯,小车让路,电车脱离不了轨道,只好停驶。没有哪一个人敢去驱赶这些神牛。

对像我这样的外国人来说,这种情景实在是"匪夷所思",实在是非常有趣。我很想研究一下神牛的心理。但是从它们那些善良温顺的大眼睛里我什么也看不出,猜不出。它们也许觉得,人类真是奇妙的玩意儿。他们竟然聚居在这样大的城市里,还搞出了这样多不用马拉牛拖就会自己跑的玩意儿。这些神牛们也许会想到,人这种动物反正都害怕我们,没有哪一个人敢动我们一根毫毛,我们索性就愿意怎样干就怎样干吧。

但是,据我的观察,它们的日子也并不怎么好过。虽然没有人穿它们的鼻子,用绳子牵着走,稍有违抗,则挨上一鞭;但是也没有人按时给它们喂食喂水。它们只好到处游荡,自己谋食。看它们那种瘦骨嶙峋的样子,大概营养也并不好。而且它们虽然被认为是神牛,并没有长生不老之道,它们的死亡率并不低。当我隔了二十年第二次访问加尔各答的时候,在同一条大街上,我已经看不到当年那种十几头上百头牛游行在一起的庞大的阵容了。只剩下零零落落的几头老牛徘徊在那里,寥若晨星,神牛的家族已经很不振了。看到这情景,我倒颇有一些寂寞苍凉之感。但是神牛们大概还不懂什么牛口学(对人口学而言),也不懂什么未来学,它们不会为21世纪的牛口问题而担忧,这也算是一种难得糊涂吧。

我似乎不曾想到，隔了又将近十年，我来到了尼泊尔，又在加德满都街头看到久违的神牛了。我在上面曾说到，这次重逢是在意料中的，因为尼泊尔同印度一样是信奉印度教的国家。我又说有点出乎意料，不曾想到，是因为尼泊尔毕竟不是印度。不管怎么样，我反正是在加德满都又同神牛会面了。

在这里，神牛的神气同印度几乎一模一样，虽然数目相差悬殊。在大马路上，我只见到了几头。其中有一头，同它的印度同事一样，走着走着，忽然卧倒，傲然地躺在马路中间，摇着尾巴，扑打飞来的苍蝇，对身旁驶过的车辆，连瞅都不瞅。不管是什么样的车辆，都只能绕它而行，决没有哪一个人敢去惊扰它。隔了几天，我又在加德满都郊区看见了几头，在青草地上悠然漫步。它是不是有"食草绿树下，悠然见雪山"的雅兴呢？我不敢说。可是看到它那种悠闲自在的神态，真正羡慕煞人，它真像是活神仙了。尼泊尔是半热带国家，终年青草不缺，这就为神牛的生活提供了保证。

神牛们有福了！

我祝愿神牛们能够这样悠哉游哉地活下去。我祝愿它们永远不会想到牛口问题。

神牛们有福了！

1986年11月27日凌晨
时窗外浓雾中咕咕的鸽声于耳

游巴德冈故宫和哈奴曼多卡宫

出加德满都,汽车行驶约三十公里,来到了巴德冈故宫广场。

当年尼泊尔河谷曾经分为三国,这里是一国的首都。我无论如何也难以理解,在这样一条窄狭的河谷里竟然能容下三个国家。他们之间鸡犬之声相闻,打起仗来,怎样能摆开阵势呢?想到中国的三国,相距千里,中阻长江大河,崇山峻岭,一旦交兵,或则舳舻蔽江,投鞭断流,或则火烧连营七百里,那是一种什么样的场面,又是一种多么大的气势呢?

这故宫广场不算太大,也不方方正正。这里有一所国家艺术画廊,是一所古老的建筑。外面墙上窗子上有非常精美的木雕。木雕是尼泊尔人民民间艺术的精华,颇能表现出尼泊尔民间艺人的艺术水平。木雕的内容大概不外是神话故事、佛像和印度教的神像,以及天然景物、树木花卉、鸟兽虫鱼之类,看上去姿态生动逼真,细致而又繁复。

在广场周围有许多尼泊尔著名的宫殿和庙宇，有金门，有五十五扇精雕细琢的窗子，还有尼亚塔波拉庙，即所谓五层塔，是名闻遐迩的古代建筑，也是尼泊尔的最高的寺庙建筑。另外还有一座独木庙，被叫做达塔特拉亚庙，据说是用一棵无比巨大的大树建成的，迄今已有五百年的历史了。

这些古代庙宇对我这个初来尼泊尔的人来说都是非常新奇的、可爱的；但是，说也奇怪，我最感兴趣的还是这里的人民。因为警卫森严，其他参观游览者都被阻在一条警卫线以外，那里万头攒动，伸长了脖子，看我们这一群"洋鬼子"。在那些人里面，我看到了几个碧眼黄发的真正的"洋鬼子"，高高耸立在尼泊尔人群之上，手执照相机，拼命在那里抢几个十分难得的镜头。

但是最让我感动的却是一个约莫只有五六岁的小男孩。尼泊尔的警察规定，住在街道两边的住户决不允许跨出门限。这个小男孩和他的母亲就站在门限以内，双手合十，装出十分严肃的样子，瞅着我们。我一转瞬瞥见了这个小男孩，觉得十分有趣，也连忙双手合十，对他说了一声 Namas te（向你致敬！），小孩腼腆一笑，竟然也说了一声 Namas te。这是一件只发生在几秒钟以内的小事，然而却将使我终生不忘。这个小男孩人小作用大，他对中国人民由衷的感情，真使我万分感动。

过了一天，我们又去参观哈奴曼多卡宫，这也是一座古老的王宫，正处在加德满都闹市中心，周围是最繁华的商业街道和巴扎尔。这一座王宫最早建于13世纪以前的李查维王朝。15世纪末马拉王朝分裂，这一座王宫就成了历代马拉国王的正式宫殿。后来，普里特维·纳拉扬攻陷加德满都，统一了尼泊尔，此宫又成为沙阿王朝的王宫，直至19世纪70年代王室迁出为止。

"哈奴曼多卡"的意思是"哈奴曼门"。哈奴曼是印度大史诗《罗摩衍那》中神猴的名字。今天，这个神猴的像还矗立在王宫门前，颈挂花环，口涂红水，座前香烟缭绕，看来仍然受到尼泊尔人民的膜拜。

宫内房屋极多，千门万户，宛如蜂房。我们走进去，好像进入了迷魂阵一样。历代国王的画像，还有他们的寝宫，一个接一个，令人目不暇接。但是我感到兴趣的却是一座极高大的似楼又似塔的建筑，檐边挂着红绸子，在风中飘动，同在我国西藏所见到的情景几乎完全一样，由此可见两国文化宗教关系之密切。事实上，两国过去有长期的文化交流的历史，尼泊尔工程师到中国来建筑宫殿，连我们日常吃的菠菜也是从尼泊尔移植过来的。一提到这些事情，尼泊尔朋友就发生极大的兴趣，两国人民的心好像更挨近了。

在这座寥落的故宫里，引起了我极大的兴趣的还有成群的鸽子。也不知道它们原来栖息在什么地方，忽然倾巢而出，在巍峨崇高的楼台殿阁之间，盘旋飞翔，翅影弥天。因为今天这里戒严，参观群众都被阻在宫门以外，宽敞的庭院里，除了我们这一伙人外，空无一人，鸽子的叫声和翅影给这种寂静带来了生气，带来了诗意。我看了风中飘动的红绸，听了鸽子的叫声，身处寥落古王宫之中，仿佛进入了某一种幻境，飘飘然遗世而独立了。

仍然像在巴德冈故宫一样，一走出王宫的大门，群众被拦在警戒线以外，除了形形色色的尼泊尔老百姓以外，还有不少碧眼黄发的欧美人士，站在人群里，因为个子高，大有鹤立鸡群之势，个个手执照相机，高高地举了起来，想抢一个难得的镜头。大家都面含笑意，我们对着他们微笑，他们也以微笑相报。无法谈话，无从握手，但是感情仿佛能得到交流。连这一座古老的宫殿都仿佛变得年轻了，到处洋溢着勃勃的生气，友谊弥漫太空。

此情此景，我将毕生难忘。

1986年12月4日北京大学朗润园

游兽主（Paśupati）大庙

我们从尼泊尔皇家植物园返回加德满都城，路上绕道去看闻名南亚次大陆的印度教的圣地兽主大庙。

大庙所处的地方并不冲要，要走过几条狭窄又不十分干净的小巷子才能走到。尼泊尔的圣河，同印度圣河恒河并称的波特摩瓦底河，流过大庙前面。在这一条圣河的岸边上建筑了几个台子，据说是焚烧死人尸体的地方，焚烧剩下的灰就近倾入河中。这一条河同印度恒河一样，据说是通向天堂的。骨灰倾入河中，人就上升天堂了。

兽主是印度教三大主神之一，平常被称做湿婆的就是。湿婆的象征 linga，是一个大石柱。这里既然是湿婆的庙，所以 linga 也被供在这里，就在庙门外河对岸的一座石头屋子里。据说，这里的妇女如果不生孩子，来到 linga 前面，烧香磕头，然后用手抚摩 linga，回去就能怀孕生子。是不是真正这样灵验呢？就只有天知道或者湿婆大神知道了。

庙门口皇皇然立着一个大木牌，上面写着"非印度教徒严禁入内"。我们不是印度教徒，当然只能从外面向门内张望一番，然后望望然去之。庙内并不怎样干净，同小说中描绘的洞天福地迥乎不同。看上去好像也并没有什么神圣或神秘的地方。古人诗说："凡所难求皆绝好。"既然无论如何也进不去，只好觉得庙内一切"皆绝好"了。

人们告诉我们，这座大庙在印度也广有名气。每年到了什么节日，信印度教的印度人不远千里，跋山涉水，到这里来朝拜大神。我们确实看到了几个苦行僧打扮的人，但不知是否就是从印度来的。不管怎样，此处是圣地无疑，否则拄竹杖梳辫子的圣人苦行者也不会到这里来流连盘桓了。

说老实话，我从来也没有信过任何神灵。我对什么神庙，什么兽主，什么linga，并不怎么感兴趣。引起我的兴趣的是另外一些东西。庙中高阁的顶上落满了鸽子。虽然已近黄昏，暮色从远处的雪山顶端慢慢下降，夕阳残照古庙颓垣，树梢上都抹上了一点金黄。是鸽子休息的时候了。但是它们好像还没有完全休息，从鸽群中不时发出了咕咕的叫声。比鸽子还更引起我的兴趣的是猴子。房顶上，院墙上，附近居民的屋子上，圣河小桥的栏杆上，到处都是猴，又跳又跃，又喊又叫。有的老猴子背上背着小猴子，或者怀里抱着小猴子，在屋顶与屋顶之间，来来往往，片刻不停。有的背上驮着一片夕阳，闪出耀眼的金光。当它们走上桥头的时候，我也正走到那里。我忽然心血来潮，伸手想摸一下一个小猴。没想到老猴子决不退避，而是呲牙咧嘴，抬起爪子，准备向我进攻。这种突然袭击，真正震慑住了我，我连忙退避三舍，躲到一旁去了。

我忽然灵机一动，想入非非。我上面已经说到，印度教的庙非印度教徒是严禁入内的。如果硬往里闯，其后果往往非常严酷。但这只是对人而言。对猴子则另当别论。人不能进，但是猴子能进。难道因为是畜类而格外受到优待吗？猴子们大概根本不关心人间的教派，人间的种姓、人间的阶级、人间的官吏，什么法律规章，什么达官显宦，它们统统不放在眼中，加以蔑视。从来也没有什么人把猴子同宗教信仰联系起来。猴子是这样，鸽子也是这样，在所有的国家统统是这样。猴子们和鸽子们大概认为，人间的这一些花样都是毫无意义的。它们独行独来，天马行空，海阔纵鱼跃，天空任鸟飞，它们比人类要自由得多。按照一些国家轮回转生的学说，猴子们和鸽子们大概未必真想转生为人吧！

我的幻想实在有点过了头，还是赶快收回来吧。在人间，在我眼前的兽主大庙门前，人们熙攘往来。有的衣着讲究，有的浑身褴褛。苦行者昂首阔步，满面圣气，手拄竹杖，头梳长发，走在人群之中，宛如鸡群之鹤。卖鲜花的小贩，安然盘腿坐在小铺子里，恭候主顾大驾光临。高鼻子蓝眼睛满头黄发的外国青年男女，背着书包，站在那里商量着什么。神牛们也夹在中间，慢慢前进。讨饭的瞎子和小孩子伸手向人要钱。小铺子里摆出的新鲜的白萝卜等菜蔬闪出了白色的光芒。在这些拥挤肮脏的小巷子里散发出一种不太让人愉快的气味，一团人间繁忙的气象。

我们也是凡夫俗子，从来没有想超凡入圣，或者转生成什么贵人，什么天神，什么菩萨，等等。对神庙也并不那么虔敬。可是尼泊尔人对我们这些"洋鬼子"还是非常友好，他们一不围观，二不嘲弄。小孩子见了我们，也都和蔼地一笑，然后腼腼腆腆地躲在母亲身后，露出两只大眼睛瞅着我们。我们觉得十分可爱，十分好玩。我们知道，我们是处在朋友们中间。兽主大庙的门没为我们敞开，这是千百年来的流风遗俗，我们丝毫也不介意。我们心情怡悦。当我们离开大庙时，听到圣河里潺潺的流水声，我们祝愿，尼泊尔朋友在活着的时候就能通过这条圣河，走向人间天堂。我们也祝愿，兽主大庙千奇百怪的神灵会加福给他们！

1986年11月30日离别尼泊尔前，于苏尔提旅馆

望雪山——游图利凯尔

其实,在加德满都城内,到处都可以望到雪山。六天以前,我一走下飞机,就惊异于此地山岭之多,抬眼向四周一看,几乎都是高高低低起伏如波涛的山峦。在碧绿的群山背后,有几处雪峰,高悬天际,初看宛如片片白云。白雪皑皑的峰巅,夕阳照上去,闪出耀眼的银光。

前几天,在世界佛教联谊会的大会开幕仪式上,我坐在主席台上,台下万头攒动,蓦抬头,看到远处的万古雪峰横亘天际。唐人诗说:"林表明霁色,城中增暮寒。"我想改换一下:"天际明雪色,城中增暮寒。"约略能够表达出当时的情景。

又过了两天,代表团中有的同志建议,到离雪山更近一点的图利凯尔去看雪山,我欣然同意。我历来对雪山有好感,但是我看到的雪山并不多。只在新疆乌鲁木齐附近的天池看过两次,觉得非常新鲜。下面是炎热的天气,然而抬头向上一看，仿佛就在不远的地方却是险峰积雪，衬着蔚蓝的晴空，愈显得像冰心玉壶；又仿佛近在眼前，抬腿就可以走到，伸手就可以抓到一把雪。实际上，路是非常遥远的。从雪峰下来的采莲人手持雪莲，向游客兜售。淡黄色的雪莲仿佛带来了万古雪峰顶上的寒意，使我们身处酷夏，而心在广寒。此情此景，终生难忘。

现在，我来到了尼泊尔。这里雪峰之多，远非天池可比。仅仅从加德满都城里面就能够看到不少。在全世界上，也只有我国西藏和尼泊尔有这样多这样高的雪峰。我到这里来的时候，曾在飞机上看过雪山。那是从上面向下看。现在如果再从下面向上看一看的话，那该是多么有趣多么新鲜啊！怀着这样热切期待的心情，我们八个人立即驱车到了图利凯尔。

这个地方离雪峰近了一点，但是同加德满都比较起来也近不了多少。可是因为此地踞小峰之巅，前面非常开阔，好像是一个大山谷，烟树迷离，阡陌纵横。山谷对面，一片云雾上面就是连绵数千百里的奇峰峻岭。从这里看雪山，清晰异常。因此，多少年以来，此地就成了饱览雪山风光的胜地，外国旅游者没有不到这里来的。如果不到这里来，不管你在尼泊尔看到过多少地方，也算是有虚此行，离开之后，后悔莫及了。

今天，天公确实真是作美。早晨照例浓雾蔽天，八九点钟了，还没有消退的意思。尼泊尔朋友说，今天恐怕要全天阴天了，看雪山有点问题了。然而我们的汽车一驶出加德满都，慢慢地向上行驶的时候，天空里忽然烟消云散，一轮红日高悬中天。尼泊尔主人显然高兴起来，他们认为让中国客人看到雪山是自己的职责。我们也同样激动起来。我们不远万里而来，如果不能清晰地看一下雪山的真面目，能不终生感到遗憾吗？

在半山坡的绿草地上，早已有人铺上了白布，旁边的桌子上摆满了食品，几辆挂着国旗的小轿车停在附近，看样子是哪一个国家的大使馆的车子。大人、小孩、男男女女，在草地上溜达着，手里拿着望远镜，指指点点，大概是议论对面雪峰的名称。在我们眼前隔着那一条极为广阔的峡谷，对面群峰林立，从右到左，蜿蜒不知道有几百几千里，只见黑鸦鸦的一片崇山峻岭，灰色的云彩在上面飘动。简直分不清哪是云，哪是山。在这群山后面或者上面，是一座座白皑皑的万古雪峰，逶迤也不知道几百几千里，巍然耸立在那里。偶然一失神，这一座座的雪峰仿佛流动起来，像朵朵的白云飘动在灰蓝色的山峰上面。这些雪峰太高了，相距那么远，还要抬头去看。我还从来没有看到过这样多、这样高、这样白的雪峰。我知道这些雪峰下面蓝色的云团也并不是云彩，而是真正的山。仿佛比这蓝色云团再高的地方就不应该再有山峰了。可是那些飘浮在这些蓝色云团的白色的云彩，确确实实是真正的雪峰。这真可以算是宇宙奇景，别的地方看不到的了。

按照地图，从右到左，一共排列着十三座有名有姓的雪峰，在世界上都广有名声。其中有不少还从来没有被凡人征服过。上面什么样子，谁也说不清楚。人们可以幻想，大概只有神仙才能住在上面吧。过去的人确实这样幻想过。中国古代的昆仑山上不就住着神仙吗？印度古代的神话也说雪山顶上是神仙的世界。可是世界上哪里会有什么神仙呢？然而，如果说雪峰上面什么都没有，我的感情似乎又有点不甘心。那不太寂寞了吗？那样晶莹澄澈的广寒天宫只让白雪统治，不太有点煞风景了吗？我只好幻想，上面有琼楼玉宇、阆苑天宫，那里有仙人，有罗汉，有佛爷，有菩萨，有安拉，有大梵天，有上帝，有天老爷，不管哪一个教门的神灵们，统统都上去住吧。他们乘鸾驾凤，骑上猛狮、白象，遨游太虚吧。

别人看了雪山想些什么，我说不出。我自己却是浮想联翩，神驰六合。自己制造幻影，自己相信，而且乐在其中，我真有流连忘返之意了。当我们走上归途时，不管汽车走到什么地方，向右面的茫茫天际看去，总会看到亮晶晶的雪山群峰直插昊天。这白色的群峰好像是追着我们的车子直跑，一直把我们送进加德满都城。

1986年12月1日于北京大学朗润园

在特里普文大学

从北京出发前,我们代表团的秘书长许孔让同志让我准备一篇学术报告,在尼泊尔讲一讲。我当即答应了下来。但是心中却没有底:究竟是在什么地方讲呢?对什么人讲呢?这一切都不清楚。好在我拟的题目是:中国的南亚研究——中国史籍中的尼泊尔史料。这样一个题目在什么地方都是恰当的,都会受到欢迎的,我想。

到了尼泊尔以后才知道,是尼泊尔唯一的一所大学——特里普文大学准备请我讲的。几经磋商,终于把时间定了下来。尼泊尔的工作时间非常有趣:每天早晨十点上班,下午四点下班。实际上大约到了上午十一点才真正开始工作。尼泊尔朋友告诉我,本地人中流传着一种说法:世界上最惬意的事情是"拿美国工资,吃中国饭,做尼泊尔工作"。这种情况大概是由当地气候决定的,决不能说尼泊尔人民懒。我在尼泊尔皇家植物园看到背柴禾的妇女,给我留下了深刻的印象，尼泊尔人民是勤劳的人民。话说回来，我到大学做报告的时间确定为正午十一时半开始。若在中国，到了上午十一时半我几乎已经完成了我整天的工作量。但在尼泊尔，我的工作才开始，心里难免觉得有点不习惯。然而中国俗话说"入境随俗"，又说"客随主便"，我没有别的选择了。

在外国大学里做报告，我是颇有一点经验的。别的国家不说，只在印度一国，我就曾在三所大学里做过报告：一次在德里大学，一次在尼赫鲁大学，一次在海德拉巴邦的奥斯玛尼亚大学。这三次都有点"突然袭击"的味道，都是仓促上阵的。前两个大学的情景我曾在一篇文章中描绘过，这里不再重复了。在奥斯玛尼亚大学做报告，是由我们代表团团长临时指派的，我一点思想准备都没有，客中又没有图书资料，只有硬着头皮到大学去。到了以后，我大吃一惊，大学的副校长（在印度实际上就是校长）和几位教授都亲自出来招待我。他们把我让到大礼堂里去，里面黑鸦鸦地坐满了教授和学生。副校长致欢迎词，讲了一些客套话以后，口气一转，说是要请我讲一讲中国教育和劳动问题。直到此时，我才知道我做报告的题目。我第二次大吃一惊：我脑海里空空如也，这样大而重要的题目，张开嘴巴就讲，能会不出漏子吗？我在十分之一秒内连忙灵机一动，在讲完了照例的客套话以后，接着说道："讲这样一个大题目我不是很恰当的人选。我是研究中印文化交流史的，我给大家讲一点中印文化关系吧！我相信大家会有兴趣的，因为大家最关心中印人民的友谊。"没想到这样几句话竟引起了全场热烈的掌声。我知道，我已经过了关，那一颗悬得老高的心一下子落了下来，我轻轻地舒了一口气，开口讲了起来。

现在来到了特里普文大学，题目是事前准备好的，所以心情坦然，不那么紧张。但是也有让我吃惊或者失望的地方。我原以为，在这里同在印度那几个大学里一样，全院动员，甚至全校动员，来听我的报告。

可是在这里没有那样节日的气氛,只是在一间大屋子里挤坐着一二百人。在我灵魂深处,我确实觉得有点不满足。但是,既来之,则安之,只好听从主人的安排了。

在我的潜意识里有一点潜台词:尼泊尔学术水平不高。我前几年读过一本尼泊尔学者写的《尼泊尔史》,觉得水平很一般。于是我就以偏概全,留下了那么一个印象。我今天来到了尼泊尔的最高学府,眼前虽然坐满了学者、教授、博士等等,可是那个印象却始终萦绕在我的头脑中。这是否影响了我讲话的口气呢?我自己认为没有。但是,诚于中,形于外,也未必真正没有。我既然已经张开嘴巴讲了起来,也就顾不得那样多了。

可是,我讲了一个多小时以后,轮到大家提问题的时候,我却又真地吃了一惊。提问者显然对我的报告产生了极大的兴趣。他们几乎都强调,没有中国的史籍,研究尼泊尔史会感到有很多困难。他们根据我的报告提了不少有关中尼历史关系的问题。可以看出来,他们确实是下过一番工夫的,他们是行家里手,决非不学无术之辈。我心里直打鼓,但同时又非常高兴。讨论进行得认真而又活泼。我们相互承诺,以后要加强联系。两国大学之间的交往算是开始了。我们应当交换学者,交换图书资料。我看到,尼泊尔朋友脸上个个都有笑容。第二天一大早,特里普文大学的历史系主任威迪耶(Vaidya)教授和特里拉特那(Triratna)教授到宾馆来看我,带给我他们自己的著作。我随便翻看了一下,觉得这些都是认真严肃的著作,心里油然起敬慕之感。我们又重申加强联系,然后分手告别。我目送两位尼泊尔教授下楼的身影,感到自己同尼泊尔学者之间的隔膜一扫而光,我们的感情接近起来了。

中国有一句俗话:"万事开头难。"现在我们总算是开了个头,以后就不难了。古时候从中国到尼泊尔来要经历千山万水。现在从北京飞到加德满都,只需要四个小时。地球大大地变小了。我们两国学者来往实在非常方便。珠穆朗玛峰横亘两国之间,再也不是交通的拦路虎,而是两国永恒友谊的象征。我瞻望前途,不禁手舞足蹈了。

1986年12月20日于燕园

别加德满都

古时候，佛教禁止和尚在一棵树下连住上三宿，怕他对这一棵树产生了眷恋之心。佛教的立法者们的做法是煞费苦心而又正确的。

说老实话，我初到加德满都的时候，看到这地方街道比较狭窄，人们的衣着也不太整洁，尘土比较多，房屋也低暗，我刚刚从日本回来，不由自主地就要对比两个国家，我立刻萌发了一个念头：赶快离开这里回国吧！

但是，过了不到半天，我的想法就来了一个一百八十度的大转弯。我乘着车子走过了许多条大大小小宽宽窄窄的街道，街道确实不能说是十分干净的，人们的面貌也确实不像日本那样同我们简直是一模一样，望上去让人没有陌生之感。可是我忽然发现，这里同我的祖国有很多相似的地方。特别是同我幼年住过的山东乡村、20世纪60年代初期"四清"时呆过的京郊农村，更是非常相似。在那里，到处都有我最喜爱的狗，猪也成群结队地在街道上哼着叫着，到垃圾堆里去寻找食物，鸭子和鸡也叫着、跳着，杂在猪狗之间。小孩子同小狗、小猪一起玩耍，活蹦乱跳。偶尔还有炊烟从低矮黑暗的屋子里飘了出来，气味并不好闻，但却亲切、朴素，真正是乡村的气息。加德满都是一个大城市，同乡村不能完全一样；但是乡村的气息还是多少有一点的。这使我想到家乡，愉快之感在内心里跃动。

晚上走过这里的大街，电灯多半不十分耀眼明亮。霓虹灯不能说是没有，但比较少，也不十分光辉夺目。有的地方甚至灯光暗淡，人影迷离。同日本东京的银座之夜比较起来，天地悬殊。在那里，光明晃耀，灯光烛天，好像是从东海龙王那里取来了夜光宝珠，又从佛教兜率天取来了水晶琉璃，修筑了黄金宝阶、白银栏杆、千层宝塔、万间精舍，只见宇宙一片通明，直上灵霄宝殿，遍照三千大千世界。美则美矣，可我觉得与自己无关。我在惊奇中颇有冷漠之感。

在这里，在加德满都，没有那样光明，没有那样多彩，没有那样让人吃惊，没有那样引人入胜；可我从内心深处觉得亲切、淳朴、可爱、有趣，仿佛更接近自己的心灵。街旁的神龛里供着一些神像，但是没像在印度那样上面洒满了象征鲜血的红水。参天大树挺立在那里，告诉我们这个城市的古老。间或也能看到四时不谢的鲜花，红的、黄的都有，从矮矮的围墙后面探出头来，告诉我们，此时在我国虽然已是冬天，此地却仍然是春意盎然，这是一座四时皆春的春城。

除了上面这一些表面上能看到的东西以外，在我们心里还蕴涵着一种感情，是在任何别的地方都难以产生的。在尼泊尔流传着一个神话传说，说加德满都峡谷原来是大水弥漫，只有鱼虾，没有人类。文殊菩萨手挥巨剑，把一座小山劈成两半，中间留了一个口子，大水从此地流出，于是出现了陆地，出现了居民，出现了加德满都城，尼泊尔从此繁衍滋生，成为现在这个样子。而文殊菩萨的故乡则是在中国的五台山，至今他还住在那里。尼泊尔人视此山为圣地。

这当然只是一个神话。但是神话也是有背景的。为什么尼泊尔人民不把文殊菩萨的故乡说成是在别的国家，而偏偏说成是在中国呢？对中尼两国人民来说，这是一个多有意义的神话啊！尼泊尔人本来就是一个温顺和平的民族，再加上这样一个神话，所以他们每一个人都对中国怀有纯真深厚的感情。现在我们所到之处都能体会到这样一种感情，都能看到微笑的面孔，我们都陶醉在尼泊尔人民的友谊中了。

我们总共在加德满都只呆了六天。可是这六天已经是佛祖允许和尚在一棵树下住宿时间的两倍。我们的所见所闻是很有局限的。可是，经过了我上面说过的思想感情一百八十度的大转变之后，我对于这一座不能算是太大的城市的感情与日俱增，与时俱增。临别的那一天的早晨，我很早就起来了。我打开窗子，面对着外面每天早晨都必然腾起的浓雾，浓雾把眼前的一切东西都转变成了淡淡的影子。我又听到从浓雾中的某一个地方传来了犬吠声和不知从哪一家屋顶上传来了鸽子咕咕的叫声。我此时确实看不到我最喜欢看的雪山——它完全被浓雾遮蔽住了。但是，我的眼睛似乎有了佛教所谓的天眼通的神力，我能看到每一座雪峰，我的心飞到了这些雪峰的顶上，任意驰骋。连象征中尼友好的世界第一高峰珠穆朗玛峰，我似乎都看到了。我的心情又是激动，又是眷恋，又感到温暖，又觉得冷森，一时之间，我简直有点不知所措了。

别了，加德满都！

我相信，有朝一日，我还会回来的。

1986年12月2日下午于北京大学朗润园

第四辑 曼谷行

2001年，季羡林先生与在北京大学学习的泰国诗琳通公主合影留念

初抵曼谷

1994年3月22日至31日,我应泰国侨领郑午楼博士之邀,偕李铮、荣新江二先生,飞赴曼谷,停留十日。时间虽短,所见极多,谓之闻所未闻,见所未见,亦决非夸张。回国后,在众多会议夹缝中,草成短文十篇,姑称之为散文。非敢言文,聊存雪泥鸿爪之意云尔。

一登上泰航的飞机,就仿佛已经到了泰国。机舱内净无纤尘,没有像其他一些航空公司的飞机那样,一进机舱,扑鼻一股飞机味。空姐,还有空哥,个个彬彬有礼,面含微笑。这一切都给人以舒适愉快的感觉。我只觉得神清气爽,耳目为之一新。

泰国航空公司是颇有一些名气的,我真是久仰久仰了。俗话说:闻名不如见面。这有两层意思。一是失望,一是肯定。我是后者。我心里第一句话就是:"果然名不虚传。"在整个航程的四小时十分钟内,只见那几个年轻的空姐和空哥忙忙碌碌，马不停蹄，送咖啡、送茶、送饮料、送酒，送了一趟又一趟，好像就没有断过。谈到送酒，其他国家的航空公司也是有的。但仿佛是有"阶级性"的。在头等舱里，正当中就摆上一个酒柜，中外名酒，应有尽有。乘客可以随时饮用。我常常心里想：倘若刘伶乘上今天的头等舱，他必将醉死无疑。"死便埋我"，这个遗嘱，在飞机上也无法执行，只有飞机到了目的地再做处理了。

在泰航的机舱内，这个"阶级性"不存在了。大家都一视同仁。送酒并不止送一次，而且送的也不仅仅是普通的酒。我非酒徒，无法亲口品尝。但是我隐约间看到一位空哥，手里举着酒瓶子，在舱内来回地走。有人一招呼，立即走上前去，斟满一杯。我对外国名酒是外行，但是人头马之类的瓶子，我是见过的。我偶一抬头，瞥见空哥手中举的酒瓶闪着黄色的金光，颇像什么马之类。我有点吃惊。但我终非酒徒，此事与我无干，不去管它了。不过我一时胡思乱想，又想到了刘伶。

空姐和空哥当然也送饭。饭嘛，大家都是彼此彼此，想也不会送出什么花样。然而他们竟也送出了花样：他们先送菜谱。这本是大城市里大饭店的做法。在其他国家的飞机上，我还没有遇到过。在那里，简略的就只给一盒面包点心之类。复杂的也不过是一盘热餐，讲究一点的中西均备；马虎一点就只有炒菜和米饭外加一个小面包和香肠而已。在这里，菜谱上有四种饭菜：牛肉、大虾、小鸡等等，由乘客点用。这些菜本来就具有吸引力的，再加上允许自己点，主观能动性这一调动，吸引力就与之俱增，饭菜之可口自不在话下了。

在这样温馨的气氛中，我本来应该全心全意地欣赏和享受眼前的这一切的：嘴里尝的、眼里见的、耳朵里听的。然而，不行。越快到目的地了，我心里越是惴惴不安，仿佛在一曲和谐怡悦的音乐中，无端掺上了一点杂音。

原因何在呢？原来我在北京在决定来曼谷之前曾打听过许多曾来过

曼谷对泰国情况熟悉的朋友，想起到"入境问俗"的作用。灌满了我的耳朵的，并不是什么令我高兴的信息，正相反，是让我闻之而气短的东西。他们几乎是众口一声地用告诫的口气对我讲话：现在正是曼谷最热的时候，同北京比较起来，温差至少也有三十摄氏度。曼谷的污染是世界第一，堵车也决不是世界第二。还有，那里的人习惯于喝凉水，北京的人很容易泻肚。有的人干脆劝我：别去了！这么大年纪，惹这个麻烦干嘛呢？我听了，不是丧气，而是有些丧胆了。然而，自己是"马行在夹道内，难以回马"了，非来不行了，勇往直前，义无返顾了。我在登上飞机的一刹那，颇有荆轲之概。

现在离曼谷越来越近了，我那不安的情绪也越来越浓。污染、堵车、喝凉水，离开自己还远，不妨先来一个驼鸟政策，暂且不去管它。然而温差的问题就在眼前，不久之后，立刻就要兑现。我张大了眼睛，伸长了耳朵，注意舱内乘客的行动。我在北京登机时穿了两件毛衣，一厚一薄，厚的登机后立即脱掉了，薄的还穿在身上，外面套的是夹制服，腿上还有一条绒裤。这样一套装束能应付得了下机后的三十七八摄氏度吗？我心里想：此时倘有解衣脱裤者，他就是揭竿而起的英雄，我一定会起而响应，亦步亦趋，紧随其后，行动起来。然而，幸乎？不幸乎？竟没有一个这样的英雄。我颇感有点失望，壮志未酬，焉得而不失望呢？

此时，舱内红灯已亮，飞机正在下降。几分钟后，我们已经到了曼谷机场。我提好小包，踉踉跄跄，挤在众旅客后面，走下了飞机。此时，不但没有了惴惴不安之感，连焦急之感也消逝得无影无踪。迎接我们是灯光明亮的曼谷机场的候机大厅。

我可是完全没有想到：在办完入境的手续步出大厅的时候，在入口处竟有黑鸦鸦的一群人在迎候我们，我在曼谷的一些今雨旧雨不少人都来了。经介绍才认识的有华侨崇圣大学的副校长，有侨领苏堰先生等等。早就认识的有原法政大学校长，现任东方文化书院院长陈贞煜博士，在北京见过面的陈华女士，著名的学者郑彝元先生等等。当然还有北大东语系老学生段立生教授，以及中山大学的中青年教授林悟殊先生等等。人很多，无法一一认清。照相机的闪光灯一阵阵闪出亮光，我们的脖子上都挂上了漂亮的花环。泰国是亚热带国家，终年鲜花不断。花环上有多种鲜花，浓郁的香气直透鼻官。这香气不是简单的香气，它蕴含着真诚，蕴含着友谊，蕴含着美的心灵，蕴含着良好的祝愿。这香气是能醉人的，我果真被陶醉了，十分清醒又有点兴奋有点迷糊地上了苏壎先生亲自驾驶的汽车，驶过了华灯照亮了的十里长街，到了下榻的饭店。腿上的绒裤并没有脱，完全没有感觉到它的存在。身上夹制服依然牢固地裹在身上，也并没感觉到它的存在。原来气温并没有高到摄氏三十七八度，至于污染和堵车，好像也没有感到，小小的一堵，在世界上任何城市中都是难免的。总之，让我一路上心里惴惴不安的那几大"害"，都涣然冰释了。而花环的浓郁的香气似乎更加浓郁，它轻而易举地把我送入到曼谷第一夜的甜甜的睡乡。

1994年5月2日

郑午楼博士

一个出身商业世家，自强不息终于成大功的人；一个既有经济头脑，又有文化意识的人；一个自学成家，博闻强记的人；一个既通东方语言，又通西方语言的人；一个既工汉字书法，又能鉴赏中国古代绘画的人；一个既能弘扬泰华文化，又能弘扬炎黄文化的人；一个架设了中泰人民友谊金桥的人；一个把爱国主义与国际主义紧密结合起来的人；一个悲天悯人，广行善事，广结善缘的人；一个待人接物处处有古风的人；一个年届耄耋而又精力充沛超过年轻人的人。总之，一个看似平凡实则不平凡的人。

如此众多的不同的甚至有些矛盾的气质集中在一个人身上，世界上能有这样传奇性的人物吗？

答曰：有！他就是泰国华裔侨领大企业家和教育家郑午楼博士。

中国俗话说"闻名不如见面"，又说"百闻不如一见"。

在结识郑午楼博士的过程中，我又一次体会到这些俗语的正确性。最近若干年以来，我常常听到郑午楼博士的大名。我对泰国情况不甚了了。但因为同自己所从事的工作毕竟是有联系的，所以也想多了解一些。近四五十年以来，我曾结识过一些泰国朋友，比如著名作家奈古腊，北大教员西堤差先生和夫人，在华的专家素察先生，还有北大东语系一些泰籍华人：范荷芳女士、侯志勇先生、郑先明先生等等。从他们那里我对泰国的了解深入了一点。但是我一直没有机会，直接到泰国去了解泰国，直接通过个人接触去了解郑午楼博士。

今年三月，机会终于到了。我们应郑午楼先生个人的邀请，来到了曼谷，参加由他创办的华侨崇圣大学的开学典礼。我们头一天晚上飞抵曼谷，第二天晚上，午楼先生就在他那豪华的私邸中设盛宴，欢迎中国和美国参加庆典的客人：中山大学校长曾汉民教授和蔡鸿生教授，汕头大学校长林维明教授，香港中文大学校长高锟教授，香港大学前校长黄丽松教授，香港学界泰斗饶宗颐教授，台湾郎静山老先生，美国加州大学伯克立分校校长田长霖教授，一时众星灿烂，八方风雨会曼谷。我同李铮和荣新江算是北京大学的代表，躬与胜会。我可真是万万没有想到，郑午楼博士同我一见面，就握着我的手说：

"你的著作我读过的。"

我颇有点惊讶：我们相隔万水千山，而且又不是一个行当，他怎么会读我的所谓著作呢？是不是仅仅出于客气呢？在以后的交往中，我慢慢地体会到：他说的不是客气话，而是实话。几天以后，我在国际贸易中心发表所谓演讲时，午楼先生竟也在千头万绪十分忙碌的情况下拨冗亲自去听。这充分说明，他对我那一套对东西方文化的看法还是有兴趣的。

在这一天晚上，在入座就餐之前，郑午楼先生亲自陪我们，实际上是带领我们参观他的住宅和艺术收藏品。他女儿站在大厅的入口处，欢迎佳宾。这里的房间非常多，虽然不一定比得上秦始皇的阿房宫；然而厅室交错，大小相间，雍容华贵，巍然灿然，令人叹为观止。不知由于什么原因，我仿佛成了贵宾中的首席。他带领我们参观，总把我推到前面。我们跟着他看了大大小小的很多房间，把他收藏的艺术品一一介绍给我们。他似乎是着意介绍自己收藏的中国绘画和书法，这些珍品都装裱精致，整整齐齐地挂在墙上。我记得其中有明代大画家唐伯虎和仇十洲的画，都是精品。记得还有张大千的画和于右任的字。他介绍这些精品时，从面部表情和整个神情来看，他对这些东西怀有无限深邃恳挚的感情，也可以说是他对整个中国文化怀有深邃恳挚的感情，更可以说是他对他降生的那一块国土怀有深邃恳挚的感情。事情难道不就是这个样子吗？

谈到午楼先生收藏的书法精品，必须强调谈一点：他本人就是一个有精湛技艺造诣很高的书法家。这一点是我最初无论如何也没有想到的。汉字书法艺术是中华民族中汉族独有的艺术，世界民族之林中的任何民族都是无法攀比的。山有根，水有源，树有本，汉字本身就是汉字书法艺术之根，之源，之本。没有汉字，就不会有汉字书法艺术。但是，稍微懂行的人都能知道，这个艺术并不容易。它已经有了二千多年的历史。从李斯写小篆开始，一路发展下来，而隶书，而楷草，而行书，而草书。"江山代有才人出，各领风骚数百年"，代代都出了一些书法大家。表面上看起来，变化极大，然而夷窥其实，则能发现，在大变中实有不变者在。也可以说是"万变不离其宗"，这个不变者，这个宗就是必须有基本功。抛开篆书和隶书不谈，专就楷书、行书、草书而言，基本功就是楷书，必须先练好横平竖直、点画分明的基本功，才能在这个基础上发展。譬如盖楼，必须先盖第一层，然后再在这上面盖第二层、第三层，以至更多的层。佛经上有一个寓言故事，说盖楼从第二层向上盖起。寓意是说，这是根本不可能的。可我们当今一些书法家，在没有基本功的基础上大肆创作，结果——至少在我眼中，成了鬼画符。这些书法家正是佛经寓言中所讽刺的那些想从第二层起盖楼的人。午楼先生的书法不是这个样子。他写的是楷书，是无法以荒诞文浅陋的楷书，是一切掩饰和做作都毫无用武之地的楷书。而且据我个人的观察，从我的欣赏水平所能达到的境界来观察，午楼先生的楷书取径很高，他所取的不是元代赵孟頫和明代董其昌的规范，而是唐代上承王氏父子中经"九成宫"，再济之以柳公权的规范。敦煌藏经洞中贮藏的唐代写经中最高水平的写经，都具备这样的书风。我看，如果把午楼先生写的小楷置诸敦煌等经中，几可乱真。俊秀而不媚俗，挺拔而不粗犷，这就是午楼先生楷书的特点。他之所以能达到这个水平，想来并非一朝一夕之功。他在带领我们参观时，他从一个箱子里拿出了一些他练书法时的成品。足见他是"十年磨一剑"，决非是轻而易举地成功的。他在天赋的基础上加以勤苦磨炼，方能达到这个地步。

午楼先生的勤苦磨炼，不但表现在书法上，其他方面也能表现出来。他又从箱子里翻出来了几本练习簿，很像今天中国小学生使用的那一种。里面每一页上都有印好的横格，上面整整齐齐地写着泰文字母和单词儿、短句。在另外一些本子里整整齐齐地写着英文字母和单词儿、短句。可见他今天能够掌握本来不是他的母语的泰文，能够掌握世界通行语言的英文，也并非是轻而易举的，也是经过了艰苦的磨炼才达到目的的。

在那一天晚上，在宴会前，郑午楼博士，满怀对远方友人的欢迎的热情，兴致勃勃，带领着我们参观了他的收藏品。我对这一位传奇式的人物开始有了点感性认识。我深深地感觉到，他的成功，正如别人的成功那样，决不是偶然的。现在人们常常讲，一个人的成功取决于三个条件：禀赋或天资、努力和机遇。三者缺一不可。很多人认为，我也同样认为，三者中最重要的是努力。只要勤奋努力，锲而不舍，则一方面能弥补禀赋之不足，另一方面又能招来机遇。午楼先生就是一个具体的例子。从他的学习书法、学习外语来看（泰语对他来说已经不能算是外语），他的勤奋努力是非常能感动人的。中国古话说："书山有路勤为径，学海无涯苦作舟。"这两句话在午楼先生身上得到了充分的证明。

过了几天，午楼先生又邀请我们这一群外宾也是内宾到他城外的高尔夫别墅里去游览参观。我还没有从对曼谷的迷茫中解脱出来，我仍然是不辨东西南北，也无法体会这一座别墅究竟在曼谷的什么地方。但是印象却是非常清楚的。这里同前几天晚上见到的摩天高楼迥乎不同。虽然没有什么平畴烟树，却也颇多野趣。房子以平房为主，庭院极为宽敞。有的房子好像是还没有装修完毕。我们走到了一处用画廊同主房联接起来的亭子似的房间，脱鞋进屋，地板光洁如镜，里面还没有摆上多少桌椅之类的东西。午楼先生对我说："下次再来曼谷时，就请你住在这里。"我连声道谢，但心里却琢磨：这不过是一时心血来潮，即兴而说的客气话。可是过了几天之后，在他为我们饯别的晚宴上，他又说了同样的话。可见他是胸有成竹的，决不是一时随便说说的。我在真正感激之余，觉得此事实在是渺如云烟，"更隔蓬山千万重"了。

在所有的这些活动中，午楼先生总是腰板挺直，神采奕奕，行动敏捷，健步如飞。不但不像一个年届耄耋的老人，而且连那几位同他在一起工作的中年人都自愧弗如。他们告诉我说，每次跟董事长检查工作，总是被他拖得满身大汗。我想到中国诗文中讲一个人的行动敏捷时说："瞻之在前，忽焉在后。"我再加上两句：来似雨飘，去似风骤。移赠午楼先生，我觉得是颇为适合的。

几个从大陆去的中年朋友，对我谈到午楼先生时，总称他为"董事长"或者"午楼博士"。亲切之情溢于言表。可以想见，他们对午楼先生是尊敬的，是爱戴的。也可以想见，午楼先生对他们没有架子，严格要求，亲切爱护，不以自己是领导凌人，不以自己是老人凌人，不以自己是名人凌人,不以自己是亿万富翁凌人。否则,这种尊敬爱戴之感从何而来呢?我们从大陆去的人也有亲身的体验。有一天在崇圣大学里一个什么典礼之后,很多客人和成群的中小学生聚集在餐厅里吃饭。因为人太多,实际上已无法摆开桌椅正襟危坐。大家都随随便便在人声嘈杂中找到一把椅子坐下,把每人分得一盒饭打开来吃。不知什么时候,午楼先生也手拿一盒饭,边吃边走了过来,同我们坐在一起,大嚼起来,一不矜持,二不做作,纯任自然,兴致颇高。我们中间的一位低声说:"真没有想到,他也会同我们一起这样随随便便地吃饭!"这是小事一桩,难道不能小中见大吗?

在以后几天的参观中,我们到过很多地方:华侨报德善堂、世界贸易中心、潮州会馆、郑氏大宗祠、华侨医院、京华银行等等。这些机构都与午楼先生有联系,有的就是他鼎力创建的。在曼谷以外,听说还有不少的工厂、公司和其他机构,也都是午楼先生创办的。由此可见他的经营能力之强,组织领导艺术之高,精力之富,对事业进取之锐。现在他又倡导创办了华侨崇圣大学,他的事业可以说是达到了一个新的高峰。在以上这些机构中,有一些是广行善事,赈灾济贫;有一些则是弘扬泰华文化。在这些方面,他都取得了辉煌的成绩。他真正做到了精神与物质并重,经营与倡导比翼。这些都对我们有启发意义。1991年,午楼先生亲率赈灾团,不远千里,来到中国,救济中国受了水灾的灾民。可见他没有忘记中国这一个根。从他眼前的健康情况来看,他仿佛仍在如日中天,看来无论是在事业方面,还是在寿命方面,距离划句号还有很长一段路。这一点恐怕大家都能同意而又高兴的。

我在曼谷只呆了十天,同午楼先生见面虽不算少,但毕竟时间还是太短太短了,我对他的认识不可能不是肤浅的。不过有一点我是坚决有自信的:在午楼先生身上许多貌似矛盾的气质或特点得到了和谐的统一,他身上有许多闪光的东西,很值得我们学习。我离开泰国已经一个多月了,泰国许多朋友的音容,午楼先生的音容,仍然历历如在目前,如在耳边。遥望南天,云海渺漠,我祝他事业兴旺,福寿康宁。

1994年5月13日

华侨崇圣大学开学典礼

我仿佛是走进了"天方夜谭",仿佛走进了一个童话或神话的世界。

在辨认方向方面我的能力本来就不强,何况现在来到的是一个异国的陌生的大城市,而且只呆了一天,曼谷对我还是一团谜。现在一下子来到了华侨崇圣大学新建的校舍中,参加十分隆重的开学大典。我懵懵懂懂,不辨东西南北,被人扶下了汽车,也不知道是什么时候进的校门,等到我抬眼观望时,已经快走到了大礼堂了。

我现在眼花缭乱,只见马路上站满了男女警察,一律黑色制服,个个威武雄壮。大概是因为国王要御驾亲临,为了安全,为了维持秩序,不得不尔。马路两旁的空地上和草地上,则挤满了男女老幼。穿着整齐的制服的中小学生则坐在草地上。搭了不少的布棚,棚下坐着许多成年人。虽然没有像一些国家那样到处挂满了五颜六色的彩旗,但是在一派喧腾热烈的气氛中,我眼前也闪耀着一些红红绿绿的影子,大概也是彩旗一类的东西吧。国王陛下预定下午四时半驾到,此时才不过二时多,辽阔的校园里已经是万众欢腾,一片祥和、喜庆,而又肃穆矜持的气象,上凌斗牛。这让我立刻想到印度古代佛典中描绘的如来佛到什么地方去受到热烈欢迎的场面,一切天、龙、紧那罗、阿修罗等等,无不在天空中凝神下视,对如来佛合十致敬,连印度教的天老爷天帝释或因陀罗,也伫立于随侍的群神中。真正做到了"天上天下,唯我独尊"。

我们被请进了新落成的富丽堂皇的大礼堂。屋内是另外一番景象。首先让我再明确不过地感觉到的是,室外骄阳如火,室内则因为有空调设备,冷冽如春。几百个座位上坐满了衣着整洁的绅士淑女,有泰国人,也有外国人,人人威仪俨然,说话低声细气,与室外形成了鲜明的对比。我们因为是中国来的贵宾,被引到最高排紧靠主席台就座。我又因为在中国学者中年龄最大,就被安排坐在右边是人行道的第二个座位上。第一个座位看来是贵宾席的首席座位。被邀请坐在那里的是从中国台湾来的年已届一百零四岁的蜚声宇内的摄影大师郎静山先生。看来序齿在这里起了很大的作用。不管怎样,经过了一阵紧张迷乱,现在总算安定下来了,可以休息沉思一会儿了。宇宙宁静,天下太平。

我们在肃穆中恭候国王陛下的御驾。但是距国王驾到的时间还有两个小时,时间是太多太多了。西谚说:"你如果不能杀掉时间,时间就会杀掉你。"我现在怎样杀掉时间呢?最轻而易举的办法是同临座的人侃大山。我的邻座是郎静山老先生。他慈眉善目,蔼然可亲,本来是可以侃一气的。但是,他不大说话,我也无话可说。我明显地感觉到,在我们之间横着一条深深的"代沟"。我行年已经八十有三。如果说什么"代沟"的话,那一定会是我同比我年轻一些人之间的"代沟"。然而今天的"代沟"却是我同我年长二十一岁的老人之间的"代沟"。看来这个"代沟"更厉害,我实在无法逾越。我只好沉默不语,任凭时间在杀掉自己。幸亏陈贞煜博士是识时务的俊杰,他介绍给我了德国驻泰国大使和印度驻泰国大使,说了一阵洋话,减少时间宰杀的威力。此后,我们仍然是静静地坐着,恭候着。

有人来请我们中间比较年轻的几位学者到大礼堂外面什么地方去恭迎泰国僧王和国王的圣驾。我同郎老由于年老体弱,被豁免了这一项光荣的任务。我们只是静静地坐着,恭候着。到了下午四点三刻,台上有点骚动。我从台下看上去,那一群身着黑色礼服的绅士都站了起来。因为人太多,包围圈挡住了我的目光,我并没有看清国王。他的宝座大概就设在主席台的正中。只见这些绅士——后来听说,都是华人企业家——一个一个地从座位上站起来,走到国王宝座前,双膝下跪,双手举着什么,呈递给国王,国王接了以后,他就站起来走回自己的座位,下一位照此行动,一直到大约有四五十位绅士都完成了自己的任务。

呈递的是什么东西呢?我打听了泰国的华人朋友,他们答复说是:呈递捐款。原来华侨崇圣大学,虽然是郑午楼博士带头创办的,他自己已经捐了一亿铢,以为首倡,但他也罗致华人中有识有力之士,共襄盛举。大家举起响应,捐款者前赴后继。所谓"崇圣","圣"指的就是国王,他们要"崇圣报德",报答国王陛下使他们安居乐业之恩,所以就把捐款呈献给国王本人。那一天呈递的就是这样的捐款。据说捐一千万铢以上者才有资格坐在台上,亲自跪献。其余捐款少于一千万者,就用另外的方式了。

泰国朋友说,捐款完全是自觉自愿的。为了其他的用途,泰国国王也接受捐献。所有这些捐献,国王及其他王室成员都用之于民。国王和王后陛下和其他一些王族,常常深入民众,访贫问苦,救济灾民,布施食品、衣服、医药等等,用中国的话说就是"广行善事"。因此,国王王后以及王室成员,在人民群众中有极高的威信,真正受到了人民的爱戴。在这一点上,泰国王室同当今世界上还保留下来的一些大大小小国家的王室,确实有所不同。对于这样的国王,华裔人士要"崇圣报德",完全是应该的,是值得赞扬的。

这话说远了,现在再回到我们的礼堂里来。在主席台上,捐献的仪式结束了,只见国王走下了宝座,轻步走到主席台左侧一个用黄布幔子遮住的佛龛似的地方,屈膝一跪。我大吃一惊:万民给他下跪的人现在居然给别的什么神或人下跪了。一打听才知道,幔子里坐的人正是泰国僧王。泰国是佛教国家,同缅甸和斯里兰卡一样,崇奉佛教小乘,中国所谓"南传佛教"。佛教的信条本来就是"沙门不拜王者",王者反而要拜沙门。作为虔诚佛徒的国王,当然甘愿信守这个律条,所以就有这一跪了。

肃穆隆重的开学大典到这里就算结束了。郑午楼博士恭陪国王到主席台后面的一个大厅里去接见参加大会的显要人物。我们中国的学者们被告知,到大厅的入口处排队迎驾;当国王走到这里时,午楼博士将把我们中最年长的两位介绍给国王陛下:一位当然就是郎静山先生,一位就是我。我们谨遵指教,站在那里。只见大厅里挤满了人,黑鸦鸦一片深色的服装。因为人太多,我并看不清国王是怎样活动的。我们的任务是站在那里等。我虽然已经年届耄耋,但毕竟比郎老还年轻二十多岁。可是站久了,也觉得有点疲倦。身旁的郎老却仍然神采奕奕,毫无倦容。我心里暗暗地佩服。然而,国王已经走到我们眼前。郑午楼博士看样子是做了较详细的介绍,因为说的是泰语,我听不懂。国王点头微笑,然后走出大厅。觐见的一幕也就结束了。

我们跟着国王和一群绅士后面,走到了一个距大厅不远的新建成的博物馆中,门楣上悬挂着泰国诗琳通公主亲笔书写的"崇圣报德"四个大汉字,这四个字可以说是华侨崇圣大学办学的最高方针,言简意赅,涵义无穷。博物馆里收藏品极多,琳琅满目,美不胜收。国王的兴致看来是非常高的。他仔细看了每一个展览厅里几乎是每一件展品。在里面呆了很长的时间。然后走出博物馆，启驾回宫。他在崇圣大学里呆了已经三个多小时了。

此时暮霭四合，黄昏已经降临到崇圣大学校园中，连在那巍峨的建筑的最高顶上，太阳的余晖也已消逝不见。韩愈的诗说："黄昏到寺蝙蝠飞"。在这距离家乡万里之外的异域，我确实没有期望能看到蝙蝠。我看到的仅仅是仍然静静地坐在道路两旁的地上的男女中小学生，他们在这里坐了已经有五六个小时了。此时他们大概是盼着老师们下命令，集合整队回家了。

我们这一群从中国来的客人，随着人流，向外慢慢地走。在我眼前，在我心中，开学大典的盛况，仍然像过电影似的闪动着。这种"天方夜谭"似的印象，将会永远地留在我的心中。

1994年5月10日

鳄鱼湖

人是不应该没有一点幻想的，即使是胡思乱想，甚至想入非非，也无大碍，总比没有要强。

要举例子嘛，那真是俯拾即是。古代的英雄们看到了皇帝老子的荣华富贵，口出大言："彼可取而代也。"或者："大丈夫当如是也。"我认为，这就是幻想。牛顿看到苹果落地而悟出了地心吸力，最初难道也不就是幻想吗？有幻想的英雄们，有的成功，有的失败，这叫做天命，新名词叫机遇。有幻想的科学家们则在人类科学史上占了光辉的位置。科学不能靠天命，靠的是人工。

我说这些空话，是想引出一个真人来，引出一件实事来。这个人就是泰国北榄鳄鱼湖动物园的园主杨海泉先生。

鳄鱼这玩意儿，凶狠丑陋，残忍狞恶，从内容到形式，从内心到外表，简直找不出一点美好的东西。除了皮可以为贵夫人、贵小姐制造小手提包，增加她们的娇媚和骄纵外，浑身上下简直一无可取。当年韩文公驱逐鳄鱼的时候，就称它们为"丑类"，说它们"睅然不安溪潭，据处食民畜、熊、豕、鹿、獐，以肥其身，以种其子孙"。到了今天，鳄鱼本性难移，毫无改悔之意，谁见了谁怕，谁见了谁厌；然而又无可奈何，只有怕而远之了。

然而唯独一个人不怕不厌，这个人就是杨海泉先生。他有幻想，有远见。幻想与远见相隔一毫米，有时候简直就是一码事。他独具慧眼，竟然在这个"丑类"身上看出了门道。他开始饲养起鳄鱼来。他的事业发展的过程，我并不清楚。大概也必然是经过了千辛万苦，三灾八难，他终于成功了。他成了蜚声寰宇的也许是唯一的一个鳄鱼大王，被授予了名誉科学博士学位。关于他的故事在世界上纷纷扬扬，流传不已。鳄鱼，还有人妖，成了泰国旅游的热点，大有"不看鳄鱼非好汉"之概了。

今天我来到了鳄鱼湖。天气晴朗，热浪不兴，是十分理想的旅游天气。我可决没有想到，杨先生竟在百忙中亲自出来接待我们。我同他一见面，心里就吃了一惊：站在我面前的难道就是杨海泉先生本人吗？这样一个传奇式的人物，即使不是三头六臂，硃齿獠牙，至少也应该有些特点。干脆说白了吧。我心中想象的杨先生应该粗一点，壮一点，甚至野一点。一个不是大学出身，不是科举出身，而又天天同吃人不眨眼的"丑类"打交道的人，没有上面说的三个"一点"，怎么能行呢？然而站在我面前的人，温文尔雅，谦虚热情，话说不多，诚恳却溢于言表，同我的想象大相径庭。然而，事实就是这个样子，我只有心悦诚服地接受了。

杨先生不但会见了我们，而且还亲自陪我们参观，这样一个世界知名的鳄鱼湖，又有这样理想的天气。园子里挤满了游人。黑眼黑发，碧眼黄发，耄耋老人，童稚少年，摩登女郎，淳朴村妇，交相辉映，满园喧腾，好一派热闹景象。我看，我们中国大陆来的人，心情都很好，在热带阳光的照晒下,满面春风。

我们先在一座大会议厅里看了本园概况和发展历史的影片,然后走出来参观。但是,偌大一个园子,简直如一部二十四史,不知从何处看起,幸亏园主就在我们眼前,还是听他调度吧。

他先带我们到一个完全出乎我意料的地方去:一个地上趴着一只猛虎的亭子里,我原以为是一个老虎标本,摆在那儿,供人照相用做背景的。因为这里并没有像其他动物园里那样有庞大的铁笼子,没有铁笼子怎么敢养老虎呢?然而,我仔细一看,地上趴的确确实实是一只活老虎,脖子上拴着铁链子。一个小男孩蹲在虎的背后,面对老虎的是几个拍照的小姑娘。我一看,倒抽了一口冷气;说老实话,双腿都有些发颤了。我看了看那几个泰国的男女小孩,又看了看园主,只见他们面色怡然,神情坦然,我也只好强压下紧张的情绪,走了进去。跨过一个铁栏杆,主人领我转到老虎背后,要与虎合影,我战战兢兢地跟在主人身后,同园主一起,摆好了照相的架势。园主示意我用手抚摩老虎的脖子。俗话说:"老虎屁股摸不得。"老虎的屁股都摸不得,哪里还敢抚摩老虎的脖子呢?我曾在印度海德拉巴德动物园中摸过老虎的屁股;但那是老虎被锁在仅容一身的铁笼子里,人站在笼子外面,哆里哆嗦地摸上一把,自己就仿佛成了一个准英雄了。今天是同老虎在一起,中间没有铁栏杆。我的手实在不敢往下放。正在这关键时刻,也许是由于园主的示意,饲虎的小男孩用一根木棒捣了老虎一下,老虎大怒,猛张血盆大口,吼声震耳欲聋,好像是晴天的霹雳,吓得我浑身汗毛都竖了起来,此情此景,大概我一生只仅有这一次——然而这一次已经足够足够了。

此时,我真是五体投地地佩服园主,我佩服他的幻想,一个没有幻想的人,能想得出这样前无古人的绝招吗?

紧接着是参观真正的鳄鱼湖。鳄鱼被养在池塘中。池塘有大有小,有方有圆，没有一定的规格，看样子是利用迁就原来的地形，只稍稍加以整修。我们走过跨在湖上的骑湖楼，楼全是木结构，中间铺木板，两旁有栏杆。前后左右全是池塘，池塘养着多寡不等的鳄鱼。据主人告诉我们说，这样的池塘群还有十五个，水面面积之大可想而知。鳄鱼是按照种类，按照年龄分池饲养的。这样多的鳄鱼，水里的鱼早被吃光了，只能每天按时用鱼来饲养。我看鳄鱼条条肥壮，足征它们的饭食是不错的。池中的鳄鱼千姿百态，有的趴在岸边，有的游在水里。我们走过一个池塘，里面的鳄鱼，条条都长过一丈。行动迟缓，有的一动也不动，有的趴在太阳里，好像是在那里负暄，修真养性。主人说，这个池塘是专门饲养五六十岁以上的老年鳄鱼。在人类社会中，近些年来，中外都有一些人高喊什么老龄社会，大有惶惶不可终日之概。鳄鱼大概还没有进化到这个程度，不会关心什么老龄不老龄。然而这个鳄鱼湖的主人却为它们操心，给它们创建了这个舒适的干休所，它们可以在这里颐养天年了。至于变成了女士们的手提包，鳄鱼们是不会想到的。有一个问题我们参观的人都很关心，我想别的人也一样，这就是：这个鳄鱼湖究竟饲养了多少条鳄鱼。主人说是四万条。这真是一个惊人的数字。我想，在茫茫大地上，在任何地方，即使是鳄鱼最集中的地方，也决不会四万条聚集在一起的。

此时，我更是五体投地地佩服我们的园主，佩服他的幻想。一个没有幻想的人能够把四万条鳄鱼集中在一起成为人类的奇迹吗？

紧接着我们走上了林荫大道，浓荫匝地，暑意全消。蒙杨海泉先生照顾，因为我年纪最大，他特别调来了一辆只能坐两人的敞篷车，看样子是他专用的。我们俩坐上，开到了一个像体育馆似的地方。周围是看台，有木凳可坐。园主请中国客人坐在最前排。下面是鳄鱼的运动场。周围环水，中间有块陆地，有几条鳄鱼在上面睡觉，还有几条在水里露出脑袋来。走进来了两个男孩子，穿着颇为鲜艳的衣服。他们俩向周围看台上的泰、外观众合十致敬，然后走到水中拉出几条大鳄鱼，是拽着尾巴拉的，都拉到环水的陆地上。一个男孩掀开一条鳄鱼的大嘴，不知道是念了一个什么咒，鳄鱼的嘴就大张着，上下颚并不并拢起来。没看清男孩是用什么东西，戳鳄鱼的什么地方，只听得乓的一声巨响，又乓的一声，不知道是从哪里发出来的声音。小男孩又把自己的脑袋伸入鳄鱼嘴中，在上下两排剑一般的巨齿中间，莞尔而笑。然后抽出脑袋，把鳄鱼举在手中，放在脖子上。又让鳄鱼趴在地上，他踏上它的背部。两个孩子把几条吃人不眨眼的鳄鱼耍弄得服服帖帖。有时候我们真替他们捏一把汗；然后两个孩子却怡然自得，光着脚丫，在水中和陆上来回奔波。

走出了鳄鱼馆，又来到了另一个也像体育场似的场所。周围也是看台，同样是坐满了全世界许多国家的旅游者。但这里是大象和杂技表演的场所，台下没有水，而是一片运动场似的地。场中有几个同样穿着彩衣的男女青年。他们先把一大堆玻璃瓶之类的东西砸碎，然后有一个男孩光着膀子，躺在碎玻璃碴子上，打滚，翻筋斗，耍出种种的花样。最后又有一个男孩踩在他身上。在他身子下面，碎玻璃仿佛变成了棉花或者羊毛或者鸭绒什么的。简直是柔软可爱。看了这些表演，对中国人来说，这简直是司空见惯；然而对碧眼黄发的人来说，却是颇为值得惊奇的。于是一阵阵的掌声就从周围的看台上响起了。接着进场的是几头大象，脖子上戴着花环，背上，毋宁说是鼻子上骑着一个男孩子。先绕场一周，向观众致敬，大象无法用泰国常见的方式，合十致敬，只能把鼻子高高举，表达一番敬意了。大象在小孩子的指挥下，表演了许多精彩的节目。然后又绕场走起来。我原以为这只是节目结束后例行的仪式，然而，我立刻就看到，看台上懂行的观众，掏出了硬币，投向场中，不管硬币多么小，大象都能用鼻子一一捡起，递到骑在鼻子上的小孩的手中。坐在前排的观众，掏出了纸币，塞到大象的嘴里——请注意，是嘴，不是鼻子——，大象叼起来，仍然递到小孩子手中。我同园主坐在前排正中。大概男孩知道，园主正陪贵宾坐在那里，于是就用不知什么方法示意大象，大象摇晃着鼻子来到我们眼前。我一下子窘了起来，我口袋中既无硬币，也无纸币。聪明的主人立刻递给我几个硬币和几张纸币，这就给我解了围。我把纸币放在大象嘴中，又把硬币放到伸到我眼前的鼻子中，我的手碰到了大象柔软的鼻尖上的小口，一阵又软又滑又湿的感觉，从我的手指头尖上直透我的全身，有一种无法用言语形容舒适清凉的 ecstasy，我的全身仿佛在颤抖。

此时，我更真正是五体投地地佩服我们的园主，佩服他的幻想。一个没有幻想的人能够想出这样训练鳄鱼，这样训练大象吗？

我们的参观结束了，但是我的感触却没有结束，而且永远也不会结束。杨海泉先生养的虽然是极为丑陋凶狠的鳄鱼，然而他的目标却是：

绍述文化今鉴古——
卿云霭霭，邹鲁遗风。
作圣齐贤吾辈事，
民胞物与，人和政通。
世变沧桑俱往矣！
忠荩毋我，天下为公。
静、安、虑、得、勤观照，
辉煌禹甸，乐见群龙。
忠孝礼义仁为本，
发聋启聩新民丰。

杨先生的广阔的胸襟可见一斑了。他这一番奇迹般的伟大事业，已经给寰宇的炎黄子孙增添了光彩，已经给世界文化增添了光彩，已经给炎黄文化增添了光彩，已经给泰华文化增添了光彩。对于这一点我焉能漠然淡然没有感触呢？海泉先生虽然已经做出了这样的事业，但看上去他仍然是充满了青春活力的。他那令人吃惊的幻想能力已经呈现出极大的辉煌；但是看来还大有用武之地，还是前途无量的。我相信，等我下一次再来曼谷时，还会有更伟大更辉煌的奇迹在等候着我。这是我坚定不移的信念。

1994年5月7日

东方文化书院和陈贞煜博士

在入口处,在一座很高的山墙上,几个镶嵌在上面的大字,发出了闪闪的金光:"东方文化书院"六个极大的汉字。上面是一行印度天城体字母写成的梵文:Prācyasasnkritipratisthāna(拉丁字母转写)。这几个金光闪闪的大字,似乎就闪耀出无限深邃的无限神秘的东方智慧。院长陈贞煜博士把这几个字指给我看,并问我最后几个字怎样读。

这就是泰国曼谷的东方文化书院。

顾名思义,书院的目的就是弘扬东方文化,弘扬泰华文化。书院建院伊始,大规模的工作还没有展开。但是,中国古语说:"千里之行,始于跬步。"书院已经有了一个很好的开始,预示着它前程似锦,无限辉煌。

我应邀在这里做了一个学术讲演,讲的仍然是我那一套天人合一。听众人数不多,但多是侨界精英。我讲完了以后,有几位学者发言支持，像著名学者郑彝元先生，还有国内去的中山大学教授著名的中西交通史专家蔡鸿生先生等等。记得鲁迅先生曾说过，一个人发出了声音，如果没有应答，那就是最让人感到寂寞的事情，即使是反对的应答，也比没有强。我现在得到的应答是完全肯定的，乐何如之！庄子在《徐无鬼》中说道："夫逃虚空者，藜藋柱乎鼪鼬之径，踉位其空，闻人足音跫然而喜矣。"我现在不是处在藜藋之中，而是坐在富丽堂皇的大讲堂里，然而跫然的足音更能给我带来了无量的喜悦。

然而更使我喜悦的是陈贞煜博士作为主席介绍我时那种溢于言表的情谊。陈先生同我一样是德国留学生。我们初见面时，无意之中彼此讲了几句德国话。这样一来，记忆的丝缕把现在同过去的比较天真无邪的青春时期牵在一起了，不由自主地油然而生了一点似浓似淡的甜蜜感。难道这就是我们一见如故"心有灵犀一点通"的原因吗？不管怎样，我们俩在中国只见过一面，我来到泰国再见面就仿佛已是老友了。陈先生是学法律的，做过二十年法官，当选过国会议员，担任过泰国最高学府之一的法政大学校长，现在仍然是那里的教授。但是，他为人淳朴，一无官气，二无"法"气。在当今不算太清明的世界上是一个难得的好人。

在离开曼谷的前一天，我们此行的任务可以说是已经完成了，夸大一点，也可以说是胜利完成了，但是好像仍有所不足，似乎还有一点什么东西耿耿于怀。仔细一想：有名的大皇宫还没有逛。"不到皇宫非好汉"，到曼谷来旅游的人，没有不到大皇宫的。然而，我们就要走了，这一次是逛不成了。人世间尽如人意的事情是十分难得的，索性给曼谷留下一点我们的心，留下一份怅怅，一份怏怏。

然而，完全出乎我的意料，我们的救星来到了，这个救星就是陈贞煜博士，他忽然偕郑彝元先生和林悟殊先生来到了旅馆，邀我们去游大皇宫。这真是喜从天降，我们立即上车。

谈到皇宫，我是颇有一些经验的。我到过世界上三十多个国家，那里的皇宫我看过不少，举其荦荦大者，中国北京的故宫固无论矣。在印度，莫卧儿王朝的皇宫，我就看过两个：阿格拉的红堡和德里的红堡。两处皇宫的特点几乎完全是一样的：都是用红色岩石筑成，所以名为"红堡"；建筑风格都是伊斯兰式的，简单明了，线条清晰，令人一目了然，毫无拖沓繁复浓得化不开之感。所有的拱门，不论大小，所有的窗子，也不论大小，上端都是桃形，这是典型的伊斯兰建筑风格，全世界概莫能外。在俄国，我见过克里姆林宫。在德国，我见过弗雷得里希大帝的"无忧宫"。这些皇宫都各有其特点。从审美的角度来看，它们泾渭分明，决不容混淆。中国的皇宫以气象胜，巍峨雄伟，大气磅礴，庄严威武，惊心动魄。可远观而不可亵玩，属于阳刚之美。无忧宫和红堡，气势不能说没有，但是格局狭隘，可以近视而不宜远望。雕梁画柱，墙上，柱上，镂金错彩，镶宝嵌玉，盈尺之中，无限风光。虽然不能即归诸阴柔之美一类，但与中国故宫比，其差别可以立见。

现在到了泰国的大皇宫。在进门之前，我自然而然地就会回忆起以前看过的所有的皇宫，在潜意识中加以对比，而产生了一种德国接受美学学派所说的"期望视野"。我究竟期望在这座大皇宫里看到什么样的东西呢？我自己也并不十分清楚，隐隐约约地好像要看到一点类似中国故宫似的东西。泰国毕竟是在东方而且是我们的近邻嘛。

我脑海里似乎就晃动着北京故宫的影像，上面还罩上了一层极薄极薄的无忧宫和红堡的影子，踏进了大皇宫的大门。然而，第一个印象就带给我一点淡淡的失望：宫门一不巍峨，二不精致，只是比普通邸宅的大门大了一些，不能给人留下深刻的印象。走了进去，庭院也并不宽敞。这同我的期望，即使是朦朦的期望吧，是有极大的距离的。我真感到失望，感到落漠。然而，当我走近一些宫殿时，我看到一些柱子上镶嵌着宝石之类的东西，闪出了炫目的光辉。墙壁上则彩绘着壁画，烟云缭绕，宫阙巍峨，内容多半是《罗摩衍那》中的故事。原来泰国王室与罗摩有什么渊源，所以印度古代英雄罗摩十分受到崇敬。皇宫里壁画上画着罗摩的故事，也就丝毫不足怪了。我的眼前豁然开朗，目为之明，耳为之聪，深悔刚才的失望与落寞了。

但这还不是参观的高潮，高潮还在后面。陈博士带我们走进了崇高宏伟的玉佛宫，金碧辉煌，香烟缭绕。殿非常高，仰头一望，宛如走进了欧洲哥特式的大教堂，藻井高悬在云端。一尊庞大的玉佛，高踞在神龛里，慈眉善目，溢满慈悲。陈博士跪在大理石的地上礼佛。我虽然不信佛教，但是我对真诚信仰任何宗教的人都怀有敬意，除了个别的阴森古怪的邪教外，任何宗教都是教人做好事的。我因此也顺便坐在地上，腿下大理石的清凉立即流遍了我整个身子，同外面三十多摄氏度的炎热相比，真无异进入了清凉世界，甚至是清凉的佛土，我立即神清气爽，好像也颇能分享大殿中跪在地上的善男信女的天福了。

我们离开了玉佛殿，在黑头发、白头发、黄头发、灰头发、黑眼睛、蓝眼睛、高鼻梁、低鼻梁，形形色色的人流中，挤出了大皇宫，走到了大马路上，上了等在那里的汽车。在我的心中，我默默地说了声："再见，大皇宫！我有朝一日，还会回来的。"

现在，时间已靠近中午，天气更热了。这是我到曼谷来后第一次感到热。天公好像又有点作美，想弥补我对曼谷这个大火炉的"失望"。"索性热一下，让你尝一尝热的滋味！"我好像听到天老爷这样说。热滋味我尝到了，身上出了汗，但是肚子里也感到空了。陈博士建议去参观法政大学，并在那里进午餐。前一句受到我的欢迎，后一句受到我的赞赏。于是我们就到了法政大学。

提起法政大学来，真是大大地有名。它同朱拉隆功大学并称泰国最高学府。据陈博士介绍，这所大学有点像北京大学。历次学生运动都在这里涌起，然后波及全曼谷，以至全泰国。校外一片广场似的地方，学潮一起，就旌旗匝地，呼声震天。但是，眼前学校是十分平静的。学生有的上课，有的吃饭，怡怡如也。陈博士请出了校长同我们见面。又领我们到院长办公室，同院长和教授们见面。院长和几位教授都是德国留学生，都讲德国话，一位年轻的教授就用德文给我介绍了情况。我心里暗暗地发笑：原来这一位陈博士悄没声地在这里形成了一个小小的德国派，这在泰国，甚至东南亚国家，都是绝无仅有的，这里流行的是英语。我们离开了院长办公室，又去看了陈博士的办公室，然后走向餐厅。路上碰到很多年轻人，不知道是学生，还是教员。他们都对陈博士合十致敬。看起来这一所擅长闹学潮的学校，并不那么可怕。杏坛春暖，程门立雪，老师循循善诱，学生彬彬有礼，师生之间，其乐融融。另一方面也能看出，陈博士在学生和教员中是很有威望的，离开了法政大学，又到朱拉隆功大学乘车看了看校园。泰国的最高学府我算是都看过了。

就这样，我们在曼谷的最后一天，是很充实很有意义很愉快的一天。这当然都要感谢陈贞煜博士。这一位今雨而又似旧雨的朋友，我永远也不会忘记。临别时，我心里像对大皇宫说的话那样，对陈贞煜博士说："亲爱的朋友！再见了，有朝一日，我们还会见面的，或在曼谷，或在北京！"

1994年5月21日

报德善堂与大峰祖师

到曼谷的第二天,主人就带领我们去访问报德善堂。

我们是昨晚很晚的时候才来到这里的。到现在,仅仅隔了一夜,也不过十个小时,曼谷这一座陌生的大城市,对我来说,仍然是迷离模糊,像是一座迷楼。而报德善堂,只是这个名称就蕴含着一层神秘的意味,更是迷离模糊,像是一座迷楼。但是,俗话说:"客随主便。"我们只能遵守主人的安排了。

我在北京时,曾多方打听曼谷的情况。据知情者说,曼谷此时正是夏季的开始,气温能高达三十几到四十出头的摄氏度。换句话说,同北京的温差有三十多摄氏度。我行年望九,走南闯北,数十年于兹矣。对什么温差之类的东西,我自谓是"曾经沧海难为水"了。那一年,我从北非的阿尔及利亚的卡萨布兰卡飞越撒哈拉大沙漠,到中非的马里去。马里有世界火炉之称,我们到的时候,又正是盛暑。也许是由于心理关系,当飞机飞临马里上空将要下降时,我蓦地觉得自己变成了一只正待下锅的饺子,锅里翻腾着滚开的水。飞机越往下降,我心里的气温越高。着陆时,气温是四十六摄氏度。我这一只饺子真正掉在热锅里了。这一次到曼谷来,是否再一次变成下锅的饺子呢?我心里颇为惴惴不安。

然而,天公好像是有意作美。我们到的前一天,下了雨。夜里又下了一场大雨。据说,按时令现在还不是下雨的时候。结果天气不但不酷热,而且还颇有一点凉意。泰国的华侨朋友说:

"是你们把冷气从北京带来了。"

"是托你们的福,我们才带来的。"

大家哈哈一笑,出门上了车。

我脑筋里忽然又闪出了昆明的影子。那里的气候是:"四时皆是夏,一雨便成秋。"[1] 曼谷是不是也属于这个范畴呢?不管怎样,我们坐在车内,是并不感到热的。车外,大马路上,千车竞驶,时有堵塞。大雨虽晴,积水甚多。曼谷的下水道,以不能及时排水,蜚声全球。有的地方积水深达半呎[2],长达几小时或几日。汽车走在水里,宛如中国江南水乡的小船。那些摩托车,由于体积小,能够在群车缝罅里穿来穿去,宛如水中的游鱼。一幅非常奇怪的街头景象。

我们终于来到了报德善堂。

到了以后,我才知道,这个报德善堂是同中国宋代的一位叫大峰祖师的高僧紧密地联系在一起的。中国距泰国数千里,宋代距现在将近一千年。这一位大峰祖师——他的画像就悬挂在这里的会客室中——怎么会浮海到泰国来了呢?我心里疑团郁结。

---

[1] 此处疑为作者笔误,这应是海南的气候特点,昆明的是"四季无寒暑,一雨便成秋"。

[2] 英语 foot(英尺)的旧译名。

原来这里面有一个相当长又相当曲折的故事。大峰不见于中国的《高僧传》。明隆庆《潮阳县志》、清乾隆《潮州府志》等书都有关于他的记载，但都语焉不详。民间传说颇有一些谈到他的地方。总起来看，大峰祖师诞生于宋吴越国温州，俗姓林，名灵噩，字通叟。生于北宋宝元二年（1039年，一说生于1093年），卒年南宋建炎丁未（1127年）。中过进士，做过县令。年届花甲，才辞官出家。后来云游到了广东潮阳。他信仰的大概是当时颇为流行的禅宗。他行了不少善事，为乡民祈福禳灾，施医赠药，给灾民治病，同时收验路尸，施棺赠葬，这当然会受到当地贫困老百姓的敬仰。他还曾募化建桥。关于建桥的事，传说中讲到了，大峰祖师利用科学原理，把桥基稳于江底硬地之上，使桥有了坚固的基础。总之，建桥一事，因为便利交通，为民造福，历来受到人民的称扬。一个名不见《高僧传》的和尚在当地却声誉极隆。祖师圆寂后，到了南宋绍兴年间，邑人建堂崇祀，名曰"报德堂"，八百余年来，香火历久不辍，这在中国佛教史上也是少见的。这个堂广行善事，诸如施茶、验尸、修桥、造路、赈灾、赠药等等，受到老百姓的赞誉，群众起而效之。岭表构建善堂崇祀祖师，几无处无之。二战前统计，粤东共建善堂五百余所。中国改革开放以来，潮汕各县陆续恢复了大量的善堂。旅泰华侨中潮汕人占绝大多数。因此，报德善堂传往泰国，应该说是很自然的事。泰国报德善堂创建于1897年，距今已有九十七年的历史。这个善堂继承大峰祖师的衣钵，仍然是广行善事，其中包括收验无主尸骸。后来又有人回到家乡中国潮阳和平乡，把那里供奉的大峰祖师的金身迎至泰国，几经转移，最后修建了大峰祖师庙，颜其额曰报德堂，就在我们今天到的报德善堂总部的对门。

我们今天的访问算是非正式的，但已给我留下了深刻的印象。堂里面当然会有点宗教气氛的，但并不浓。办公室布置得同现代化的大公司一般无二。我们听完了主人的介绍，走出门来，想到街对过大峰祖师庙去瞻谒。但是街上的积水,比我们来时不但未减,似乎还有点增涨。虽然近在咫尺,但步行无法过渡。我们只能临"河"伫观。但是,决不是像庄子说的那样:"两涘渚崖之间,不辨牛马。"整个对岸和大街就在眼底下,看得清清楚楚。被堵塞的汽车泡在水里,宛如中国江南水乡的小船,摩托车在船的缝罅里穿来穿去,宛如水中的游鱼。

我们伫观了一会儿,主人建议过一天再来,我们就转回了旅馆。

过了几天,我们果然又正式访问了报德善堂。雨早已停了,天已经晴好了。堂前的马路已经由"沧海"变为"桑田"。我们只走了几十步,就过了街,来到了大峰祖师庙。我以为这样一位受到万人崇敬具有无量功德的祖师,他的庙一定会庄严雄伟,殿阁巍峨,金身十丈,弟子五百。然而我眼前的这一座庙却同我国乡下的土地庙或关帝庙差不多大小。一进山门,就是庭院,长宽不过二十来尺。走几步就进了正殿,偏殿、后殿似乎都没有。金身也只有几尺高,真可谓渺矣微矣,无足道者。然而在这个渺小的庭院和大殿中却挤满了善男信女,一派虔诚肃穆又热气腾腾的景象,能够感染任何走进来的人,我顾而乐之。

在庭院中,一群妇女围坐在那里,把金纸和银纸折叠成方形、菱形的东西,不知道叫什么。我小的时候曾见过这样的金纸和银纸,多半是在为亡人发丧的时候叠成金银元宝烧掉。祭祖的时候极为少见,祭神的时候则从未见过。我从来没有推究过其原因。今天在曼谷大峰祖师庙,又见到这东西,但已经不是金银元宝的形状,于是引起我一连串的回忆与思考。难道是因为亲人初亡,到了阴间,人(按应作"鬼")生地疏,多给他们带点盘缠有利于他们的生活(按此有语病,一时想不起恰当的名词,姑仍用之)吗?不给祖先烧金银元宝,难道是因为他们移民阴间,为时已久,有的下了海,成了大款、大腕,根本用不着子孙的金银元宝了吗?至于不给神仙烧,原因似极简单。他们当了官,有权斯有钱,再给他们烧金银元宝,似乎如俗话所说的"六指划拳,多此一招"了。

我这样胡思乱想，有点失敬。但是我既然想到了，就写了出来，我只郑重声明一句：我说的祖先是指中国祖先，与泰国无涉。我从幻想中走了回来，看了看只有几丈长宽的正殿里的情景。大峰祖师的金身并不太高，端坐在神龛正中。像前地面上铺着几个蒲团，上面跪满了人，都是双手合十，口中喃喃，念的是什么经文，说的是什么话，谁也不清楚；但是虔诚之色，溢于颜面。神龛里烛光明亮，殿堂中香烟缭绕，大峰祖师好像是面含微笑，张口欲言，他在对信徒们降祉赐福。但是，我凝神观看，在氤氲的香气中，我又陷入迷离模糊，有点同刚到曼谷时的迷离模糊似乎相似，而实则极不相同。在缭绕的似云又似雾的烟气中，我恍惚看到了被大峰祖师赈济的灾民，看到了被他收殓的枯骨，甚至看到了他家乡的由他募化修建的那一座大桥，他今天已经成为把泰国的华侨和华裔紧密地同祖国联系在一起的金桥。我看到他微笑得更动人了，更让人感到福祉降临了。在这样的迷离模糊中，我走出了大峰祖师庙。

1994年5月17日

帕塔亚帕塔亚

帕塔亚帕塔亚，通称为芭堤雅。帕塔亚是一个奇怪的地方。置身其中，你就仿佛到了纽约，到了巴黎，到了东京，到了香港。然而，在二十年前，此地却只不过是一片荒凉的海滩，细浪拍岸，涛声盈耳，平沙十里，海鸥数点而已。

我们从曼谷出发，长驱数百公里，到了的时候，已经是向晚时分。到旅馆中订好房间，立即出来。此时暮霭四合，华灯初上。大街上车如流水，行人如过江之鲫。黑头发，黑眼睛，黄头发，蓝眼睛，浓装艳抹，短裤或牛仔裤，挤满了大街。泰国为世界旅游胜地，此处又为泰国胜地，其吸引力之强，可以想见。

主人先领我们到海鲜餐厅。愧我孤陋寡闻，原来我连帕塔亚都不知道，更不用说什么海鲜餐厅了。看样子，这个餐厅恐怕是此地的一个非常著名的地方，来到帕塔亚，就非来不行，否则就会是终生憾事。此处并非高楼大厦，只是一座简单的平房。这座简单的平房却有惊人的吸引力。刚才在大街上看到的黑头发，黑眼睛，黄头发，蓝眼睛，浓装艳抹，短裤或牛仔裤，仿佛一下子都挤到这里来了。在不太大的空间内，这些东西交光互影，互相辉映，在我眼前形成了奇妙的景象。我一时间眼花缭乱，目迷神眩。一进门，就看到许多玻璃缸，不，毋宁说是玻璃橱，因为是方形的，里面养着鲜鱼活虾，在水中游动。有输入氧气的管子，管口翻腾着许多珍珠似的水泡，"大珠小珠落玉盘"，只是听不到声音。意思当然是想昭告天下：这里是名副其实海鲜餐厅。在吃到嘴里以前，我们的眼睛先饱餐了一顿。

我们从五颜六色的人群的缝隙里慢慢地挤了进去。一排排的长桌子整整齐齐地排在那里，比较简陋，并不豪华。然而却坐满了人。看样子我们的主人已经事先订好了座，我们的座位就在一排长桌的最里面，紧靠一面短栏杆，外面黑咕隆咚，什么也看不见。隔了一会，我才知道，外面就是大海。我恍然茫然：二十年前，这里不正是荒凉的海滩，细浪拍岸，涛声盈耳，平沙十里，海鸥数点的地方吗？我就这样在这个本来应该是充满了诗情画意，实际上却噪杂喧闹的气氛中吃了我生平难以忘怀的一顿晚餐。

离开海鲜餐厅时，已经接近晚上九点。主人又匆匆忙忙带我们到人妖歌舞剧场。这大概是本地的第二个闻名全球的景点。"人妖"这个名词本身就让人看了可怕，听了可厌。然而在泰国确实用的就是这两个字，并不是以意为之的翻译。人妖，实际就是男娼。在中国旧社会，男娼也是有的，所谓"相公"者就是。但是，中国的男娼是顺其自然的，而泰国的"人妖"则是经过雕琢，把男人凿成女人。我常有怪想：在所有的动物中，号称"万物之灵"的人类是最能作孽的，其作恶多端的能耐，其他动物确实望尘莫及。谓予不信，请看"人妖"。

但是，不管我多么厌恶"人妖"，到了泰国，还是想看一看的。在曼谷，主人没有安排。事实上也不能安排。堂堂的一个代表国家代表大学的代表团，在日程上竟列上一项：访问"人妖"，岂不大煞风景吗？今天到了帕塔亚，是用欣赏歌舞的名义来行事的，面子上，内心里，好像都过得去了。于是我们就来到了人妖歌舞剧场。

我们来到的时间毕竟是晚了。宽敞明亮非常现代化的大厅里，已经几乎是座无虚席，我们找了又找，最后在接近最高层的地方找到了几个座位。我们坐下以后，感觉到自己好像是雄踞奥林匹克之巅的大神宙斯。低头下视，只能看到黑头发与黄头发，黑眼睛与蓝眼睛渺不可见。至于短裤或牛仔裤则只能想象了。因为跳舞台毕竟太远，台上的人妖，台上的舞蹈，只能看个大概。闪烁不定五彩缤纷的灯光，当然能够看到，歌声也能清晰听到。对我来说，这样已经够了。至于看"人妖"的明目皓齿，我则根本没有这个愿望。有时候，观众听众席的最前一排那里，似乎出了什么事，有的听众哗然大笑。我们一点也看不清楚，只能看到某一个正在表演着的"人妖"，忽然走下了舞台，走到前排观众跟前，做出了什么举动，于是群众轰然。有一回，竟有一个观众被"人妖"拉上了舞台，张口举手，似乎极窘，狼狈下台，后遂无问津者。

歌舞终于快结束了。在正式散场之前，我们为了避免拥挤，提前一二分钟走出了剧场。外面夜气已深，但灯光照样通明，霓虹灯照样闪烁，这里是一座不夜城。回到旅馆，安然睡下，第二天一大早起来，吃过早饭，就离开了帕塔亚。这本来是一个海滨旅游胜地，但是，临海而未见海。这里的海滩到底是一个什么样子呢？一团模糊。是细浪拍岸，涛声盈耳，平沙十里，海鸥数点呢？还是只有海鲜餐厅和人妖歌舞剧场？一团模糊。

这就是我的帕塔亚。

别了，一团模糊的帕塔亚！

1994年5月25日

一只小猴

只有几秒钟,也许连几秒钟都不到,我抬眼瞥见了一只小猴,在泰国的旅游胜地帕塔亚,在华灯初上的黄昏时分,在车水马龙的大马路旁,在五光十色的霓虹灯照耀下,在黑发和黄发、黑眼睛和蓝眼睛交互混杂的人流中……

小猴真正是小,看模样,也不过几个月大。它睁大一双圆溜溜的眼睛,惊奇地瞅着这非我族类的人类的闹嚷喧腾的花花世界,心里不知作何感想。它被搂在一个十几岁的小男孩子怀中,脖子上拴着链子,链子的另一端就攥在小男孩手中。它左顾右盼,上窜下跳,焦躁不安,瞬息不停。但小男孩却像如来佛的巨掌,猴子无论如何也逃脱不出去。

小男孩也焦躁不安,神情凄凉,他在费尽心血,向路人兜售这一只小猴。不管他怎样哀告,路人却像顽石一般,决不点头。黑头发不点头,黄头发也不点头。黑眼睛不眨眼,蓝眼睛也不眨眼。小男孩的神情更加凄凉了。

只有几秒钟,也许连几秒钟都不到,我把这一切都看在眼里,我的心蓦地猛烈地震动了一下:小猴的天真无邪的模样,小孩的焦急凄凉的神态,撞击着我的心。我回头注视着猴子和孩子,在霓虹灯照亮了的黑头发和黄头发的人流中,注视,再注视,一直到什么都看不见为止。

小猴和小孩的影子在我眼前消逝了,却沉重地落在我的心头。随之而来的是无穷无尽的问号:小猴是从哪里捉来的呢?是从深山老林里吗?它有没有妈妈呢?如果有,猴妈妈不想自己的孩子吗?小猴不想自己的妈妈吗?茂密不透阳光的森林同眼前的五光十色的人类的花花世界给小猴什么样的印象呢?小猴喜欢不喜欢这个拴住自己的小男孩呢?小男孩家里什么样呢?是否他父母在倚闾望子等小男孩卖掉了小猴买米下锅呢?小男孩卖不掉小猴心里想些什么呢?

我的思绪一转,立刻又引来了另外一系列的问号:小猴卖出去了没有呢?如果已经卖了出去,是黑头发黑眼睛的人买了去的呢?还是碧眼黄发的人买了去的?如果是后者的话,说不定明天一早,小猴就上了豪华的客机穿云越海而去。小猴有什么感觉呢?这样一来,小猴不用悬梁刺股拼命考"托福"就不费吹灰之力到了某些中国人眼中心中的天堂乐园。小猴翘不翘尾巴呢?它感不感到光荣呢?……

无穷无尽的问号萦绕在我的心头,我跟随着大伙儿来到了帕塔亚有名的海鲜餐厅,嘴里品尝着大个儿的新鲜的十分珍贵的龙虾,味道确实鲜美。但是我脑袋里想的是小猴,它那两只漆黑锃亮的圆圆的眼睛,在我眼前飘动。我们走进了世界著名的人妖歌舞厅,台上五彩缤纷,歌声嘹亮入云,舞姿轻盈曼妙,台下欢声雷动。但是我脑袋里想的是小猴。一直到深夜转回雍容华贵的大旅馆,我脑袋里想的仍然是小猴,那一只在不到几秒钟内瞥见的小猴。

小猴在我脑海里变成了一个永恒的问号。

1994年5月4日

奇石馆

石头有什么奇怪的呢？只要是山区，遍地是石头，磕磕绊绊，走路很不方便，让人厌恶之不及，哪里还有什么美感呢？

但是，欣赏奇石，好像是中国特有的传统的审美情趣。南南北北，且不说那些名园，即使是在最普通的花园中，都能够找到几块大小不等的太湖石，甚至假山。这些石头都能够给花园增添情趣，增添美感，再衬托上古木、修竹、花栏、草坪、曲水、清池、台榭、画廊等等，使整个花园成为一个审美的整体，错综与和谐统一，幽深与明朗并存，充分发挥出东方花园的魅力。

我现在所住的燕园，原是明清名园，多处有怪石古石。据说都是明末米万钟花费了惊人的巨资，从南方运来的。连颐和园中乐寿堂前那一块巨大的石头，也是米万钟运来的，因为花费太大，他这个富翁因此而破了产。

这些石头之所以受人青睐,并不是因为它大,而是因为它奇,它美,美在何处呢?据行家说,太湖石必须具备四个条件,才能算是美而奇:透、漏、秀、皱。用不着一个字一个字地来分析解释。归纳起来,可以这样理解:太湖石最忌平板。如果不忌的话,则从山上削下任何一块石头来,都可以充数。那还有什么奇特,有什么诡异呢?它必须是玲珑剔透,才能显现其美,而能达到这个标准,必须是在水中已经被波浪冲刷了亿万年。夫美岂易言哉!岂易言哉!

以上说的是大石头。小石头也有同样的情况。中国人爱小石头的激情,决不下于大石头。最著名的例子就是南京的雨花石。雨花大名垂宇宙,由来久矣。其主要特异之处在于小石头中能够辨认出来的形象。我曾在某一个报刊上读到一则关于雨花石的报导,说某一块石头中有一幅观音菩萨的像,宛然如书上画的或庙中塑的,形态毕具,丝毫不爽。又有一块石头,花纹是齐天大圣孙悟空,也是形象生动,不容同任何人、神、鬼、怪混淆。这些都是鬼斧神工,本色天成,人力在这里实在无能为力。另外一种小石头就是有小山小石的盆景。一座只有几寸至多一尺来高的石头山,再陪衬上几棵极为矮小却具有参天之势的树,望之有如泰岳,巍峨崇峻,咫尺千里,真地是"一览众山小"了。

总之,中国人对奇特的石头,不管大块与小块,都情有独钟,形成了中国特有的审美情趣,为其他国家所无。美籍华人建筑大师贝聿铭先生设计香山饭店时,利用几面大玻璃窗当作前景,窗外小院中耸立着一块太湖石,窗子就成了画面。这种设计思想,极为中国审美学家所称赞。虽然贝聿铭这个设计获得了西方的国际大奖,我看这也是为了适应中国人的审美情趣,碧眼黄发人未必理解与欣赏。现在文化一词极为流行,什么东西都是文化,什么茶文化、酒文化,甚至连盐和煤都成了文化。我们现在来一个石文化,恐怕也未可厚非吧。

我可是万万没有想到,竟在离开北京数千里的曼谷——在旧时代应该说是万里吧——找到了千真万确的地地道道的石文化,我在这里参观了周镇荣先生创建的奇石馆。周先生在解放前曾在国立东方语专念过书,也可以算是北大的校友吧。去年10月,我到昆明去参加纪念郑和的大会,在那里见到了周先生。蒙他赠送奇石一块,让我分享了奇石之美。他定居泰国,家在曼谷。这次相遇,颇有一点旧雨重逢之感。

他的奇石馆可真让我大吃一惊,大开眼界。什么叫奇石馆呢?因为我从来没有见过这样的馆,难免有一些想象。现在一见到真馆,我的想象被砸得粉碎。五光十色,五颜六色,五彩缤纷,五花八门,大大小小,方方圆圆,长长短短,粗粗细细,我搜索枯肠,把我所知道的一切带数目字的俗语都搜集到一起;又到我能记忆的旧诗词中去搜寻描写石头花纹的清词丽句。把这一切都堆集在一起,也无法描绘我的印象于万一。在这里,语言文字都没用了,剩下的只有心灵和眼睛。我只好学一学古代的禅师,不立文字,明心见性。想立也立不起来了。到了主人让我写字留念的时候,我提笔写了"琳琅满目,巧夺天工",是用极其拙劣的书法,写出了极其拙劣的思想。晋人比我聪明,到了此时,他们只连声高呼:"奈何!奈何!"我却无法学习,我要是这样高呼,大家一定会认为我神经出了毛病。

听周先生自己讲搜寻石头的故事,也是非常有趣的。他不论走到什么地方,一听到有奇石,便把一切都放下,不吃,不喝,不停,不睡,不管黑天白日,不管刮风下雨,不避危险,不顾困难,非把石头弄到手不行。馆内的藏石,有很多块都隐含着一个动人的故事。中国古书上说:"精诚所至,金石为开。"这话在周镇荣先生身上得到了证明。宋代大书法家米芾酷爱石头,有"米颠拜石"的传说。我看,周先生之颠决不在米芾之下。这也算是石坛佳话吧。

无独有偶,回到北京以后,到了4月26日,我在《中国医药报》上读到了一篇文章:《石头情结》,讲的是著名美学家王朝闻先生酷爱石头的故事。王先生我是认识的,好多年以前我们曾同在桂林开过会。漓江泛舟,同乘一船。在山清水秀弥漫乾坤的绿色中,我们曾谈过许多事情,对其为人和为学,我是衷心敬佩的。当时他大概对石头还没有产生兴趣,所以没有谈到石头。文章说:"十多年前在朝闻老家里几乎见不到几块石头,近几年他家似乎成了石头的世界。"我立即就想到:"这不是另外一个奇石馆吗?"朝闻老大器晚成,直到快到耄耋之年,才形成了石头情结。一旦形成,遂一发而不能遏止。他爱石头也到了颠的程度,他是以一个雕塑家美学家的目光与感情来欣赏石头的,凡人们在石头上看不到的美,他能看到。他惊呼:"大自然太神奇了。"这比我在上面讲到的晋人高呼"奈何!奈何!"的情景,进了一大步。

　　石头到处都有,但不是人人都爱。这里面有点天分,有点缘分。这两件东西并不是人人都能有的。认识这样的人,是不是也要有点缘分呢?我相信,我是有这个缘分的。在不到两个月的短短的时间内,我竟能在极南极南的曼谷认识了有石头情结的周镇荣先生,又在极北极北的北京知道了老友朝闻老也有石头情结。没有缘分,能够做得到吗?请原谅我用中国流行的办法称朝闻老为北颠,称镇荣先生为南颠。南北二颠,顽石之友。在茫茫人海芸芸众生中,这样的颠是极为难见的。知道和了解南北二颠的人,到目前为止,恐怕也只尚有我一个人。我相信,通过我这一篇短文,通过我的缘分,南北二颠会互相知名的,他们之间的缘分也会启发出来的。有朝一日,南周北王会各捧奇石相会于北京或曼谷,他们会掀髯(可惜二人都没有髯,行文至此,不得不尔)一笑的,他们都会感激我的。这样一来,岂不猗欤盛哉!我馨香祷祝之矣。

1994年5月24日凌晨于细雨声中写完,心旷神怡

第五辑 神州游记

季羡林在台湾胡适纪念馆门前留影

游天池

有如一个什么神仙，从天堂上什么地方，把一个神仙的池塘摔了下来，落到地上，落到天山里面，就成了现在的天池。

民间流传的神话说，半山的小天池是王母娘娘的洗脚盆，山顶上的大天池是王母娘娘的浴池。如果真有一个王母娘娘的话，她的洗脚盆或者浴池大概也只能是这个样子。"西望瑶池降王母"，唐代大诗人杜甫已经这样期望过了。至于她究竟降下来了没有，我们不得而知。如今却只是王母已乘青鸾去，此地空余双天池。

今天我们就来到了这个天池。

早就听到新疆朋友们说，到新疆来而不去天池，那就等于没有来。我们决不甘心到了新疆而等于没有来。所以在百忙中冒着传说中天池的寒气从乌鲁木齐趱行两百多里路来到了这里。

天山像一团黑云，横亘天际。从很远的地方就可以望到山顶上白皑皑的雪峰，插入蔚蓝的天空。我在内地从来没有看到过真正的雪峰。来到这里,乍一看到,眼前仿佛一下子亮了起来,兴致也随之而腾涌。车子一开进大山,不时看到哈萨克牧民赶着羊群或马群,用老黄牛驮着蒙古包,从山上迤逦走下山来。耳朵里听到的是从万古雪峰上溶化后流下来的雪水在路旁山溪中潺湲的声音。靠近我们的山峰顶上并没有雪,只是在山脊的背阴处长满茂密的松林,据说是原始森林。一棵棵古松都长得苍劲挺直,整整齐齐地排在那里。不长松林的地方,也都是绿草如茵,青翠如碧琉璃。在这些山峰的背后,就是万古雪峰,仿佛近在眼前,伸手就能够抓一把雪过来。然而,据说有一些雪峰还没有人爬上去过哩。

在一路泉声的伴奏下,车子盘旋而上。有时候路比较平坦;有时候则非常陡。往往是转过一个大弯以后,下视走过的山路,深深地落到脚下,令人目眩不敢久视。走到半山的时候,路旁出现了一个圆圆的颜色深绿的池塘,这就是所谓小天池。在这样高的地方,有这样深的池塘,不是从天上摔下来又是从什么地方来的呢?汽车再往上盘旋,最后来到一个山脊上。眼前豁然开朗,久仰大名的大天池就展现在眼前。烟波浩渺,水色深碧,据说是深不可测。在海拔两千米的地方,在众山环抱中,在一系列小山的下面,居然有这样一个湖泊。不见是不会相信的,见了仍然不能相信。这更加强了我的疑问:不是从天山摔下来又是从什么地方来的呢?在这里,幻想大有驰骋的余地,神话也大有销售的市场。天池对面的山坡上长满了挺拔的青松。青松上面是群峰簇列。在众峰之巅就露出了雪峰,在阳光下亮晶晶闪着白光,仿佛离我们更近了。我们此时心旷神怡,逸兴遄飞,面对神话般的雪峰,真像是羽化而登仙了。

在池边的乱石堆中,却另有一番景象。这里人来人往,摩肩接踵,吵吵嚷嚷,拥拥挤挤,一点也没有什么仙气。有很多工厂或者什么团体,从几百里路以外,用汽车运来了肥羊,就在池边乱石堆中屠宰,鲜血溅地,赤如桃花;而且就地剥皮剔肉,把滴着鲜血的羊皮晒在石头上。在石旁支上大锅，做起手抓饭来。碧水池畔，炊烟滚滚；白山脚下，人声喧哗。那些带着酒瓶和乐器的人，又吃又喝，载歌载舞，划拳之声，震响遐迩。卖天山雪莲的人，也挤在里面，大凑其热闹。连那些哈萨克人放牧的牛，没有人管束，也挤在人群中，尖着一双角，摇着尾巴，横冲直撞，旁若无人。我想，不但这些牛心中眼中没有什么雪峰天池，连那些人，心中眼中也同样没有什么雪峰天池。他们眼中看到的只是一碗手抓羊肉，一杯美酒。他们不过是把吃手抓羊肉的地方掉换一下而已。我仿佛看到雪峰在那里蹙眉，天池在那里流泪……

至于我们自己，我们从远方来的人却是心中只有天池，眼中只有雪山。我恨不能把这白山绿水搬到关内，让广大的人民共饱眼福。这当然是不可能的。我只有瞪大了眼睛，看着天池和雪峰，我想用眼睛把它们搬走。我看着，看着，眼前的景色突然变幻。王母娘娘又回来了。她正驾着青鸾，飞翔在空中，仙酒蟠桃，翠盖云旗，随从如云，侍女如雨，飞过雪峰，飞过青松，就停留在天池上面。"于是屏翳收风，川后静波，冯夷鸣鼓，女娲清歌。腾文鱼以警乘，鸣玉鸾以偕逝。六龙俨其齐首，载云车之容裔。鲸鲵踊而夹毂，水禽翔而为卫。"此时云霞满天，彩虹如锦，幻成一幅五色缤纷的画图。

但是，幻象毕竟只是幻象。一转瞬间，一切都消逝无余。展现在眼前的仍然是碧波荡漾的天池、郁郁葱葱的青松、闪着白光的雪峰和熙攘往来的人群。这时候，日头已经有点偏西。雪峰的阴影似乎就要压了下来。是我们下山的时候了。我们又沿着盘山公路，驶下山去。走到小天池的时候，回望雪峰，在大天池只能看到两座峰顶，这里却看到了五座，白皑皑，亮晶晶刺入蔚蓝无际的晴空。

1979年8月3日写于乌鲁木齐野营地

1980年5月14日改毕于北京

在敦煌

刚看过新疆各地的许多千佛洞,在驱车前往敦煌莫高窟千佛洞的路上,我心里就不禁比较起来:在那里,一走出一个村镇或城市,就是戈壁千里,寸草不生;在这里,一离开柳园,也是平野百里,禾稼不长;然而却点缀着一些骆驼刺之类的沙漠植物,在一片黄沙中绿油油地充满了生意,看上去让人不感到那么荒凉、寂寞。

我们就是走过了数百里这样的平野,最终看到一片葱郁的绿树,隐约出现在天际,后面是一列不太高的山岗,像是一幅中国水墨山水画。我暗自猜想:敦煌大概是来到了。

果然是敦煌到了。我对敦煌真可以说是"久仰大名,如雷贯耳"了。我在书里读到过敦煌,我听人谈到过敦煌,我也看过不知多少敦煌的绘画和照片。几十年梦寐以求的东西如今一下子看在眼里,印在心中,"相见翻疑梦",我似乎有点怀疑,这是否是事实了。

敦煌毕竟是真实的。它的样子同我过去看过的照片差不多，这些我都是很熟悉的。此处并没有崇山峻岭，幽篁修竹，有的只不过是几个人合抱不过来的千岁老榆，高高耸入云天的白杨，金碧辉煌的牌楼，开着黄花、红花的花丛。放在别的地方，这一切也许毫无动人之处；然而放在这里，给人的印象却是沙漠中的一个绿洲，戈壁滩上的一颗明珠，一片淡黄中的一点浓绿，一个不折不扣的世外桃源。

至于千佛洞本身，那真是琳琅满目，美不胜收，五光十色，云蒸霞蔚。无论用多么繁缛华丽的语言文字，不管这样的语言文字有多少，也是无法描绘，无法形容的。这里用得上一句老话了："只能意会，不能言传。"洞子共有四百多个，大的大到像一座宫殿，小的小到像一个佛龛。几乎每一个洞子里都画着千佛的像。洞子不论大小，墙壁不论宽窄，无不满满地画上了壁画。艺术家好像决不吝惜自己的精力和颜料，决不吝惜自己的光阴和生命，把墙壁上的每一点空间，每一寸的空隙，都填得满满的，多小的地方，他们也决不放过。他们前后共画了一千年，不知流出了多少汗水，不知耗费了多少心血，才给我们留下了这些动人心魄的艺术瑰宝。有的壁画，就暴露在光天化日之下，经过了一千年的风吹、雨打、日晒、沙浸，但彩色却浓郁如新，鲜艳如初。想到我们先人的这些业绩，我们后人感到无比地兴奋、震惊、感激、敬佩，这难道不是很自然的吗？

我们走进了洞子，就仿佛走进了久已逝去的古代世界，甚至古代的异域世界；仿佛走进了神话的世界，童话的世界。尽管洞内洞外一点声音都没有，但是看到那些大大小小的雕塑，特别是看到墙上的壁画：人物是那样繁多，场面是那样富丽，颜色是那样鲜艳，技巧是那样纯熟，我们内心里就不禁感到热闹起来。我们仿佛亲眼看到释迦牟尼从兜率天上骑着六牙白象下降人寰，九龙吐水为他洗浴，一生下就走了七步，口中大声宣称："天上天下，唯我独尊。"我们仿佛看到他读书、习艺。

他力大无穷，竟把一只大象抛上天空，坠下时把土地砸了一个大坑。我们仿佛看到他射箭，连穿七个箭靶。我们仿佛看到他结婚，看到他出游，在城门外遇到老人、病人、死人与和尚，看到他夜半乘马逾城逃走，看到他剃发出家。我们仿佛看到他修苦行，不吃东西，修了六年，把眼睛修得深如古井。我们又仿佛看到他翻然改变主意，毅然放弃了苦行，吃了农女献上的粥，又恢复了精力，走向菩提树下，同恶魔波旬搏斗，终于成了佛。成佛后到处游行，归示，度子，年届八旬，在双林涅槃。使我们最感兴趣、给我们印象最深的是那许许多多的涅槃的画。释迦牟尼已经逝世，闭着眼睛，右胁向下躺在那里。他身后站着许多和尚和俗人。前排的人已经得了道，对生死漠然置之，脸上毫无表情地站在那里。后排的人，不管是国王，各族人民，还是和尚、尼姑，因为道行不高，尘欲未去，参不透生死之道，都嚎啕大哭，有的捶胸，有的打头，有的击掌，有的顿足，有的撕发，有的裂衣，有的甚至昏倒在地。我们真仿佛听到哭声震天，看到泪水流地，内心里不禁感到震动。最有趣的是外道六师，他们看到主要敌手已死，高兴得弹琴、奏乐、手舞、足蹈。在盈尺或盈丈的墙壁上，宛然一幅人生哀乐图。这样的宗教画，实际上是人世社会的真实描绘。把千载前的社会现实，栩栩如生地搬到我们今天的眼前来。

在很多洞子里，我们又仿佛走进了西方的极乐世界，所谓净土。在这个世界里，阿弥陀佛巍然坐在正中。在他的头上、脚下、身躯的周围画着极乐世界里各种生活享受：有伎乐，有舞蹈，有杂技，有饮馔。好像谁都不用担心生活有什么不足，衣来伸手，饭来张口。而且这些饮食和衣服，都用不着人工去制作。到处长着如意神树，树枝子上结满了各种美好的饮食和衣着，要什么，有什么，只须一伸手一张口之劳，所有的愿望就都可以满足了。小孩子们也都兴高采烈，他们快乐得把身躯倒竖起来。到处都是美丽的荷塘和雄伟的殿阁，到处都是快活的游人。

这些人同我们这些凡人一样，也过着世俗的生活。他们也结婚。新郎跪在地上，向什么人叩头。新娘却站在那里，羞答答不肯把头抬。许多参加婚礼的客人在大吃大喝。两只鸿雁站在门旁。我早就读过古代结婚时有所谓"奠雁"的礼节，却想不出是什么情景。今天这情景就摆在我眼前，仿佛我也成了婚礼的参加者了。他们也有老死。老人活过四万八千岁以后，自己就走到预先盖好的坟墓里去。家人都跟在他后面，生离死别。虽然也有人磕头涕哭，但是总起来看，脸上的表情却都是平静的、肃穆的，好像认为这是人生规律，无所用其忧戚与哀悼。所有这一切世俗生活的绘画，当然都是用来宣扬一个主题思想：不管在什么样的生活环境中，只要一心念阿弥陀佛，就可以往生净土，享受天福。这当然都是幻想，甚至是欺骗。但是艺术家的态度是认真的，他们的技巧是惊人的。他们仔细地描，小心地画，结果把本是虚无缥缈的东西画得像真实的事物一样，生动活泼地、毫不含糊地展现在我们眼前，让我们对于历史得到感性认识，让我们得到奇特美妙的艺术享受。艺术家可能真正相信这些神话的，但是这对我们是无关重要的，重要的是他们的画。这些画画得充满了热情，而且都取材于现实生活。在世界各国的历史上，所有的神仙和神话，不管是多么离奇荒诞，他们的模特儿总脱离不开人和人生，艺术家通过神仙和神话，让过去的人和人生重现在我们眼前。我们探骊得珠，于愿已足，还有什么可以强求的呢？

　　最使我吃惊的是一件小事：在这富丽堂皇的极乐世界中，在巍峨雄伟的楼台殿阁里，却忽然出现了一只小小的老鼠，鼓着眼睛，尖着尾巴，用警惕狡诈的目光向四下里搜寻窥视，好像见了人要逃窜的样子。我很不理解，为什么艺术家偏偏在这个庄严神圣的净土里画上一只老鼠。难道他们认为，即使在净土中，四害也是难免的吗？难道他们有意给这万人向往的净土开上一个小小的玩笑吗？难道他们有意表示即使是净土也不是百分之百的纯洁吗？我们大家都不理解，经过推敲与讨论，仍然是不理解。但是我们都很感兴趣，认为这位艺术家很有勇气，决不因循抄袭，决不搞本本主义，他敢于石破天惊地去创造。我们对他都表示敬意。

在许多洞子里，我们还看到了许多经变，什么法华经变，楞伽经变，金光明经变，如此等等。艺术家把经中的许多章节，不是根据经文，而是根据变文，用绘画的形式表现出来。在这些经变里，法华经普门品似乎是最受欢迎的一品。普门品说，谁要是一心称观世音菩萨的名，入大火，大火不能烧；入大水，大水不能漂；入海求宝遇到黑风，船飘堕罗刹国，可以解脱罗刹之难；遭迫害临刑，刑刀段段坏；女子求生男孩，就可以生福德智慧之男；求生女孩，就可以生端正有相之女。总之，威灵显赫，有求必应。画上最多的是临刑刀寸寸断的情景。这似乎是最能形象地表现观音菩萨的法力的一个题材。但是我们也可以看到许多描绘人民生活和生产的情景。一个农民赶着耕牛去耕地。许多小手工业者坐在那里制作什么东西。人们在家里面安静地宴客。人们在花园中游乐。人们到灞桥去送别亲友，折杨柳为赠。我曾在不知多少唐诗中读到这情景，今天才第一次在绘画上看到。最有意思的、最耐人寻味的是许多绘画，画的是人们大便的情景，刷牙的情景，据我所知道的，在世界各国任何时代的任何绘画中都难找到这样的绘画。这好像也成了绘画的禁区。然而我们的艺术家却有勇气冲破这不成文而事实上却存在的禁区，把这种细微并不那么太雅观的情景画给我们看。除了佩服以外，我还能说些什么呢？此外，描绘舞蹈的场面和杂技的场面，也是非常动人的。一个个乐队，一个个乐工，手中执着各种各样的乐器，什么箫、笛、筝、琴、箜篌、排箫、阮咸、琵琶，还有尺八，神情是这样逼真，人物是这样细致，我们耳中仿佛能听到各种乐器和谐的弹奏声，静静的洞子一时喧阗起来。舞蹈的场面也很动人。男女舞人，翩翩起舞，有人甩着长大的袖子，有人动作非常强烈，所谓"胡旋舞"大概就是这个样子吧。我们看到的虽然不是真正舞蹈,而只是绘画,但是我们也恍然感到"观者如山色沮丧,天地为之久低昂。如羿射九日落,矫如群帝骖龙翔,来如雷霆收震怒,罢如江海凝清光"。至于杂技,更是动人心魄。一个演员站在那里,头上顶着长竿,竿顶上站着一个人,人头顶上还站着一个小孩子。看那摇摇欲坠的样子,我们不禁为画上的古人担忧起来。然而,不要怕,两旁还站着两个人哩。他们好像是为了防备万一而站在那里。虽然都戴着纱帽,斯斯文文的,看来好像也满有把握。我们可以放心了。前面坐着一些人,这大概就是观众。画面上人数不算多,但看上去却热闹得很。在古代文化交流中,音乐、舞蹈和杂技,好像是占着突出的地位。在新疆的许多千佛洞中,这样的场面也是随时可见的。

在所有的经变中,维摩诘经变是最常见的。这一部经在唐代大概非常流行、非常受欢迎的。唐代一个姓王的大诗人,取名维,字摩诘,合起来就是维摩诘,就是一个很好的证明。我们在很多洞子里,都看到关于维摩诘的壁画。尽管大小不同,洞子不同;但是他的形象却基本上是一致的。维摩诘手执麈尾或者扇子,傲然地斜坐在一张床上,眼神嘴角流露出一副能言善辩、轻蔑貌视的神态。这一部经本身就是一部很好的长篇小说,讲的是一个佛教的居士,名叫维摩诘,唐玄奘译为无垢称。他深通佛法,辩才无碍。有一次他病了,如来佛派大弟子舍利弗去问疾。舍利弗吃过他辩才的苦头,有点发怵不敢去。佛又派大目犍连、大迦叶、须菩提、富楼那多罗尼子、摩诃迦旃延、阿那律、优波离、罗睺罗、阿难、弥勒菩萨、善德等等去,但是谁也没有胆量去。最后文殊师利膺命前往。维摩诘以神力空其室内,只留下了一张床,他生病坐在上面。于是二人展开了一场辩才战。诸菩萨、大弟子、群释、四天王等都赶来瞧热闹。后来舍利弗和大迦叶也赶了来。最后文殊师利和维摩诘一起来见佛。这一篇小说似的经文以如来把正法付嘱于弥勒佛而结束。

小说本身内容很丰富，辩论很激烈，描绘很生动，对话很犀利。壁画更发展了这一部经文，把故事画得热闹非常、生动活泼，具有极大的感染力。维摩诘仿佛就要从床上站立起来，而且要走下墙来，同我们展开一场唇枪舌战……

在许多洞子里，除了神话故事以外，还画着许多世俗画。开洞的窟主往往把自己以及一家人都画在墙上。有时候画上一队男官人，前面的几个都是秃头的和尚；一队贵妇前面几个是秃头的尼姑。这是本家庭里面出家的人，是他们的光荣，是他们的骄傲，所以才被画在前面。这些男女贵人排成队，好像要向佛爷走去。他们为什么要把自己的像画在这千佛洞里呢？是为了宗教功德吗？还是为了永垂不朽？恐怕二者都有一点吧。最引人注目的是张义潮出游图。唐代这一个独霸一方的大军阀、大官僚，在河西一带很有势力，很有影响，他一跺脚，整个河西走廊都会震动。他的家族开凿了不少的洞子，在一个洞子里就画着自己出游的情景。他自己巍然骑在马上，前面是部队开路，也都骑着马，有的手里拿着乐器，有的手里举着旗帜。拿乐器的正在猛吹猛奏，好像是要行人回避，也好像是在为军容壮声威。后面跟的是成群的扈从，都是宽衣博带，雍容华贵。乐器中除了喇叭等之外，还有画角，我从小念唐诗，不知多少次碰到"画角"这个字眼，但是始终没有见过画角是什么样子。今天见面，宛如故友重逢，分外感到亲切。总之，这一幅一千多年前的出游行乐图，彩色鲜艳地、生动活泼地摆在我们眼前。当时的情景跃然壁上。我们今天站在下面看壁画的人，恍惚间成了当时站在路旁的旁观者，看人马杂沓，车如流水，乐声喧腾，尘土飞扬，好像正从墙壁的一端走向另一端，转瞬即逝。

在一个洞子里，我们还看到一幅巨大的五台山图。既然是五台山，当然与宣扬文殊菩萨是分不开的。但是我们今天看到的却是一幅用绘画形式表现出来的地图和人民生活图。这幅图上画的是从镇州（正定）一直到并州（太原）旅途的情景。这条绵延数百里的路是同绵延数百里的五台山分不开的。这座大山峰峦起伏，山头林立，宛如雨后的春笋一般。山上的名刹都画出了房舍，标出了名字。山下则是一条商路。商人们熙熙攘攘，车水马龙，牲口背上驮着货物，匆匆忙忙向前趱行。旅途是遥远的，就必然要有住宿的客店。于是在图上许多地方都画着客店。店主人、店小二在热情地招呼客人，客人则是出出进进，热闹非常。我们今天的中国青年，甚至中年老年，习惯于住北京饭店、国际饭店一类的高楼大厦，对古代商人旅人行路困难丝毫没有认识。读到"鸡声茅店月，人迹板桥霜"，还有什么"夕阳西下，断肠人在天涯"，也许还能引起一些遐思，但是决不会引起同情，我们对那种生活已经非常非常隔膜了。但是这一幅五台山图，会把我们带回到当年的生活环境中去，让我们做一个思古的梦。从这个意义上来讲，这一幅壁画无疑是我们的国宝之一。当年有一个帝国主义国家要出十万美元，收买这一幅壁画，没有得逞，否则我们的这件国宝早已到了波士顿博物馆之类的地方去了。岂不惜哉！

在另外一些洞子里，我们还看到一些和尚西行求法的壁画。这也是必然的。开凿这些洞子主要的是为了宣扬佛教。"千佛洞"这个名词本身就说明了一切。佛教来自印度，这里画着许多出生在印度的佛爷和菩萨，是很自然的。但是如果没有中国和尚到印度去取经，没有印度和尚到中国来送经，佛教是决不会自己走了来的。因此，我们总是期望，在某一些洞子里能够看到中国西行求法的和尚，事实上也正是这样，我们看到了，而且看到的还不少。一提到西行求法，谁都会立刻就想到唐代高僧玄奘。在一个洞子里，我们确实看到了唐僧取经的壁画。这是一幅水月观音的巨大的壁画，水月观音巨大的身躯几乎占满了全壁。他身上衣着金碧辉煌，头上冠冕富丽堂皇。令人吃惊的是，他嘴上居然还留着一撮小胡子。他神态倨傲又慈悲，伸脚坐在那里。在壁画的右下角一块小小的地方画着玄奘，双手合十站在一个悬崖上，面向水月观音，好像就正向他致敬。他身后是大徒弟孙悟空，手里牵着那一匹小白龙变成的马。二徒弟猪八戒和三徒弟沙僧跑到哪里去了呢？看样子他们并没有去寻山探路，也不是去托钵求斋，他们还站在壁画外面，正在向着壁画里走哩。

同求法高僧有联系的是商人。宗教按理说是出世的，和尚尼姑是不许触摸金银的。而"商人重利轻别离"，他们总是想赚大钱的。他们之间是风马牛不相及的，哪里会有什么联系呢？但是所有在中国境内的千佛洞都是开凿在丝绸之路沿线的，丝绸之路顾名思义是一条商业大道。这就有力地说明了二者间的密切关系。在印度佛教史上，从佛祖释迦牟尼开始，就同商人有亲密地往来，和尚和商人，不但相辅相成，而且相依为命。所以丝绸之路，同时也是宗教之路。中国、印度和其他国家的高僧很大一部分是走丝绸之路来往的。因此，在千佛洞里除了求法高僧外，看到商人的壁画，也是很自然的。在新疆拜城克孜尔千佛洞中，我曾在一壁佛画的中间一小块空隙中看到一个穿伊朗服装的商人，赶着几匹骆驼，上面驮着中国出产的丝，正在走路的样子。一个佛爷站在旁边，好像把自己的右手的两个指头像点蜡烛一样点了起来，发出万丈光芒，照亮了丝绸之路。这幅壁画的用意是再清楚不过的，这里用不着多说。在敦煌的千佛洞里，丝绸之路也有所表现。贩运丝绸的中外商人，赶着骆驼和马，向西方迈进。沙路茫茫，前途万里，而商人毫不气馁。有的地方画着商人在路上走路的情况。路大概是很难走，马走得乏了，再也不想前进，于是一个商人在前面用力牵，另一个商人在后面拼命地用鞭子抽打，人忙马嘶的情景宛在目前，宛在耳边。还有不少地方画着商人遇劫的情况。一些绿林豪客手执明晃晃的钢刀，耀武扬威地挡在那里。商人们则卑躬屈膝，甚至跪在地上求饶，觳觫之状可掬，他们仿佛是在对话，声音就响在我们耳边。可见，虽然有佛光照亮万里长途，但人间毕竟是人间，行路难之叹，唐代诗人早就发出来了，何况是漫漫数万里呢？至于海上商路，虽然不在丝绸之路上，但是我们的艺术家也不放过。我们在几个地方都看到航海的商船。船并不大，上面画着几个人，好像都已经把船占满了，有点象征主义的味道。但是船外的海涛决不含糊地告诉我们，这是漂洋过海的壮举。为什么在万里之外的甘肃新疆大沙漠里，竟然画到海上贸易呢？这一点，我还不十分清楚，也还要推敲而且研究。

总之，洞子共有四百多个，壁画共有四万多平方米，绘画的时间绵延了一千多年，内容包括了天堂、净土、人间、地狱、华夏、异域、和尚、尼姑、官僚、地主、农民、工人、商人、小贩、学者、术士、妓女、演员、男、女、老、幼，无所不有。在短短的几天之内，我仿佛漫游了天堂、净土，漫游了阴司、地狱，漫游了古代世界，漫游了神话世界，走遍了三千大千世界，攀登神山须弥山，见到了大梵天、因陀罗，同四大天王打过交道，同牛首马面有过会晤，跋涉过迢迢万里的丝绸之路，漂渡烟波浩渺的大海大洋，看过佛爷菩萨的慈悲相，听维摩诘的辩才无碍，我脑海里堆满色彩缤纷的众生相，错综重叠，突兀峥嵘，我一时也清理不出一个头绪来。在短短几天之内，我仿佛生活了几十年。在过去几十年中，对于我来说是非常抽象的东西，现在却变得非常具体了。这包括文学、艺术、风俗、习惯、民族、宗教、语言、历史等等领域。我从前看到过唐代大画家阎立本的帝王图，李思训的金碧山水，宋朝朱襄阳朱点山水，明朝陈老莲的人物画，大涤子的山水画，曾经大大地惊诧于这些作品技巧之完美，意境之深邃，但在敦煌壁画上，这些都似乎是司空见惯，到处可见。而且敦煌壁画还要胜它们一筹：在这里，浪漫主义的气氛是非常浓的。有的画家竟敢画一个乐队，而不画一个人，所有的乐器都系在飘带上，飘带在空中随风飘拂，乐器也就自己奏出声音，汇成一个气象万千的音乐会。这样的画在中国绘画史上，甚至在别的国家的绘画史上能够找得到吗？

不但在洞子里我们好像走进了久已逝去的古代世界，就是在洞子外面，我们倘稍不留意，就恍惚退回到历史中去。我们游览国内的许多名胜古迹时，总会在墙壁上或树干上看到有人写上的或刻上的名字和年月之类的字，什么某某人何年何月到此一游。这种不良习惯我们真正是已经司空见惯，只有摇头苦笑。但要追溯这种行为的历史那恐怕是古已有之了。《西游记》上记载着如来佛显示无比的法力，让孙悟空在自己的手掌中翻筋斗，孙悟空翻了不知多少十万八千里的筋斗，最后翻到天地尽头，看到五根肉红柱子，撑着一股青气。为了取信于如来佛，他拔下一根毫毛，吹口仙气，叫"变！"，变作一管浓墨双毫笔。在那中间柱子上写一行大字云："齐天大圣，到此一游。"还顺便撒了一泡猴尿。因此，我曾想建议这一些唯恐自己的尊姓大名不被人知、不能流传的善男信女，倘若组织一个学会时，一定要尊孙悟空为一世祖。可是在敦煌，我的想法有些变了。在这里，这样的善男信女当然也不会绝迹。在墙壁上题名刻名到处可见，这些题刻都很清晰，仿佛是昨天才弄的。但一读其文，却是康熙某年，雍正某年，乾隆某年，已经是几百年以前的事了。当我第一次看到的时候，我不禁一愣：难道我又回到康熙年间去了吗？如此看来，那个国籍有点问题的孙悟空不能专"美"于前了。

我们就在这样一个仿佛远离尘世的弥漫着古代和异域气氛的沙漠中的绿洲中生活了六天。天天忙于到洞子里去观看。天天脑海里塞满了五光十色丰富多彩的印象，塞得是这样满，似乎连透气的空隙都没有。我虽局处于斗室之中，却神驰于万里之外；虽局限于眼前的时刻之内，却恍若回到千年之前。浮想联翩，幻影沓来，是我生平思想最活跃的几天。我曾想到，当年的艺术家们在这样阴暗的洞子里画画，是要付出多么大的精力啊！我从前读过一部什么书，大概是美术史之类的书，说是有一个意大利画家，在一个大教堂内圆顶天篷上画画，因为眼睛总要往上翻,画了几年之后,眼球总往上翻,再也落不下来了。我们敦煌的千佛洞比意大利大教堂一定要黑暗得多,也要狭小得多,今天打着手电,看洞子里的壁画,特别是天篷上藻井上的画,线条纤细,着色繁复,看起来还感到困难,当年艺术家画的时候,不知道有多少困难要克服。周围是茫茫的沙碛,夏天酷暑,而冬天严寒,除了身边的一点浓绿之外,放眼百里惨黄无垠。一直到今天,饮用的水还要从几十里路外运来,当年的情况更可想而知。在洞子里工作,他们大概只能躺在架在空中的木板上,仰面手执小蜡烛,一笔一笔地细描细画。前不见古人,我无法见到那些艺术家了。我不知道他们的眼睛也是否翻上去再也不能下来。我不知道是一种什么力量在支撑着他们,在那样艰苦的条件下给我们留下了这样优美的杰作,惊人的艺术瑰宝。我们真应该向这些艺术家们致敬啊!

我曾想到,当年中国境内的各个民族在这一带共同劳动,共同生活,有的赶着羊群、牛群、马群,逐水草而居,辗转于千里大漠之中;有的在沙漠中一小块有水的土地上辛勤耕耘,努力劳作。在这里,水就是生命,水就是幸福,水就是希望,水就是一切,有水斯有土,有土斯有禾,有禾斯有人。在这样的环境中,只有互相帮助,才能共同生存。在许多洞子里的壁画上,只要有人群的地方,从人们的面貌和衣着上就可以看到这些人是属于种种不同的民族的。但是他们却站在一起,共同从事什么工作。我认为,连开凿这些洞的窟主,以及画壁画的艺术家都决不会出于一个民族。这些人今天当然都已经不在了。人们的生存是暂时的,民族之间的友爱是长久的。这一个简明朴素的真理,一部中国历史就可以提供证明。我们生活在现代,一旦到了敦煌,就又仿佛回到了古代。民族友爱是人心所向,古今之所同。看了这里的壁画,内心里真不禁涌起一股温暖幸福之感了。

我又曾想到,在这些洞子里的壁画上,我们不但可以看到中国境内各个民族的人民,而且可以看到沿丝绸之路的各国的人民,甚至离开丝绸之路很远的一些国家的人民。比如我在上面讲到如来佛涅槃以后,许多人站在那里悲悼痛苦,这些人有的是深目高鼻,有的是颧骨高而眼睛小,他们的衣着也完全不同。艺术家可能是有意地表现不同的人民的。当年的新疆、甘肃一带,从茫昧的远古起,就是世界各大民族汇合的地方。世界几大文明古国,中国、印度、希腊的文化在这里汇流了。世界几大宗教,佛教、伊斯兰教、基督教在这里汇流了。世界的许多语言,不管是属于印欧语系,还是属于其他语系也在这里汇流了。世界上许多国家的文学、艺术、音乐,也在这里汇流了。至于商品和其他动物植物的汇流更是不在话下。所有这一切都在洞子里留下了不可磨灭的痕迹。遥想当年丝绸之路全盛时代,在绵延数万里的路上,一定是行人不断,驼、马不绝。宗教信徒、外交使节、逐利商人、求知学子,各有所求,往来奔波,绝大漠,越流沙,轻万生以涉葱河,重一言而之奈苑,虽不能达到摩肩接踵的程度,但盛况可以想见。到了今天,情势改变了,大大地改变了。出现在我们眼前的是流沙漫漫,黄尘滚滚,当年的名城——瓜州、玉门、高昌、交河,早已沦为废墟,只留下一些断壁颓垣,孤立于西风残照中,给怀古的人增添无数的诗料。但是丝路虽断,他路代兴,佛光虽减,人光有加,还留下像敦煌莫高窟这样的艺术瑰宝,无数的艺术家用难以想象的辛勤劳动给我们后人留下这么多的壁画、雕塑,供我们流连探讨,使世界各国人民惊叹不置。抚今追昔,我真感到无比地幸福与骄傲,我不禁发思古之幽情,觉今是昨亦是,感光荣于既往,望继承于来者,心潮起伏,感慨万端了。

薄暮时分,带着那些印象,那些幻想,怀着那些感触,一个人走出了招待所去散步。我走在林荫道上,此时薄霭已降,暮色四垂。朱红的大柱子,牌楼顶上碧色的琉璃瓦,都在熠熠地闪着微光。远处砂碛没入一片迷茫中,少时月出于东山之上,清光洒遍了山头、树丛,一片银灰色。我周围是一片寂静。白天里在古榆的下面还零零落落地坐着一些游人，现在却空无一人。只有小溪中潺湲的流水间或把这寂静打破。我的心蓦地静了下来，仿佛宇宙间只有我一个人。我的幻想又在另一个方面活跃起来。我想到洞子里的佛爷，白天在闭着眼睛睡觉，现在大概睁开了眼睛，连涅槃了的如来也会站了起来。那许多商人、官人、菩萨、壮汉，白天一动不动地站在墙壁上，任人指指点点，品头论足。现在大概也走下墙壁，在洞子里活动起来了。那许多奏乐的乐工吹奏起乐器，舞蹈者、演杂技者，也都摆开了场地，表演起来。天上的飞天当然更会翩翩起舞，洞子里乐声悠扬，花雨缤纷。可惜我此时无法走进洞子，参加他们的大合唱。只有站在黑暗中望眼欲穿，倾耳聆听而已。

在寂静中，我又忽然想到在敦煌创业的常书鸿同志和他的爱人李承仙同志，以及其他几十位工作人员。他们在这偏僻的沙漠里，忍饥寒，斗流沙，艰苦奋斗，十几年、几十年，为祖国，为人民立下了功勋，为世界上爱好艺术的人们创造了条件。敦煌学在世界上不是已经成为一门热门学科了吗？我曾到书鸿同志家里去过几趟。那低矮的小房，既是办公室、工作室、图书室，又是卧室、厨房兼餐厅。在解放了三十年后的今天，生活条件尚且如此之不够理想，谁能想象在解放前那样黑暗的时代，这里艰难辛苦会达到何等程度呢？门前那院子里有一棵梨树。承仙同志告诉我，他们在将近四十年前初到的时候，这棵梨树才一点点粗，而今已经长成了一棵粗壮的大树，枝叶茂密，青翠如碧琉璃，枝上果实累累，硕大无比。看来正是青春妙龄，风华正茂。然而看着它长起来的人却垂垂老矣。四十年的日日夜夜在他们身上不可避免地会留下了痕迹。然而，他们却老当益壮，并不服老，仍然是日夜辛勤劳动。这样的人难道不让我们每个人都油然起敬佩之情吗？

我还看到另外一个人的影子，在合抱的老榆树下，在如茵的绿草丛中，在没入暮色的大道上，在潺潺流水的小河旁。它似乎向我招手，向我微笑,"翩若惊鸿,婉若游龙;荣曜秋菊,华茂春松",这影子真是可爱极了。我是多么急切地想捉住它啊!然而它一转瞬就不见了。一切都只是幻影。剩下的似乎只有宇宙和我自己。

剩下我自己怎么办呢?我真是进退两难,左右拮据。在敦煌,在千佛洞,我就是看一千遍一万遍也不会餍足的。有那样桃源仙境似的风光,有那样奇妙的壁画,有那样可敬的人,又有这样可爱的影子。从我内心深处我真想长期留在这里,永远留在这里。真好像在茫茫的人世间奔波了六十多年才最后找到了一个归宿。然而这样做能行得通吗?事实上却是办不到的。我必须离开这里。在人生中,我的旅途远远不到结束的时候,我还不能停留在一个地方。在我前面,可能还有深林、大泽、崇山、幽谷,有阳关大道,有独木小桥。我必须走上前去,穿越这一切。现在就让我把自己的身躯带走,把心留在敦煌吧。

1979年10月9日初稿
1980年3月3日定稿

观秦兵马俑

好像从地下涌出来一样,千军万马的兵马俑一个个英姿勃发地突然站立在大地上。说是千军万马,决不是夸大之词。仅就已知的俑的数目来看,足足够编成一个现代化的师。有待于发现的还没有计算在内。

你说这是一个奇迹吗?我同意。这几乎是全世界到中国来参观兵马俑的外国朋友的一致的意见,他们中间有的人甚至说,秦兵马俑这一个奇迹超过了举世闻名的万里长城。但是,同时我也可以不同意。我们伟大的祖国是文明古国。在现在的九百多万平方公里的土地上,十亿人口正在从事于万马奔腾的社会主义现代化的伟大建设工作。这是地面上的奇迹,是明明白白地摆在光天化日之下的,是人们都能够看到的。但是在地下呢?谁也说不清楚,究竟还有多少像秦兵马俑这样的奇迹暂时还埋藏在那里。就连邻近兵马俑的地带,地下情况我们也还不很清楚,何况是这样辽阔的大地呢?

在兵马俑没有涌出来以前,想来地面上也不过是一片青青的庄稼,或者一片荒烟蔓草。这一块土地,同另外任何一块土地完全是一模一样的。两千多年以来,不知道有多少人脚踩过这一块土地,也许在上面种过庄稼、种过菜、栽过树、养过花;也许在上面盖过房子、修过花园。谁也不会想到,就在自己的脚下,竟埋藏着这样多这样神奇的国宝。中国古人有一句现成的话说:"地不爱宝。"现在也许是大地忽然不再爱这些宝贝了。于是兵马俑这样的国宝就一下子涌到地面上来。

今天我们不远千里来到这里,无非是想看一看这些国宝,这些奇迹。一路之上,从西安城一直到这里,看到的当然都是地面上的东西。车过秦始皇陵,看到一个高高的土丘,上面郁郁葱葱,长满了石榴树。因为天气不好,骊山只剩下一片影子,黑魆魆地扑人眉宇。田地里长满了青青的蔬菜,间或也能看到麦苗。麦苗长得还很矮小,但却青翠茁壮。在骊山的阴影压迫之下,这麦苗显得更加青翠,逗人喜爱。

但是在西安引人注意的却不是这些青翠茁壮的麦苗。西安是一个最容易让人发思古之幽情的地方。只要一看到秦始皇陵和骊山,人们的思潮就会冲决这两个地方,向外扩散。我现在正是这样。我的心思仿佛长上了翅膀,联绵起伏,奔腾流泻。看到半坡,我自然就想到了蒙昧远古的祖先。接着想到的是我们汉族公认的始祖轩辕黄帝,他的陵墓距离西安不算太远。骊山当然让我想到周幽王和骊姬。始皇陵里埋着妇孺皆知的秦始皇。茂陵是汉武帝的陵墓。这一位雄才大略的大皇帝把自己的大将和大臣都埋葬在身边,霍去病和卫青的墓都在茂陵附近。这两个杰出的年轻的大将军在死后还在赤胆忠心地保卫着自己的主子。

至于唐代,那遗迹更是到处可见。很多地方都与中国文学史上一些非常显赫的诗人的名字联系在一起。抬头一看,低头一想,无一不让你想到唐代诗歌的黄金时代,想到一些脍炙人口的诗句。这里简直是诗歌的王国,是幻想的天堂,是天上彩虹的故乡,是人间真情的宝库。走过灞桥，我怎能会不想到当年折柳赠别的那一些名句和那种依依不舍的友情呢？看到蓝田这个地名，我自然就想到了王维的辋川别墅，想到那些意境幽远的短诗。终南山抬头就能够见到，一看到终南山：

终南阴岭秀，
积雪浮云端。
林表明霁色，
城中增暮寒。

吟咏这首诗的声音，就在我耳边响起。车子驰过城西北的那一些原，我不由自主地低吟：

五陵北原上，
万古青蒙蒙。

走过咸阳桥，杜甫的名句：

耶娘妻子走相送，
尘埃不见咸阳桥。

自然就在我耳边响起。我仿佛看到在滚滚的黄尘中唐代出征军人的身影，他们的父母妻子把臂牵袂，痛哭相送。一走过渭水：

秋风生渭水，
落叶满长安。

这样的诗句马上把我带到了长安的深秋中，身上感到一阵阵的凉意。一想到秋天，我马上就想到春天：

  云里帝城双凤阙，
  雨中春树万人家。

这样春雨中的情景立刻就把千树万树枝头滴着红雨的杏花带到我眼前来，我身上感到一阵阵的湿意。从帝城我联想到大明宫：

  九天阊阖开宫殿，
  万国衣冠拜冕旒。

我仿佛亲眼看到当年世界的首都长安的情景，大街上熙熙攘攘，挤满了人，在黄皮肤的人群中夹杂着不少皮肤或白或黑、衣着怪异、语言奇特的外国学者、商人、僧侣、外交官。

……

总之，在我乘车驶向秦俑馆的路上，我眼前幻影迷离，心头忆念零乱，耳旁响着吟诗声，嘴里念着美妙的诗句，纵横八百里，上下数千年，浮想联翩，心潮腾涌。我以前在任何时候任何地方都没有过这样复杂的感情，我是既愉快，又怅惘；既兴奋，又冷静，中间还搀杂上一点似乎是骄傲的意味。

就这样，转眼之间，我们已经到了秦兵马俑馆。

所谓兵马俑馆，是一个硕大无比的大厅，目测至少有几个足球场大。在进入大厅之前，我们先参观了大厅旁边的一间小厅，中间陈列着正在修复中的一辆铜车、四匹铜马。四匹铜马神采奕奕，仿佛正在努力拉着铜车奔驰。一个铜军官坐在车上，驾驭着这四匹马。看到这样精致绝伦的艺术国宝，我们每个人都不禁啧啧称叹：想不到宇宙间竟有这样神奇的珍品，我心中那一点骄傲的意味不由得更加浓烈起来了。

走进了大厅，站在栏杆旁边向下面的大坑里望去，看到一排排的坑道，坑道中，前排的兵俑和马俑都成排成行地站在那里。将军俑、铠甲武士俑、骑马俑等等，好像都聚精会神地站在那里，静候命令，一个个秩序井然，纪律严明，身体笔直，一动也不动。兵俑中间间杂着一些马俑，也都严肃整齐，伫立待命。我原以为，这些兵俑都是一个模子里塑制出来的，千篇一律，不会有什么变化。但是仔细一看才发现，他们的面部表情几乎每一个都不相同：有的像是在微笑，有的像是在说话，有的光着下颌，有的留着胡子，个个栩栩如生，而又神态各异，没有发现一个愁眉苦脸的。他们好像是都衷心喜悦地为大皇帝站岗放哨。他们的"物质待遇"好像是很不错，否则怎么能个个都心满意足呢？我简直难以想象，当年的艺术家是怎样塑制这些兵马俑的。数以万计的兵马俑竟都能这样精致生动，不叫它是宇宙间一大奇迹又叫它什么呢？

我的思潮又腾涌起来，眼前幻象浮动，心头波浪翻滚。蓦地一转眼，我仿佛看到坑里的兵俑和马俑一齐跳动起来。兵俑跑在前面，在将军俑的率领下，奋勇前进。马俑紧紧地跟在后面。有的兵俑骑上马俑，放松缰绳，任马驰骋。后排坑道里那些还没有被完全挖出来的兵俑和马俑，有的只露出了头，有的露出了半身，有的直着身子，有的歪着身子，也都在那里活动起来。在这里，地面高高低低，坎坷不平。它在我眼中忽然变成了海浪，汹涌澎湃，气象万千。兵俑和马俑正从海浪中挣扎出来。有脑袋的奋勇向前。连那些没有脑袋的也顺手抓起一个脑袋，安在脖子上，骑上马俑，向前奔去；想追上前面那些成行成排的俑，一齐飞出大厅。那四匹铜马拉着铜车四马当先，所向无前。连乾陵的那两匹带翅膀的飞马也从远处赶了来，参加到飞腾的队伍中去。他们一飞出大厅，看到今天祖国已经换了人间，都大为惊诧与兴奋。他们大声互相说着话:"我们一睡就是几千年,今天醒来,看到河山大地花团锦簇,人民群众意气风发。我们虽然都有了一把子年纪,但是身子骨还很硬朗。我们休息了这样多年,正有用不完的劲。我们也一定要尽上一份力量,决不能后人。现在是大显身手的好时候了,干呀!干呀!"边说边飞,浩浩荡荡,飞向天空,飞向骊山:

骊山高处入青云,
仙乐风飘处处闻。

现在我耳边响起的不是缓歌慢奏的仙乐,而是兵马杂沓,金鼓齐鸣,这些声音汇成了三界大乐,直干青云,跟随着兵俑和马俑,把我的心也夹在了中间,飞驰掠过八百里秦川。

这八百里秦川可真是一块宝地啊!在若干千年中,我们的先民在这里胼手胝足,辛勤耕耘,才收拾出来了现在这样的锦绣河山。就拿西安这一个地方来说吧。在汉唐时期,以它那光辉灿烂的文化,吸引了成千上万的外国朋友,不远万里,来到这里,或学习,或贸易,或当外交官。西安俨然成了当时世界的中心。城中盛况,依稀可以想象。这一点我在上面已经谈到。今天,又发现了数目这样多、塑制又这样精美、能同世界奇迹长城媲美的兵马俑,锦上添花,又招引来了全国各地的人士和世界各国的朋友,云集此处,都瞪大了眼睛,惊叹不置。在我们来的路上,外国朋友乘坐的车子,络绎不绝。现在在秦俑馆内,外国朋友,男女老幼,穿着五光十色的衣服,说着稀奇古怪的语言,其数目远远超过国内人民。在这样的情况下,作为一个中国人,人们会想些什么呢?别人的心思我无法揣度,我说不出;但是我自己的心思我是清楚的。我在来的路上的那一点淡淡的骄矜之意、幸福之感,现在浓烈起来了。为生为一个中国人而感到骄矜与幸福,难道不是我们共同的感觉吗?

我就是怀着这样的骄矜之意与幸福之感，依依不舍一步三回首地离开了秦俑馆的。此时天色已经渐渐地晚了下来。骊山山顶隐入一层薄薄的暮霭中。浩浩荡荡的兵俑和马俑的队伍大概已经飞越了骊山，只留下一片寂静，伴随着我驰过八百里秦川。

1982年10月29日草稿

1982年11月16日修改

1985年1月14日抄出

法门寺

法门寺，多么熟悉的名字啊！京剧有一出戏，就叫做"法门寺"。其中有两个角色，让人永远忘记不了：一个是太监刘瑾，一个是他的随从贾桂。刘瑾气焰万丈，炙手可热。他那种小人得志的情态，在戏剧中表现得维妙维肖，淋漓尽致，是京剧中最著名的人物之一。贾桂则是奴颜婢膝，一副小人阿谀奉承的奴才相。他的"知名度"甚至高过刘瑾，几乎是妇孺皆知。"贾桂思想"这个词儿至今流传。

我曾多次看《法门寺》这一出戏，我非常欣赏演员们的表演艺术。但是，我从来也没想研究究竟有没有法门寺这样一个地方？它坐落在何州何县？这样的问题好像跟我风马牛不相及，根本不存在似的。

然而，我何曾料到，自己今天竟然来到了法门寺，而且还同一件极其重要的考古发现联系在一起了。

这一座寺院距离陕西扶风县有八九里路，处在一个比较偏僻的农村中。我们来的时候，正落着蒙蒙细雨，据说这雨已经下了几天。快要收割的麦子湿漉漉的，流露出一种垂头丧气的神情。但是在中国比较稀见的大棵大朵的月季花却开得五颜六色，绚丽多姿，告诉我们春天还没有完全过去，夏天刚刚来临。寺院还在修葺，大殿已经修好，彩绘一新，鲜艳夺目。但是整个寺院却还是一片断壁残垣，显得破破烂烂。地上全是泥泞，根本没法走路。工人们搬来了宝塔倒掉留下来的巨大的砖头，硬是在泥水中垫出一条路来。我们这一群从北京来的秀才们小心翼翼，战战兢兢地踏着砖头，左歪右斜地走到了一个原来有一座十三层的宝塔而今完全倒掉的地方。

这样一个地方有什么可看的呢？千里迢迢从北京赶来这里难道就是为了看这一座破庙吗？事情当然不会这样简单。这一座法门寺在唐代真是大大地有名，它是皇家烧香礼佛的地方。这一座宝塔建自唐代，中间屡经修葺。但是在一千多年的漫长的时间内，年深日久，自然的破坏力是无法抗御的，终于在前几年倒塌了。我们现在看到的就是倒塌后的样子。

倒塌本身按理说也用不着大惊小怪。但是，倒塌以后，下面就露出了地宫。打开地宫，一方面似乎是出人意料，另一方面又似乎是在意料之内，在这里发现了大量异常珍贵的古代遗物。遗物真可以说是丰富多彩，琳琅满目，其中有金银器皿、玻璃器皿、茶碾子、丝织品。据说，地宫初启时，一千多年以前的金器，金光闪闪，光辉夺目，参加发掘的人为之吃惊，为之振奋。最引人瞩目的是秘色瓷，实物还从来没有看到过。另外根据刻在石碑上的账簿，丝织品中有中国历史上唯一的一位女皇武则天的裙子。因为丝织品都粘在一起，还没有能打开看一看，这一条简直是充满了神话色彩的裙子究竟是什么样子。

但是，真正引起轰动的还是如来佛释迦牟尼的真身舍利。世界上已经发现的舍利为数极多，我国也有不少。但是，那些舍利都是如来佛遗体焚化后留下来的。这一个如来佛指骨舍利却出自他的肉身,在世界上从来没有过。我不是佛教信徒,不想去探索考证。但是,这个指骨舍利在十三层宝塔下面已经埋藏了一千多年,只是它这一把子年纪不就能让我们肃然起敬吗?何况它还同中国历史上和文学史上的一段公案紧密地联系在一起呢!唐朝大文学家韩愈有一篇著名的文章:《论佛骨表》。千百年来,读过这篇文章的人恐怕有千百万。我自己年幼时也曾读过,至今尚能背诵。但是,我从来也没有想到,唐宪宗"令群僧迎佛骨于凤翔"的佛骨竟然还存在于宇宙间,而且现在就在我们眼前,我原以为是神话的东西就保存在我们现在来看的地宫里,虚无缥缈的神话一下子变为现实。它将在全世界引起多么大的轰动,目前还无法逆料。这一阵"佛骨旋风"会以雷霆万钧之力扫过佛教世界,这一点是肯定无疑的了。

我曾多次来过西安,我也曾多次感觉到过,而且说出来过:西安是一块宝地。在这里,中国古代文化仿佛阳光空气一般,弥漫城中。唐代著名诗人的那些名篇名句,很多都与西安有牵连。谁看到灞桥、渭水等等的名字不会立即神往盛唐呢?谁走过丈八沟、乐游原这样的地方不会立即想到杜甫、李商隐的名篇呢?这里到处是诗,美妙的诗;这里到处是梦,神奇的梦;这里是一个诗和梦的世界。如今又出现了如来真身舍利。它将给这个诗和梦的世界涂上一层神光,使它同西天净土,三千大千世界联系在一起,生为西安人,生为陕西人,生为中国人有福了。

从神话回到现实。我们这一群北京秀才们是应邀来鉴定新出土的奇宝的。对我们这些凡夫俗子来说,如来真身舍利渺矣茫矣。对每一个中国人来说,古代灿烂的文化遗物却是活生生的现实。即使对于神话不感兴趣的普通老百姓,对现实却是感兴趣的。现在法门寺已经严密封锁,一般人不容易进来。但是,老百姓却有自己的想法,有自己的价值观。我曾在大街上和飞机场上碰到过一些好奇的老百姓。在大街上,两位中年人满面堆笑，走了过来：

"你是从北京来的吗？"

"是的。"

"你是来鉴定如来佛的舍利吗？"

"是的。"

"听说你们挖出了一地窖金子？！"

对这样的"热心人"，我能回答些什么呢？

在飞机场五六个年轻人一下子涌了上来：

"你们不是从北京来的吗？"

"是的。"

"听说，你们看到的那几段佛骨，价钱可以顶得上三个香港？！"

多么奇妙的联想，又是多么天真的想法。让我关在屋子里想一辈子也想不出来。无论如何，这表示，西安的老百姓已经普遍地注意到如来真身舍利的出现这一件事，街头巷尾，高谈阔论，沸沸扬扬，满城都说佛舍利了。

外国朋友怎样呢？他们的好奇心，他们的轰动，决不亚于中国的老百姓。在新闻发布会上，一位日本什么报的记者抢过扩音器，发出了连珠炮似的问题："这个指骨舍利是如来佛哪一只手上的呢？是左手，还是右手？是哪一个指头上的呢？是拇指，还是小指？"我们这一些"答辩者"，谁也回答不出来。其他外国记者都争着想提问，但是这一位日本朋友却抓紧了扩音器，死不放手。我决不敢认为，他的问题提得幼稚，可笑。对一个信仰佛教又是记者的人来说，他提问题是非常认真严肃的，又是十分虔诚的。据我了解到的，现在世界上许多国家，特别是日本、印度，以及南亚和东南亚佛教国家，都纷纷议论西安的真身舍利。这个消息像燎原的大火一样，已经熊熊燃烧起来了，行将见"西安热"又将热遍全球了。

就这样,我在细雨霏霏中,一边参观法门寺,一边心潮起伏,浮想联翩。多年来没有背诵的《论佛骨表》硬是从遗忘中挤了出来,我不由地一字一句暗暗背诵。同时我还背诵着:

> 一封朝奏九重天,
> 夕贬潮州路八千。
> 欲为圣明除弊事,
> 肯将衰朽惜残年?
> 云横秦岭家何在,
> 雪拥蓝关马不前。
> 知汝远来应有意,
> 好收吾骨瘴江边。

韩愈因谏迎佛骨,遭到贬逐,他的侄孙韩湘来看他,他写了这一首诗。我没有到过秦岭,更没有见过蓝关,我却仿佛看到了一个孤苦伶仃的老人,忠君遭贬,我不禁感到一阵凄凉。此时月季花在雨中别具风韵,法门寺的红墙另有异彩。我幻想,再过三五年,等到法门寺修复完毕,十三级宝塔重新矗立之时,此时冷落僻远的法门寺前,将是车水马龙,摩肩接踵,与秦俑馆媲美了。

1987年8月26日

石林颂

我怎样来歌颂石林呢？它是祖国的胜迹，大自然的杰作，宇宙的奇观。它能使画家搁笔，歌唱家沉默，诗人徒唤奈何。

但是，我却仍然是非歌颂它不可。在没有看到它以前，我已经默默地歌颂了它许多许多年。现在终于看到了它，难道还能沉默无言吗？

在不知道多少年以前，我就听人们谈论到石林，还在一些书上读到有关它的记载。从那时候起，对这样一个神奇的东西，我心里就埋上了一颗向往的种子。以后，我曾多次经过昆明，每次都想去看一看石林；但是，每次都没能如愿，空让那一颗向往的种子寂寞地埋在我的心里，没有能够发芽、开花。

我曾有过种种的幻想。我把一切我曾看到过的同"石"和"林"有关的东西都联系起来，构成了我自己的"石林"。我幻想：石林就像是热带的仙人掌，一根一根竖在那里，高高地插入蔚蓝的晴空。我幻想：石林就像是木变石，不是一株，而是千株万株，参差不齐，错错落落，汇成一片大森林。我又幻想：石林就像是一堆太湖石，玲珑剔透，嵯峨巉岩，布满了一座美丽的大花园。我觉得，自己创造出来的这些形象都是异常美妙的，我沉湎于自己的幻想中。

然而今天，我终于亲眼看到石林了。我发现，不管我那些幻想是多么奇妙，多么美丽，相形之下，它们都黯然失色，有些简直显得寒碜得可笑了。我眼前的石林完全不是那个样子。

走到离开石林还有十几里路的地方，我就看到一块块的灰色大石头耸立在稻田中，孤高挺直，拔地而起，倒影映在黄色的水面上，再衬上绿色的禾苗，构成一幅秀丽动人的图画。这些石头错错落落地站在那里，从远处看去，就像是一团团的乌云，像是一头头的野象，又像是古代神话中的巨人，手执刀枪，互相搏斗。我兴奋起来了，自己心里想：石林原来是这个样子呀！

然而，过了不久，我就发现，石林也还不完全就是这个样子。

到了石林的最胜处，我看到一块块的青灰色的大石头，高达几十丈几百丈，仿佛是给魔术师从大地深处咒出来似的，盘根错节，森森棱棱，形成了一座巨大的迷宫。这些石头都洋溢着无穷无尽的力量，威慑地挺立在我们眼前。迷宫里面千门万户，窈窕玲珑，说不清有多少曲洞，数不清有多少幽洞。我仿佛走进了古代的阿房宫，"五步一楼，十步一阁。廊腰缦回，檐牙高啄。各抱地势，钩心斗角"。一条条的羊肠小道，阴暗崎岖。一处处的岩穴洞府，老藤穿壁，绿苔盈阶。有时候，我以为没有路了，但是转过一座石壁，却豁然开朗，眼前有清泉一泓，参天怪石倒影其中，显得幽深邈远，恍如仙境；有时候，我以为有路，但是穿洞越洞，猱升蛇行，爬得我昏头昏脑，终于还是碰了壁，不得不回头另找出路；也有时候，我左转右转，上上下下，弯腰曲背，碰头擦臂，以为不知道已经走了多远，然而站下来，定睛一看，却原来又回来了。我就像是陷入了八阵图中，心情又紧张，又兴奋。

但是，在紧张和兴奋中，我并没有忘记欣赏四周的瑰奇伟丽的景色。面对着各种各样的怪石头，我的脑海里映起了种种形象。我有时候想到古代希腊的雕塑，于是目光所到之处，上下左右，全是精美的雕塑，有留着小胡子的阿波罗，有断了一只胳臂的维纳斯，我仿佛到了奥林匹亚神山之上，身处群神之中。我有时候想到"曹衣出水，吴带当风"这两句话，眼前立刻就出现了一幅幅吴道子的绘画，笔触遒劲，力透纸背。一转眼，我眼前又仿佛出现了一座古罗马的大剧院，四周围着粗大的石柱，一根根都有撑天的力量。稍微换一个角度，我又看到南印度海边上用一块块大石头雕成的婆罗门教的神庙，星罗棋布地排在那里。再向前走两步，迎面奔来一群野象，一个个甩起了长大的鼻子，来势汹汹，漫山遍野。然而，眼睛一眨，野象又变成了狮子，大大小小，跳踉游戏，爪子对着爪子，尾巴缠住尾巴，我仿佛能听到它们的吼声。如果眼睛再一瞬，野兽就突然会变成花朵。这里是一朵云南名贵的茶花，那里是一朵北地蜚声的牡丹，红英映日，绿萼蔽天。这里是芙蓉花来自阆苑仙境，那里是西方极乐世界里的红莲。只要我心思一转，花朵又转成了人物。仙人骑着丹顶鹤驾云而至，阿罗汉披着袈裟大踏步地走下兜率天……

我左思右想，眼花缭乱。眼前这一片森森棱棱的石头仿佛都活了起来，它们仿佛都具有大神通力，变化多端。我想到什么东西，眼前就出现什么东西。也可以说，眼前出现什么东西，我就想到什么东西。我平常总认为自己并不缺乏想象力。可是今天面对着这一堆石头，我的想象却像是给剪掉了翅膀，没法活动了。我只好停下来，干脆什么都不想，排除一切杂念，让自己的心成为一面光洁的镜子，这一堆鬼斧神工凿成的大石头就把自己的影子投入我这一面晶莹澄澈的镜中。

我现在觉得，倒是本地人民的幻想要比我的幻想好得多。他们是这样说的：有一天，仙人张果老用鞭子赶着一群石头，想把南盘江口堵住，把路南一带变成大海，让村庄淹没，人畜死亡。这时候，正巧有一对青年男女在旷野里谈情说爱。他们看到这情形，就同张果老打起来。结果神仙被打败了，一溜烟逃走，丢下这一群石头，就变成了现在的石林。

这幻想的故事是多么朴素，但又多么涵义深远呀！相形之下，自己那些幻想真显得华而不实、毫无意义了。我于是更下定了决心，再不胡思乱想，坐对群石，潜心静观，让它们把影子投入我心里那一面晶莹澄澈的镜中。

但是，我却无论如何也抑压不住自己的激情，我不能沉默无言。石林能使画家搁笔，歌唱家沉默，诗人徒唤奈何。我既非画家，又非歌唱家，更非诗人。我只能用这样粗鄙的文字，唱出我的颂歌。

1962年1月末在思茅写成初稿
6月11日在北京重写

西双版纳礼赞

在北京的时候，我就常常想到西双版纳。每一想到，思想好像要插上翅膀，飞呀，飞呀，不知道要飞多久，飞多远，才能飞到祖国的这一个遥远的边疆地区。

然而，今天我到了西双版纳，却觉得北京就在我跟前。我仿佛能够嗅到北京的气味，听到北京的声音，看到北京的颜色；我的一呼、一吸、一举手、一投足，仿佛都与北京人共之。我没有一点辽远的感觉。这是什么原因呢？

这原因，我最初确是百思莫解。它对我仿佛是一个神秘的谜，我左猜右猜，无论如何也猜不透。

但是，我终于在无意中得到了答案。

有一天，我们在允景洪参观一个热带植物园。一群男女青年陪着我们。听他们的口音，都不是本地人：有的来自南京，有的来自上海，有的来自湖南，有的来自江苏。尽管故乡不同，方音各异，现在却和睦融洽地生活在一起，工作在一起。在浓黑的橡胶树荫里,在五彩缤纷的奇花异草的芳香中,这些青年兴致勃勃地给我们解释每一棵植物的名称、特点、经济价值。有一个女孩子,垂着一双辫子,长着一对又圆又大又亮的眼睛。双颊像苹果一般地红艳。她浑身洋溢着青春的活力,眼睛里闪烁着动人的光芒。她正巧走在我的身旁,我就同她闲谈起来:

"你是什么地方人呢?"

"福建厦门。"

"来了几年了?"

"五年了。"

"你不想家吗?"

女孩子嫣然一笑,把辫子往背后一甩,从容不迫地说道:

"哪里是祖国的地方,哪里就是我可爱的家乡。"

我的心一动。这一句话多么值得深思玩味呀。从这些男女青年的神情上来看,他们早已把西双版纳当做自己的家乡。而我自己虽然来到这里不久,也在不知不觉中把西双版纳当做自己的家乡了,我已经觉得它同北京没有什么差别了。

我曾不止一次地听日本朋友说到中国青年的眼睛特别亮,这个观察很细致。西双版纳的青年们,确实都像从厦门来的那个女孩子,眼睛特别明亮。这眼睛不但看到现在,而且看到将来;里面洋溢着蓬勃的热情、炽热的希望和美丽的幻想。

西双版纳是一个"黄金国",是一个奇妙的地方,是一个能引起人们幻想的地方。到了这里,青年们的眼睛怎能不特别明亮呢?

就看看这里的树林吧。离开思茅不远,一进入西双版纳的原始密林,你就会为各种植物的那种无穷无尽、充沛旺盛的生命力所震惊。你看那参天的古树,它从群树丛中伸出了脑袋,孤高挺直,耸然而起,仿佛想一直长到天上,把天空戳上一个窟窿。大叶子的蔓藤爬在树干上,伸着肥大浓绿的胳臂，树多高，它就爬多高，一直爬到白云里去。一些像兰草一样的草本植物，就生长在大树的枝干上，骄傲地在空中繁荣滋长。大榕树劲头更大，一棵树就能繁衍成一片树林。粗大的枝干上长出了一条条的腿；只要有机会踏到地面上，它立刻就深深地牢牢地钻进去，仿佛想把大地钻透，任凭风多大，也休想动摇它丝毫。芭蕉的叶子大得惊人，一片叶子好像就能搭一个天棚，影子铺到地上，浓黑一团。总之，在这里，各种的树，各种的草，各种的花，生长在一起，纠缠在一起，长呀，长呀，长成堆，长成团，长成了一块，郁郁苍苍，浓翠欲滴，连一条蛇都难钻进去。

这里的水果蔬菜，也很惊人。一棵香蕉树能结成百上千只香蕉。肥大的木瓜，簇拥在一起，谁也不让谁；力量大的尽量扩大自己的身体，力量小的只好在夹缝中谋求生存。白菜一棵有几十斤重，拿到手里，像是满手翡翠。萝卜滚圆粗大，里面的汁水简直就要流了出来。大葱有的长得像小儿的胳臂，又白又嫩。其他的蔬菜无不肥嫩鲜美。我们初看到的时候，简直有点觉得它们大得浪费，肥得荒谬，瞠目结舌，不知道究竟应该说什么好了。

所有这一切从地里生长出来的东西，仿佛从大地的最深处带出来了一股丰盈充沛的生命活力，汹涌迸发，弥漫横溢。它在一切树木上，一切花草上，一切山之巅，一切水之涯，把这一片土地造成了美丽的地上乐园。

再说到这里的自然风光，那更是瑰丽奇伟。这里也可以说是有四季的；但却与北方不同，不是春夏秋冬，而是三个春季和一个夏季。我来到这里的时候，北方正是"千里冰封，万里雪飘"，这里却风和日暖，花气袭人，大概只能算是一个春季吧。我最爱这里的清晨。当一百只雄鸡的鸣声把我唤出梦境的时候，晓星未退，晨雾正浓。各种各样花草的香气，在雾中仿佛凝结了起来，成团成块，逼人欲醉。我最爱这里的月夜，月光像水一般从天空中泻下来，泻到芭蕉的大叶子上，泻到累累垂垂的木瓜上，泻到成丛的剑麻上，让一切都浸在清冷的银光中。芭蕉的门扇似的大叶子，剑麻的带锯齿的叶子，木瓜树的长圆的叶子，阴影投在地上，黑白分明，线条清晰。我最爱这里的白云。舒卷自如，变化万端，流动在群山深处，大树林中；流动在茅舍顶上，汽车轮下。它给森林系上腰带，给群峰戴上帽子。每当汽车驶入白云中的时候，下顾溪壑深处，白云仿佛变成了银桥，驮着汽车走向琼楼玉宇的天宫。我最爱这里的青山。簇簇拥拥，层层叠叠，身上驮满了万草千树，肚子里藏满了珍宝奇石，像是一条条翠绿的玉带，环绕着每一个坝子，千峰争秀，万壑竞幽。——我最爱这，我最爱那，我最爱的东西是数也数不完的。

现在这里不但获天时，有地利，最主要的还是得人和。在过去几千年的历史上，这里是有名的瘴疠地，也是有名的民族矛盾冲突的地方。许多古书上记载着一些有关此地的骇人听闻的事情，说这里的空气满含瘴气，呼吸不得；这里的水是毒泉，喝不得；许多美丽的花草也是有毒的，摸不得，嗅不得；森林里蚊子大得像蜻蜓，毒虫肥得像老鼠，简直把这里描绘成一个人间地狱。但是，今天的西双版纳却"换了人间"，完全是另一番景象，另一个天地了。所谓蛮烟瘴雨，早为光天化日所代替，初升的朝阳照穿了神秘的原始密林。花显得更香，叶显得更绿，果实蔬菜显得更肥更大，风光显得更美更妙。工厂里的白烟与山中的白云流在一起，分不清哪是烟，哪是云；人们的歌声与林中的鸟声汇在一起，分不清哪是歌声，哪是鸟声。许多外地的、甚至外国的植物在这里安了家；许多外地的人也在这里安了家。十几个语言不同、信仰不同、服装不同、风俗不同的民族聚居在一个村子里，和睦融洽地生活在一起，工作在一起，像是一个大家庭。现在这里真正够得上称作人间乐园了。

在这样一个地方，青年们的眼睛特别明亮，他们把自己的理想和前途，同祖国的前途，同这个地方的前途联系起来，把这个地方当做了自己的家乡，这也是很自然的事情了。

从前，在离开这里不远的思茅，流行着两句话："要下思茅坝，先把老婆嫁。"但是，今天，我们这群来参观访问的人，都一致同意把它改成："要到思茅来，先把老婆带。"我们兴奋地相约：十年后，二十年后，我们一定要再回西双版纳来。到了那时候，西双版纳不知道究竟会美丽奇妙到什么程度。我希望，到了那时候，我能够写出比现在好的礼赞来。

1962年8月

逛鬼城

豪华旅游轮"峨眉号"靠了岸。细雨霏霏，轻雾漫江，令人顿有荒寒之感。但一听到要逛鬼城丰都，船上的人，不管是中国人，还是日本人和韩国人；不管是老还是少，不管是男还是女，无不兴奋愉快，个个怀着惊喜又有点紧张的心情，鱼贯上了岸。

为什么对鬼城这样感兴趣呢？道理是不难明白的。一个活生生的人，在光天化日之下，要进鬼城游览，难道还有比这更富有刺激性的事情吗？

至于我自己，我在小学时就读过一本名叫《玉历至宝钞》的讲阴司地狱的书，粉纸石印，质量极差，大概是所谓"善书"之类；但对于我却有极大的吸引力。你想一想，书中图文并茂，什么十殿阎罗王，什么牛头、马面，什么生无常、死有分，什么刀山、油锅，等等。鲁迅所描绘的手持芭蕉扇、头戴高帽子的鬼卒，也俨然在内。这样一本有趣的书，对一个小孩子来说，比起那些言语乏味的教科书来，其吸收力之强真有若天壤了。

这样一本书，我在昏黄的油灯下，不知道翻看过多少遍。我对地狱里的情况真可以说是了若指掌。对那里的法规条文、工作程序也背得滚瓜烂熟。如果我到了那里，不用请律师，就能在阎王爷跟前为自己辩护，阎王爷对我一定毫无办法。至于在阴司里走后门，托人情，我也悟出了一点门道。因此，即使真进阴司，我也坦然，怡然，总有办法证明自己是一个好人，无所畏惧。

后来，我读西洋文学，读过但丁的《神曲》。再后一点，我又研究佛教，读了不少佛经，里面描绘阴司地狱的地方，颇为不少。我知道了，中国的阴司原来是印度的翻版，在印度原有的基础上，又加以去粗取精，深化改革，加以中国化，《玉历至宝钞》中的地狱描绘就是这样来的。尽管我对于自己的学识，从来不敢翘尾巴，但是对自己的地狱学却颇感自傲。而且对西方的地狱，正像但丁描绘的那样，极为卑视，觉得那太简单了，同东方地狱之博大精深相比，真如小巫见大巫。由此我曾萌发一个念头，想创立一门崭新的学科：比较地狱学。我深信，如果此学建成，我一定能蜚声国际士林，说不定就能成为诺贝尔奖金的候选人哩。

就这样，在即将进入鬼城的时候，我心里胡思乱想，几十年来对地狱的一些想法，一时逗上心头。在江雨霏霏中，神驰于三峡之外，仿佛已经走进地狱了。

多少年来，久闻丰都城的大名。我原以为丰都城会是在地下一个什么大洞中，哪能把阴司地狱摆在人世间繁华的闹市中呢？事实上，四川丰都的鬼城却确实是在繁华的闹市中。要到那里去，不是越走越深，而是拾级而上，越爬越高，地狱原来是在山顶上。山门牌坊上写着"鬼城"和"天下名山"六个大字。一进山门，就一路拾级而上，到达山顶,据说共有六百一十六级,从台阶数目上来看,恐怕要超过泰山南天门了。

山门内山明水秀,树木葱茏。时届深秋,浓绿中尚有红色和黄色的小花闪出异样的光彩,耀人眼睛。石阶砌得整整齐齐,花坛修得端端正正,毫无阴森凛冽之气。不信阴司地狱的外国旅游者当然不会有什么恐怖之感,连有些信阴司地狱的中国人也不会有这样的感觉。跟着我们走的导游小姐,是一个十七八岁的苗条秀丽的中学毕业生。她讲解得生动有趣,连印度神话中的阎摩(yama)和阎弥(yami)她都讲得头头是道。我搭讪着跟她聊天——

"你天天在阴司地狱里走,不害怕吗?"

"不害怕,只觉得很好玩。"

"你信不信阴司地狱?"

"不信。我的婆婆(奶奶)有点信的。"

"你为什么干这个工作?"

"我中学毕业后,上过训练班。有一门课,专门讲有关地狱的知识。"

"这鬼城里的老百姓不觉得阴森可怕吗?"

"一点也不,惯了。他们根本不想这里是鬼城!"

"你看过《玉历至宝钞》吗?"

"没有。"

我于是把书名告诉她,希望她能扩大关于地狱的知识面,把导游工作做得更丰富,更生动,更有趣。

同小女孩谈话以后,我原来那一点紧张别扭的心情一扫而光。还是专心一志地逛鬼城吧!我心里想。

山越爬越高,楼阁台榭等等建筑越来越多。真个是:"五步一楼,十步一阁,廊腰缦回,檐牙高啄,各抱地势,勾心斗角。"我没有见过阿房宫，我不知道，阿房宫是不是就是这个样子。反正这里的楼台殿阁真够繁复，真够宏伟。大概《玉历至宝钞》中所提到的楼阁，这里都有，而且还多出来了许多那里不见的宫殿。粗粗地数一下，就我记忆所及，就有下面的这些殿：报恩殿、寥阳殿、星辰礅、玉皇殿、曜灵殿，等等。报恩殿里塑着如来佛大弟子大目连的像，来自印度的"目连救母"的故事，在中国民间广泛流传。玉皇殿里供的当然就是天老爷。让我惊奇的是两边的众神像中，竟赫然有孙膑站在那里。孙膑同天老爷有什么瓜葛呢？这道理我还没有弄明白。

至于有名的鬼门关、奈河桥等等，这里当然不会缺少。有趣的是奈河桥，确实是一座石桥，也并不威武雄壮。可是导游小姐却突然提高了声音说，谁要是能三步跨过这一座桥，就会有什么什么好处。大家一听，兴致猛涨，都想登桥尝试一下。我努了努力，用四步跨了过去。有的个儿矮的人，用五六步才能跨过。而身高一米九二、鹤立鸡群的冯骥才，只用了一步半，就跨过了奈河桥。大家一起起哄，说冯得到的好处最多。我自己虽然是落了第，恐怕得不到多少好处了，但我也不后悔。一个人如果真正到了奈河桥上，人世间的好处对他还有什么意义呢？即使是诺贝尔、奥斯卡，不也等于镜花水月了吗？

在另一个地方，好像是一座大殿的前面或者后面，在一个牌楼前，有一个石砌的四方形的栏杆，中间有一个球形的东西嵌在地面上，是铜？是铁？看不清楚，反正是非常光滑，闪着白光。导游小姐说，谁要是用一只脚，男左女右，在球上站上两秒钟，眼睛看着前面什么地方的四个字，他又会得到什么什么好处。干这种玩意儿，我决不后人。我走上去，站在球上，大概连半秒钟都没有，脚就滑了下来。我当然又不能得到那些好处了。我毫不在意。我那阿Q思想又抬了头：阴间的玩意儿实在非凡地平庸，即使能站上两秒钟，又待如何呢？

又到了一个什么殿，看到了地狱里的人事部长，手持生死簿，威风凛凛地站在那里。导游小姐高声问："有姓孙的没有？有属猴的没有？"我们团里的孙车民碰巧没有在，也没有什么人自报属猴。导游小姐说："当年孙悟空大闹天宫，跑到阴司地狱里来，一手抢过生死簿，把自己的名字一笔勾掉，从此姓孙的和属猴的就都簿中无名，阎王爷没有办法召唤他们了。"我突然想到，阴司地狱里的管理工作真也应该加以改革，必须现代化了。如果把生死簿中的名字输入电脑，孙猴子本领再大，也无法把自己的名字勾掉了。岂不猗欤休哉！

在北京的时候，我曾多次说过，到八宝山去，要按年龄顺序排一个队，大家鱼贯而进，威仪俨然，谁也不要躐级抢先，反正我自己决不会像买希罕的物品一样，匆匆挤上前去夹塞。我们走，要走得从容不迫，表现出高度的修养。现在到了鬼城，方知道自己既不姓孙，也不属猴，是生死簿上有名的，是阎王老爷子耀武扬威欺凌的对象。心里颇有点忿忿不平。我胆子最小，平生奉公守法，不敢越雷池一步。但是此时我却忽然一反常态，决心对阎王爷加以抵抗。不管催命鬼的帽子戴得多高，也不管"你也来了"四个字写得多大，我硬是不走，我想成为一个我生平最讨厌的钉子户。对阴司的律条我是精通的，同阎王爷辩论，我决不会输给他。

也许有人会问："你这样干，不怕阎王老子那些刀山、油锅吗？"是的，刀山、油锅当然令人害怕。但是，当我们走到填满了阴司地狱里酷刑雕塑的房间时，天已经暗了下来。我们只是隔着玻璃窗子，影影绰绰地匆匆忙忙看到了一点刀山、油锅的影子，并没有怎样感到恐怖。有人说，有心脏病的人千万不要来逛鬼城，怕受不住刀山、油锅的惊吓。我看，这些话确实夸大了。我也是戴着冠心病帽子的老人，但是我看完了刀山、油锅，依然故我，兴致盎然，健步如飞，走下山来。

我性子急，上山走在最前面，下山也走在最前面。别人还没有下来，我就坐在一棵大树下的石头栏杆上休息了。陆续有人下来了，见了我都说："季老！你做得对！山你是上不去的，坐在这里休息该多好呀！"当他们知道我已经上过山时，都多少有点吃惊。此时有人问那个活泼可爱的导游小姐，让她猜一猜我的年龄。她像在拍卖行里一样，由六十岁起价。别人说"太低"，她就逐渐提高。由六十岁经过几个步骤猜到七十岁。她迟迟疑疑，不愿意再提高，想一槌定音。经许多旁边的人多方启发、帮助，她又往上提高，几乎是一岁一步，到了八十，她无论如何也不想再提了。尽管大家嚷着说："不行，还要高！"小女孩瞪大了眼睛，不再说话了。在惊愕之余，巧笑倩兮。

这一小小的插曲颇为有趣，它结束了我的鬼城之游。

我们辞别了鬼城，辞别了导游小姐，回到船上，立即整装，参加总结酒会。接着是大宴会，觥筹交错，笑语连声，灯光闪耀，有如白日。仅在半点钟前的鬼城之游，早已成为回忆中的一点影子。如果此时站在鬼城上下望我们的游轮，这一艘正在漫漫的长江中徐徐开动的游轮，一定像一团炤炤焜耀的光辉。

1992年10月17日

游小三峡

愧我孤陋寡闻,虽然已届耄耋之年,而且1955年还畅游过一次三峡;但是,直到不久以前,我还只知有大三峡,小三峡则未之见也。

最近几年来,风闻"小三峡"这个名词,我也隐隐约约朦朦胧胧地认为,这只不过是在葛洲坝修建以后,长江上游水涨,因而形成了这个所谓"小三峡"而已。我并没有什么渴望想去游历一番。

然而,世界事有大出人意料者。今年九、十月之交,中国的《人民日报》与日本的《朝日新闻》联合举办"展望二十一世纪的亚洲——国际讨论会",租了一艘长江上的豪华游轮"峨眉号",边游三峡,边开会。我应邀参加。日程表上安排有游小三峡一项。直至此时,也还没有能引起我的注意和兴趣,我只不过觉得游一游也不错而已。

游轮驶过了闻名世界的神女峰等景观,在巫山县停泊。

在这里换小艇进入大宁河,所谓小三峡就在这里。我此时才如梦初醒:原来还真有一个小三峡呀!

在这里,我立即注意到了一个奇怪的现象。长江水由于上游水土流失极端严重,原来的清水已经变成了黄水,同黄河差不多了,而大宁河水则尚清澈。两股水汇流处,一清一黄,大有泾渭分明之概。我的耳目为之一新,精神为之一振了。我们在大三峡中已经航行了不短的距离。大自然的瑰丽奇伟的风光,已经领略了不少。我现在虽然承认了,世上真还有一个小三峡,但是,在我下意识中又萌生了一个念头:小三峡的风光决不会超过大三峡。如果真正超过了的话,那岂不是本末倒置了吗?

然而,这一回我又错了。小艇转入小三峡以后不久,我就不断地吃惊起来。这里的水势诚然比不上长江的混茫浩瀚,没有杜甫所说的那样"不尽长江滚滚来"的气势。然而水平如镜,清澈见底。两岸耸立的青山也与大三峡有所不同。在那里,岸边的悬崖绝壁,葱茏绿树,只能远观;有时还被罩在迷蒙的云雾中,不露峥嵘。在这里却就在我们身边,有时简直就像悬在我们头顶上,仿佛伸手就可以摸到。峭壁千仞,我原以为不过是一句套话。这里的峭壁真有千仞,而且是拔地而起,笔直上升。其威势之大,简直让我目瞪口呆,胆战心寒。不由得你不叹宇宙之神奇。至于碧树,真是绿到无以复加的程度。这碧绿,仿佛凝结成液体,"滴翠"二字决不是夸张。我坐在小艇上,好像真感觉到这碧绿滴了下来,滴到了我的头上,滴到了别人头上,滴到了小艇中,滴到了清水中,与水的碧绿混在一起,幻成了一个碧绿的宇宙。

同是碧绿,并不单调。河回路转,岸上景色一时一变,大有山阴道上应接不暇之概。导游小姐口若悬河,把两岸山上的著名景观说得活灵活现。同别的名胜一样,这些景观大都同中国的珍奇动物,同民间流行的神话传说联系起来,什么熊猫洞,什么猴子捞月,什么水帘洞,什么观音坐莲台，等等，等等。如果她不说，你或许不会想到。但是，经她一指点，则就越看越像，不得不佩服当地老百姓幻想之丰富了。

两岸山上，也有不是幻想的东西，确确实实是人工造成的东西。比如栈道。在悬崖峭壁上，我看到一排相隔一二尺的小方洞，是人工凿成的。方洞中插上木板，当年拉纤的奴隶就赤足走在上面。据说这样的栈道竟长达四百里。我们很容易想象出，这玩意儿有多么危险。还比如悬棺，也同样是凿在悬崖峭壁上的洞，这个洞当然要大得多，大得能容下一口棺材。我们今天很难想象，这棺材是怎样抬上去的。在中国的西南一带，有悬棺的地方颇为不少。这可能是当地民族的一种特殊的风习。

正当大家聆听导游小姐生动的讲解，欣赏两岸高山的名胜古迹时，忽然有人大喊了一声：

"猴子！猴子！"

全艇的人立刻活跃起来。我虽然老眼昏花，此时也仿佛得到了神力，似乎能明察秋毫了。我抬头向右岸的山崖上绿树丛中望过去，果然看到几只猴子，在树枝上跳来跳去。灰黄色的皮毛衬上了树的碧绿，仿佛凸出来似的，异常清晰明显。

艇上的中日人士都熟悉唐代大诗人李白的那一首著名的诗：

朝辞白帝彩云间，
千里江陵一日还。
两岸猿声啼不住，
轻舟已过万重山。

这是多么美妙无比的情景啊！可惜的是，三峡的猿声早已消逝，很久以来就没有能听到了。我曾担心，我们的子子孙孙永远再也没有可能欣赏李白诗中的意境了。然而，眼前，就在这小三峡中，猴子居然又露了面，为小三峡增加美妙，为人类增添欢乐，我们艇上这一群人的兴奋和喜悦，还能用言语来表达吗？

全艇的人兴会淋漓，谈笑风生。本来已经够美妙绝伦的山水，仿佛更增添了几分妩媚，山仿佛更青，水仿佛更秀，连小艇也仿佛更轻，飞速地驶在绿琉璃似的水面上，撞碎了天空中白云的倒影，撞碎了青峦翠峰的倒影。我们此时真仿佛离开了人间，飘飘然驶入仙境了。

由于时间关系，我们无法走到小三峡的尽头，也就是大宁河能通航的一百二十公里。走了大约一半的路程，我们的小艇就转回头来，走上归程。

沿岸的风光我们已经看过一遍，用不着再讲解、翻译。活泼的导游小姐也坐下来休息了。又因为此时已是顺水行舟，艇速极快。艇上的人也多半坐在那里，自由交谈，甚至有人在闭目养神。一切都比较清静，没有来时那样的兴奋和激动了。

然而日本学者却突然又兴奋活跃起来。他们站起身来，又是招手，又是欢笑。原来他们在一艘逆水而上的游艇上看到了日本前首相中曾根康弘，他也来游小三峡了。这真是一次意想不到的事情。两艘游艇，一只上水，一只下水，擦肩而过，只在一瞬间。可艇中的宁静的气氛再也保持不下去了。中日双方的学者们，还有专程陪我们游览的县委书记和随从们，精神又都抖擞起来，小艇又载满了欢声笑语了。

我在这里顺便插上几句话。回到北京以后，我在《人民日报》上读到了林林同志翻译的中曾根的俳句《小三峡舟行》：

> 一泓秋水分山脉，
> 波光何碧绿。
> 伴赤壁凝立，
> 望澄澈之秋空。

可见此时不是政治家而是诗人的中曾根康弘先生是多么陶醉于中国的山水中而诗兴淋漓了。

回头再说我们小艇中的情景。大家看到了日本的首相来游中国的小三峡，可见小三峡吸引力之大。大家把话题一转，自然而然就转到了中日山水的比较上。日本全国山清水秀，几乎可以说，全国就是一个大花园。日本人爱美之心和洁癖，扬名世界。每一个家庭，门前总有一个小花园。哪怕只有一丈见方，也必然栽上一棵松树，种上一些花草，看上去美妙无比，真令人赏心悦目。天然景色也并不缺少，像富士山、箱根等等著名的风景胜地，更真正能拴住游者的心。但是，日本毕竟是一个岛国，地方是有限的，像中国的大、小三峡，在日本是无法想象的。即使造物主想对日本垂青，他也无法把大、小三峡安放在日本列岛上。这是再明显不过的事实。

大家七嘴八舌，畅谈不休。日本朋友看上去也非常兴奋，兴致很高。他们心里怎么想，我当然不得而知。然而在这气象恢弘、鬼斧神工般的小三峡中，大自然景观的威力压在每一个人头上，令人目眩神移，谁也无法否认摆在眼前的这个事实了。

对我个人来讲，过去不知道有多少次了，我目击祖国的名山大川，常常感慨万端。过去我朦朦胧胧不甚了了的小三峡，现在又摆在我的眼前，我说不出话来。自然的伟大和威力，我这一支拙笔是描绘不出来的。我虔心默祝，感谢大自然独垂青于我中华，独钟爱我们的赤县神州。我感到骄傲，感到光荣，觉得我们这一片土地真是非常可爱的。这种感觉或者感情，将永远保留在我内心深处。

1992年11月24日

洛阳牡丹

"洛阳牡丹甲天下",这一句在中国流行了千百年的话,我是相信的,我是承认的。但是,我以前从没有意识到,这一句话的真正含义,自己并没有完全了解。

牡丹,我看得多了。在我的故乡,我看到过。在北京的许多地方,特别是法源寺和颐和园,我也看到过。牡丹花朵之大、之美,花色品种之多,确实使我惊诧不已。我觉得,唐人咏牡丹的名句"国色朝酣酒,天香夜染衣"约略可以概括。牡丹被尊为花中之王,是当之无愧的。

但是,什么叫"国色"?什么又叫"天香",我的理解介乎明暗之间。

今年四月中旬,应洛阳北京大学校友会的邀请,我第一次到了洛阳这座"牡丹之城"。此时正是洛阳牡丹花会举行期间。今年因为气候偏冷,我们初到的第一天,连大马路旁开得最早的"洛阳红",都没有全开放。焉知天公作美,到了第二天竟然晴空万里,阳光普照。仿佛那一位大名鼎鼎的金轮圣神皇帝武则天又突然降临人间,下诏牡丹在一夜之间必须开放,不但"洛阳红"开得火红火红,连公园里那些比较名贵的品种也都从梦中醒来一般,打起精神,迎着朝阳,一一开放。

我们当然都不禁狂喜。在感谢天公之余,在忙着参观白马寺、少林寺、中岳庙和龙门石窟之余,挤出了早晨的时间,来到了牡丹最集中的地方王城公园,欣赏"甲天下"的洛阳牡丹。不看不知道,一看吓一跳。洛阳牡丹原来是这个样子呀!光看花名,就是几十上百种,个个美妙非凡,诗意盎然,我记也记不住。花的形体和颜色也各不相同。直看得我眼花缭乱,目迷五色。我想到神话里面的百花仙子,我想到《聊斋志异》里面的变成美女的牡丹花神,一时搔首无言,不知道要说什么好。昨天夜里,我想到今天要来看牡丹,想了半天,把我脑海里积累了几十年的词藻宝库,翻箱倒柜,穷搜苦索,想今天面对洛阳牡丹大展文才,把牡丹好好地描绘一番。我真希望我的笔能够生花,产生奇迹,写出一篇名文,使天下震惊。然而,到了此时此地,面对着迎风怒放的牡丹,却一点词儿也没有了,我的"才"耗尽了,一点儿也挤不出来了。我想,坐对这样的牡丹,对画家来说,名花的意态是画不出来的;对摄影家来说,是照不出来的;对作家来说,是写不出来的。我什么家都不是,更是手足无所措了。

《世说新语·任诞》第二十三有一段话:

> 桓子野每闻清歌,辄唤"奈何!"谢公闻之曰:"子野可谓一往有深情。"

我对牡丹花真是一往情深。我觉得,值此时机最好的办法就是喊上几声:"奈何!奈何!"

洛阳人民有福了。中国人民有福了。在林林总总全世界的无数民族中，造物主——假如真有这么一个玩意儿的话——独独垂青于我们中华民族，把牡丹这一种奇特而无与伦比的名花创造在神州大地上，洛阳人和全中国的人难道不应该感到骄傲、感到幸福吗？在王城公园里拥拥挤挤围观牡丹的千万人中，有中国人，其中包括洛阳人，也有外国人，个个脸上都流露出兴奋幸福的神情，看来世界上一切美好的东西，都既是民族的，又是全人类的。牡丹也是如此。在洛阳，在中国的洛阳，坐对迎风怒放的牡丹，我不应该只说：洛阳人民有福了，中国人民有福了，而应该说，全世界人民都有福了。

我觉得，我现在方才了解了"洛阳牡丹甲天下"这一句话的真正含义。

1991年5月15日病后写

换了人间——北戴河杂感

对我来说,北戴河并不是陌生的。解放后不久,我曾来住过一些时候。

当时,我们虽然已经使旧时代的北戴河改变了一些面貌,但是改变得还不大。所以,我感到有点不调和:一方面是各式各样大大小小五颜六色的避暑别墅,掩映于绿树丛中,颇有一些洋气;另一方面,却只有一条大街,路基十分不好,碎石铺路,坎坷不平,两旁的店铺也矮小阴暗,又颇有一些土气。

今年夏天,我又到北戴河来住了几天。临来前,我自己心里想:北戴河一定改变了吧。但是,我却万没有想到,它改变得竟这样厉害,我简直不认识它了。如果没有人陪我同来,我一定认为走错了路。这哪里是我回忆中的北戴河呢?

我回忆中的北戴河完全不是这个样子。

我们就从火车站说起吧。我回忆中当然会有一个车站,但那只是几间破旧的房子，十分荒凉。然而现在摆在我眼前的却是一片现代化的建筑，灰瓦红墙，光彩夺目。车站外还有新建的商店、公共汽车站等等。人们熙熙攘攘，来来往往。在这一瞬间，我感觉到，我回忆中的那个破旧荒凉的北戴河车站已经永远从人间消失了。

走出车站，用洋灰铺的高级马路一直通到海滨。汽车以每小时四五十公里的速度在上面飞驶。两旁的田地里长满了高粱、豆子、老玉米等，郁郁葱葱，浓绿扑人眉宇。我上次来的时候，这一条路还是一条土路；下了大雨，交通就要断绝。我也曾因汽车不能开而被阻一日。这样的事情同今天这样一条马路无论如何也连不起来了。

到了海滨，我那陌生的感觉就达到了顶点。除了大海还有点"似曾相识"之外，其余的东西都是陌生的。上次在这里住的时候，每逢下雨天，我总喜欢到海边上来散步。在海湾拐弯的地方，我记得有一座破旧的亭子似的建筑。周围是一些小饭铺，前面是卖西瓜和香瓜的摊子。我曾在这里吃过几次瓜。远望海天渺茫，天际帆影点点，颇涉遐想，嘴里的瓜也似乎特别香甜。我很喜欢这个地方，现在很想再找到它，然而，我来往徘徊，远望海天依然渺茫，天际依然帆影点点，大海并没有变样子。可是那一座破旧的亭子却不见了。

我并没有感到失望。正相反，我感到兴奋和愉快。因为，即使那一座破旧的亭子再值得留恋，但是同今天宽广马路旁那些崭新的房子比起来，又算得了什么呢？我意识到：北戴河已经大大地变了，必须用新的眼光来看它。

我于是就走上海滩，站在那一块高出海面的大石头上，纵目四望，身后是混混茫茫的大海，眼前是郁郁葱葱的北戴河。右望东山，左望西山，山树相连，浓绿一片。真令人心旷神怡。东山我从来没有去过。现在我看到那里一幢幢的红色楼房，高出丛林之上；万绿丛中，红色点点，宛如海上仙山，引起人美妙的幻想。西山我是去过的。当时印象并不特别好。可是今天看起来，也是碧树红房，一片兴盛气象。遥想山中也有了很大的变化了吧。

北戴河已经大大改变了。

我十分兴奋、愉快。在我们辽阔的祖国的土地上，北戴河只是一个小点。只因它是一个避暑胜地，所以在比较大的地图上才能找到它的名字。然而，小中可以见大。北戴河难道不也可以算是我们祖国的缩影吗？我们祖国的飞跃进步、迅速变化，可以在北京看到，可以在上海、天津、广州等大城市看到；也可以在像北戴河这样小的地方看到。这一件事实充分说明，我们祖国面貌的改变是无远弗届、无微不至的。有人认为这是奇迹，到处去寻找原因。我却只想到毛主席有关北戴河的一首词里面的一句话：

　　换了人间。

1962年8月14日

虎门炮台

从小学起,学中国历史,就知道有一次鸦片战争,而鸦片战争必与林则徐相联系,而林则徐又必与虎门炮台相联系。

因此,虎门炮台就在我脑筋里生了根。

可是虎门炮台究竟是什么样子呢?我说不出。正如世界上其他事物一样,倘还没见到实物,往往以幻想填充。我的幻想并不特别有力,它填充给我的不过是一片荒凉的海滩,一个有雉堞的小城堡,上面孤零零地架着一尊旧式的生铁铸成的大炮,前面是大海,汪洋浩瀚,水天渺茫,微风乍起,浊浪拍岸,如此而已。

今天由于一个偶然的机会,我竟然来到了这里。我眼前看到的实际情况与我的幻想不同,这是意中事,我丝毫不感到奇怪。但是,这个不同竟然是这样大,却不能不使我大吃一惊了。炮台在海滩上,这用不着奇怪,也不可能有别的可能。但是,这海滩却与荒凉丝毫也不沾边,却是始料所不及。

这里杂花生树，绿木成荫。几棵粗大的榕树挺立着，浓荫匝地，绿意扑人。从树干的粗细来看，它们已经很老很老了。当年海战时，它们必已经站立在这里，亲眼看了这一场激烈的搏斗。它们必然也随着搏斗的进行，时而欢欣鼓舞，时而怒发冲冠，最终一切寂静下来。当年活着的人早已不在了，只有它们年复一年地守候在这里，跟着季节的变化而变化，一直守候到现在。现在到处是一片生机，一片浓绿，雉堞犹存，大炮还在，可无论如何也令人无法把当前情况与一百五十多年以前的残酷的战争联系在一起。这个古战场我实在无法凭吊了。

可是我的回忆还是清楚的。当年外国的侵略者凭其坚船利炮，想在这一块弹丸之地的海滩上踏上我们神圣的国土。他们挥舞刀枪，残杀我们的士兵。我们的士兵义愤填膺，奋起抵抗，让一批批的入侵者陈尸滩头，最后不得不夹着尾巴逃掉。我们的士兵也伤亡惨重。统率我军杀敌的关天培将军以身殉国。至今还有七十五位忠勇将士的尸体合葬在山坡上，让后人永远凭吊。当时林则徐以钦差大臣的身份在后面不远的山头上督战。这一场搏斗申正义于海隅，振大汉之天声，是我们中华民族永不磨灭的伟业，是我们全民族的骄傲。今天虽然已经时过境迁，当年的事情早已成为历史陈迹，然而我们今天来到这里，又有哪一个人不觉得我们阵亡的将士仍虎虎有生气，而缅怀往事，感到无限振奋呢？

当我们走出炮台去参观林则徐销毁鸦片烟池的时候，我们又为另一种情景而无限振奋。林则徐把从殖民主义强盗手中没收来的两百多万公斤之多的鸦片烟，倒入一个大水池中，先用海水把鸦片泡成糊状，然后再倾入石灰，借石灰的力量把鸦片烟销毁，最后放出海水把残渣冲入海中。据说，他当时邀请了不少的外国人来参观。外国老爷大概怀疑这销烟的行动，也乐意来亲眼看一看。当他们看到林则徐是真销毁，而销毁的数量又是如此巨大时，都大为吃惊。他们哪会想到，在清代末叶贪官污吏横行霸道之时，竟然还有林则徐这样的硬骨头，他们对中华民族不得不油然起尊敬之心。那么，林则徐以一介书生，凛然代表了民族正气，功业彪炳青史，直至百多年之后的今天，还让我们感佩敬仰，不是完全可以理解的吗？

时间是一种非常古怪的东西。有忧伤之事，它能让你慢慢地渐渐地忘掉，否则你会活不下去的。有欢乐之事，它也能让你慢慢地渐渐地忘掉，否则永远处在快乐兴奋之中，血压也难免升高，你也会活不下去的。这一慢一渐，既可感，又可怕，人们必须警惕。独有英雄业绩、民族正气，却能让你永志不忘，而且弥久弥新。这才真正是民族历史的脊梁，一个民族能生存下去，靠的就是这个脊梁。我们在山顶上林则徐的塑像下看到镌刻着的他的两句诗：

苟利国家生死以，
岂因祸福避趋之。

真可以说是掷地作金石声。这一位世间巨人的形象在我眼前立刻更高大了起来，他不是值得我们全体炎黄子孙恭恭敬敬地、诚诚恳恳地学习一辈子吗？

1988年5月30日下午于广州

游石钟山记

幼时读苏东坡《石钟山记》,爱其文章奇诡,绘声绘色,大为钦佩,爱不释手,往复诵读,至今犹能背诵,只字不遗。但是,我从来也没有敢梦想,自己能够亲履其地。今天竟能于无意中来到这里,真正像做梦一般,用金圣叹的笔调来表达,就是"岂不快哉"!

石钟山海拔只有五十多米,摆在巍峨的庐山旁边,实在是小巫见大巫。但是,山上建筑却很有特点,在非常有限的地面上,"五步一楼,十步一阁,廊腰缦回,檐牙高啄,各抱地势,钩心斗角"。今天又修饰得金碧辉煌,美轮美奂。从山下向上爬,显得十分复杂。从怀苏亭起,步步高升,层楼重阁,小院回廊,花圃清池,佛殿明堂,绿树奇花,翠竹修篁,通幽曲径,花木禅房,处处逸致可掬,令人难忘。

这里的碑刻特别多,几乎所有的石头上都镌刻着大小不同字体不同的字。苏轼、黄庭坚、郑板桥、彭玉麟等等,还有不知多少书法家或非名家都在这里留下手迹。名人的题咏更是多得惊人:从南北朝至清代,名人咏石钟山之诗多达七百多首。从陶渊明、谢灵运起直至孟浩然、李白、钱起、白居易、王安石、苏轼、黄庭坚、文天祥、朱元璋、刘基、王守仁、王渔洋、袁子才、蒋士铨、彭玉麟等等都有题咏。到了此地,回忆起将近二千年来的文人学士,在此流连忘返,流风余韵,真想发思古之幽情。

此地据鄱阳湖与长江的汇流处,历代兵家必争之地,在中国历史上几次激烈鏖兵。一晃眼,仿佛就能看到舳舻蔽天,烟尘匝地的情景。然而如今战火久熄,只余下山色湖光辉耀祖国大地了。

我站在临水的绝壁上,下临不测,碧波茫茫。抬眼能够看到赣、皖、鄂三个省份,云山迷蒙,一片锦绣山河。低头能够看到江湖汇流,扬子江之黄与鄱阳湖之绿,泾渭分明,界线清晰,并肩齐流,一泻无余,各自保持着自己的颜色,决不相混,长达数十里。"楚江万顷庭阶下,庐阜诸峰几席间",难道不能算是宇宙奇迹?我于此时此地极目楚天,心旷神怡,仿佛能与天地共长久,与宇宙共呼吸。不由得心潮澎湃,浮想不已。我想到自己的祖国,想到自己的民族。我们的祖先在这里勤奋劳动,繁殖生息,如今创造了这样的锦绣山河万里。不管我们目前还有多少困难与问题,终究会一一解决,这一点我深信不疑。我真有点手舞足蹈,不知老之将至了。这一段经历我将永远记忆。

我游石钟山时,根本没想写什么东西。有东坡传流千古的名篇在,我是何人,敢在江边卖水、圣人门前卖字!但是在游览过程中,心情激动,不能自已,必欲一吐为快,就顺手写了这一篇东西。如果说还有什么遗憾的话,那就是我没有能在这里住上一夜,像苏东坡那样,在月明之际,亲乘一叶扁舟,到万丈绝壁下,亲眼看一看"如猛兽奇鬼,森然欲搏人"的大石,亲耳听一听"噌吰如钟鼓不绝"的声音。我就是抱着这种遗憾的心情,一步三回首,离开了石钟山。我嘴里低低地念着不知道是什么时候在我心中吟成的两句诗"待到耄耋日，再来拜名山"，我看到石钟山的影子渐小渐淡，终于隐没在江湖混茫的雾气中。

1986年8月6日七十五周岁生日
写于庐山九奇峰下

登庐山

苍松翠柏，层层叠叠，从山麓向上猛奔，气势磅礴，压山欲倒，整个宇宙仿佛沉浸在一片浓绿之中。原来这就是庐山啊！

汽车沿着盘山公路，在万绿丛中盘旋而上。我一边仿佛为这神奇的绿色所制服，一边嘴里哼着苏东坡那一首脍炙人口的诗：

> 横看成岭侧成峰，
> 远近高低各不同。
> 不识庐山真面目，
> 只缘身在此山中。

我很后悔，在年轻读中小学的时候，学习马虎，对岭与峰的细微区别没有弄清楚。到了此时，悔之晚矣。无论横看，还是侧看,我都弄不明白苏东坡用意之所在。我只觉得,苏东坡没有搔着痒处,没有真正抓住庐山的神韵,没有抓住庐山的灵魂,空留下这一首传诵古今的名篇。

到了我们的住处以后,天色已经黄昏。窗外松涛澎湃,山风猎猎,鸟鸣在耳,蝉声响彻,九奇峰朦胧耸立,天上有一弯新月。我耳朵里听到的是松声,眼睛仿佛看到了绿色。我在庐山的第一夜,做了一个绿色的梦。

中国的名山胜境,我游得不多。五十年前,我在大学毕业后,改行当了高中的国文教员。虽然为人师表,却只有二十三岁。在学生眼中,我大概只能算是一个大孩子。有一个学生含笑对我说:"我比你还大五岁哩!老师!"这有什么办法呢?我当时童心未泯,颇好游玩。曾同几个同事登泰山,没费吹灰之力就登上了南天门。在一个鸡毛小店里住了一夜,第二天凌晨攀登玉皇顶,想看日出。适逢浮云蔽天,等看到太阳时,它已经升得老高了。我们从后山黑龙潭下山,一路饱览山色,颇有一点"一览众山小"的情趣。泰山给我留下了非常深刻的印象。从审美的角度上来评断,我想用两个字来概括泰山,这就是:雄伟。

六年以前,我游了黄山。从前山温泉向上攀,经过了许多名胜古迹,什么一线天、蓬莱三岛等,下午三时到了玉屏楼。回望天都峰鲫鱼背,如悬天半。在玉屏楼住了一夜,第二天再向北海前进。一路上又饱览了数不清的名胜古迹。在北海住了两夜,看到了著名的黄山云海和奇峰怪石。世之论者认为黄山以古松胜,以云海胜,以奇峰胜,以怪石胜。古人说:"五岳归来不看山,黄山归来不看岳。"这是非常有见地的话。从审美的角度来评断,我也想用两个字来概括黄山,这就是:诡奇。

那一次陪我游黄山的是小泓,我们祖孙二人始终走在一起。他很善于记黄山那些稀奇古怪的名胜的名字,我则老朽昏庸,转眼就忘,时时需要他的提醒和纠正。当时日子过得似乎平平常常，并没有觉得有什么奇妙之处，有什么值得怀念之处。但是，前几年我到安徽合肥去开会，又有游黄山的机会，我原本想再去黄山的。可是，我忽然怀念起小泓来，他已在千山万水浩渺大洋之外了。我顿时觉得，那一次游黄山，日子过得不细致，有点马马虎虎，颇有一点身在福中不知福的味道。如今回忆起来，情景历历如在眼前。哪怕是极小的生活细节，也无一不温馨可爱，到了今天，宛如一梦，那些情景永远永远不会再回来了。我觉得，再游黄山，谁也代替不了小泓。经过了反复地考虑，我决意不再到黄山去了。

今天我来到了庐山，陪我来的是二泓。在离开北京的时候，我曾下定决心，在庐山，日子一定要仔仔细细地过，认真在意地过，把每一个细微末节，每一分钟，每一秒钟，都要仔细玩味，决不能马马虎虎，免得再像游黄山那样，日后追悔不及。我也确实这样做了。正像小泓一样，二泓也是跟我形影不离。几天以来，我们几乎游遍整个庐山。茂林修竹，大陵深涧，岩洞石穴，飞瀑名泉。他扶着我，有时候简直是扛着我，到处游观。我觉得，这一次确实是仔仔细细地过日子了，一点也没有敢疏忽大意。对一草一木，一山一石，变幻莫测的白云，流动不息的飞瀑，我都全心全意地把整个灵魂都放在上面。我只希望，到得庐山之游成为回忆时，我不再追悔。是否真正能做到这一步，我眼前还不敢夸下海口，只有等将来的事实来验证了。

庐山千姿百态，很难用一个字或几个字来概括。但是，总起来说，庐山给我的印象同泰山和黄山迥乎不同。在这里，不管是远山，还是近岭，无不长满了松柏。杉树更是特别郁郁葱葱，尖尖的树顶直刺云天。目光所到之处，总是绿，绿，绿，几乎看不到任何别的颜色，是一片浓绿的天地，一片浓绿的大洋。从审美的角度来看，我也想用两个字来概括庐山，这就是：秀润。

我觉得，绿是庐山的精神，绿是庐山的灵魂，没有绿就没有庐山。绿是有层次的。有时候蓦地白云从谷中升起，把苍松翠柏都笼罩起来，笼罩得迷蒙一片，此时浓绿就转成了青色，更给人以秀润之感，可惜东坡翁当年没能抓住庐山这个特点，因而没有能认识庐山的真面目，成为千古憾事。我曾在含鄱口远眺时信口写一七绝：

　　近浓远淡绿重重，
　　峰横岭斜青蒙蒙。
　　识得庐山真面目，
　　只缘身在此山中。

我自谓抓住了庐山的精神，抓住了庐山的灵魂。庐山有灵，不知以为然否？

1986年8月6日于庐山

富春江上

记得在什么诗话上读到过两句诗:

> 到江吴地尽,
> 隔岸越山多。

诗话的作者认为是警句,我也认为是警句。但是当时我却只能欣赏诗句的意境,而没有丝毫感性认识。不意我今天竟亲身来到了钱塘江畔富春江上。极目一望,江水平阔,浩渺如海;隔岸青螺数点,微痕一抹,出没于烟雨迷蒙中。"隔岸越山多"的意境我终于亲临目睹了。

钱塘、富春都是具有诱惑力的名字。实际的情况比名字更有诱惑力。我们坐在一艘游艇上。江水青碧,水声淙淙。艇上偶见白鸥飞过,远处则是点点风帆。黑色的小燕子在起伏翻腾的碎波上贴水面飞行,似乎是在努力寻觅着什么。我虽努力探究，但也只见它们忙忙碌碌，匆匆促促，最终也探究不出，它们究竟在寻觅什么。岸上则是点点的越山，飞也似的向艇后奔。一点消逝了，又出现了新的一点，数十里连绵不断。难道诗句中的"多"字表现的就是这个意境吗？

眼中看到的虽然是当前的景色，但心中想到的却是历史的人物。谁到了这个吴越分界的地方不会立刻就想到古代的吴王夫差和越王勾践的冲突呢？当年他们钩心斗角互相角逐的情景，今天我们已经无从想象了。但是乱箭齐发、金鼓轰鸣的搏斗总归是有的。这种鏖兵的情况无论如何同这样的青山绿水也不能协调起来。人世变幻，今古皆然。在人类前进的程途上，这些都是不可避免的。但青山绿水却将永在。我们今天大可不必庸人自扰，为古人担忧，还是欣赏眼前的美景吧！

但是，我的幻想却不肯停止下来。我心头的幻想，一下子又变成了眼前的幻象。我的耳边响起了诗僧苏曼殊的两句诗：

> 春雨楼头尺八箫，
> 何时归看浙江潮。

这里不正是浙江钱塘潮的老家吗？我平生还没有看到浙江潮的福气。这两句诗我却是喜欢的，常常在无意中独自吟咏。今天来到钱塘江上，这两句诗仿佛是自己来到了我的耳边。耳边诗句一响，眼前潮水就涌了起来：

> 怒声汹汹势悠悠，
> 罗刹江边地欲浮。
> 漫道往来存大信，
> 也知反覆向平流。

狂抛巨浸疑无底，
猛过西陵似有头。
至竟朝昏谁主掌，
好骑赪鲤问阳侯。

但是，幻象毕竟只是幻象。一转瞬间，"怒声汹汹"的江涛就消逝得无影无踪，眼前江水平阔，浩渺如海，隔岸青螺数点，微痕一抹，出没于烟雨迷蒙中。

可是竟完全出我意料：在平阔的水面上，在点点青螺上，竟又出现了一个人的影子。它飘浮飞驶，"翩若惊鸿，婉若游龙"，时隐时现，若即若离，追逐着海鸥的翅膀，跟随着小燕子的身影，停留在风帆顶上，飘动在波光潋滟中。我真是又惊又喜。"胡为乎来哉？"难道因为这里是你的家乡才出来欢迎我吗？我想抓住它；这当然是不可能的。我想正眼仔细看它一看；这也是不可能的。但它又不肯离开我，我又不能不看它。这真使我又是兴奋，又是沮丧；又是希望它飞近一点，又是希望它离远一点。我在徒唤奈何中看到它飘浮飞动，定睛敛神，只看到青螺数点，微痕一抹，出没于烟雨迷蒙中。

我们就这样到了富阳。这是我们今天艇游的终点。我们舍舟登陆，爬上了有名的鹳山。山虽不高，但形势极好。山上层楼叠阁，曲径通幽，花木扶疏，窗明几净。我们登上了春江第一楼，凭窗远望，富春江景色尽收眼底。因为高，点点风帆显得更小了，而水上的小燕子则小得无影无踪。想它们必然是仍然忙忙碌碌地在那里飞着，可惜我们一点也看不着，只能在这里想象了。山顶上树木参天，森然苍蔚。最使我吃惊的是参天的玉兰花树。碗大的白花在绿叶丛中探出头来，同北地的玉兰花一比，小大悬殊，颇使我这个北方人有点目瞪口呆了。

在山边上一座石壁下是名闻天下的严子陵钓台。宋朝大诗人苏东坡写的四个大字：登云钩月①，赫然镌刻在石壁上。此地距江面相当远，钓鱼无论如何是钓不着的。遥想两千多年前，一个披着蓑衣的老头子，手持几十丈长的钓竿，垂着几十丈长的钓丝，孤零一个人，蹲在这石壁下，等候鱼儿上钩，一动也不动，宛如一个木雕泥塑。这样一幅景象，无论如何也难免有滑稽之感。古人说：姑妄言之姑听之，过分认真，反会大煞风景。难道宋朝的苏东坡就真正相信吗？此地自然风光，天下独绝，有此一个传说，更会增加自然风光的妩媚，我们就姑妄听之吧！

两年前，我曾畅游黄山。那里景色之奇丽瑰伟，使我大为惊叹。窃念大化造物，天造地设，独垂青于中华大地。我觉得生为一个中国人，是十分幸福的，是非常值得骄傲的。今天我又来到了富春江上。这里景色明丽，秀色天成，同样是美，但却与黄山形成了鲜明地对照。如果允许我借用一个现成的说法的话，那么一个是阳刚之美，一个是阴柔之美。刚柔不同，其美则一，同样使我惊叹。我们祖国大地，江山如此多骄，我的幸福之感，骄傲之感，更油然而生。我眼前的富春江在我眼中更增加了明丽，更增加了妩媚，仿佛是一条天上的神江了。

在这里，我忽然想到唐代诗人孟浩然的一首著名的诗：《宿桐庐江寄广陵旧游》：

> 山暝听猿愁，
> 沧江急夜流。
> 风鸣两岸叶，
> 月照一孤舟。
> 建德非吾土，
> 维扬忆旧游。
> 还将两行泪，
> 遥寄海西头。

---

① 此处疑为作者笔误，应为"登云钓月"。

孟浩然说"建德非吾土",在当时的情况下,这种心情是容易理解的。他忆念广陵,便觉得建德非吾土。到了今天,我们当然不会再有这样的感觉了。我觉得桐庐不但是"吾土",而且是"吾土"中的精华。同黄山一样,有这样的"吾土"就是幸福的根源。非吾土的感觉我是有过的。但那是在国外,比如说瑞士,那里的山水也是十分神奇动人的,我曾为之颠倒过,迷惑过。但一想到"山川信美非吾土",我就不禁有落寞之感。今天在富春江上,我丝毫不会有什么落寞之感。正相反,我是越看越爱看,越爱看便越觉得幸福,在这风物如画的江上,我大有手舞足蹈之意了。

我当然也还感到有点美中不足。我从小就背诵梁代大文学家吴均的一篇名作《与宋元思书》。这封信里描绘的正是富春江的风景:

风烟俱净,天山共色。从流飘荡,任意东西。自富阳至桐庐,一百许里,奇山异水,天下独绝。

下面就是对这"奇山异水"的描绘。那确是非常动人的。然而他讲的是"自富阳至桐庐",我今天刚刚到了富阳,便戛然而止。好像是一篇绝妙的文章,只读了一个开头。这难道不是天大的憾事吗?然而,这一件憾事也自有它的绝妙之处,妙在含蓄。我知道前面还有更奇丽的景色,偏偏今天就不让你看到。我望眼欲穿,向着桐庐的方向望去,根据吴均的描绘,再加上我自己的幻想,把那一百多里的奇山异水给自己描绘得如阆苑仙境,自己感到无比地快乐,我的心好像就在这些奇山异水上飞驰。等到我耳边听到有点嘈杂声,是同伴们准备回去的时候了。我抬眼四望,唯见青螺数点,微痕一抹,出没于烟雨迷蒙中。

1981年12月9日

访绍兴鲁迅故居

一转入那个地上铺着石板的小胡同,我立刻就认出了那一个从一幅木刻上久已熟悉了的门口。当年鲁迅的母亲就是在这里送她的儿子到南京去求学的。

我怀着虔敬的心情走进了这一个简陋的大门。我随时在提醒自己:我现在踏上的不是一个平常的地方。一个伟大的人物、一个文化战线上的坚强的战士就诞生在这里,而且在这里度过了他的童年。

对于这样一个人物,我从中学时代起就怀着无限的爱戴与向往。我读了他所有的作品,有的还不止一遍。有一些篇章我甚至能够背诵得出。因此,对于他这个故居我是十分熟悉的。今天虽然是第一次来到这里,我却感到我是来到一个旧游之地了。

房子已经十分古老,而且结构也十分复杂,不像北京的四合院那样,让人一目了然。但是我仍觉得这房子是十分可爱的。我们穿过阴暗的走廊，走过一间间的屋子。我们看到了鲁迅祖母给他讲故事的地方，看到长妈妈在上面睡成一个"大"字的大床，看到鲁迅抄写《南方草木状》用的桌子，也看到鲁迅小时候的天堂——百草园。这都是一些普普通通的东西和地方，一点也看不出有什么神奇之处。但是，我却觉得这都是极其不平常的东西和地方。这里的每一块砖、每一寸土、桌子的每一个角、椅子的每一条腿，鲁迅都踏过、摸过、碰过。我总想多看这些东西一眼，在这些地方多流连一会。

鲁迅早已离开这个世界了。他生前，恐怕也很久没有到这一所房子里来过了。但是，我总觉得，他的身影就在我们身旁。我仿佛看到他在百草园里拔草捉虫，看到他同他的小朋友闰土在那里谈话游戏，看到他在父亲严厉监督之下念书写字，看到他做这做那。

这个身影当然是一个小孩子的身影。但是，就是当鲁迅还是一个小孩子的时候，他那坚毅刚强的性格已经有所表露。在他幼年读书的地方三味书屋里，我们看到了他用小刀刻在桌子上的那一个"早"字。故事是大家都熟悉的：有一天，他不知道是由于什么原因，上学迟到了，受到了老师的责问。他于是就刻了这一个字，表示以后一定要来早。以后他就果然再没有迟到过。

这是一件小事。然而，由小见大，它不是很值得我们深思自省吗？

这坚毅刚强的性格伴随了鲁迅一生。"他没有丝毫的奴颜和媚骨"，他一生顽强战斗，追求真理。"横眉冷对千夫指，俯首甘为孺子牛。"他对人民是一个态度，对敌人是完全不同的另一个态度。谁读了这样两句诗，不深深地受到感动呢？现在我在这一间阴暗书房里看到这一个小小的"早"字，我立刻想到他那战斗的一生。在我心目中，他仿佛成了一块铁，一块钢，一块金刚石。刀砍不断，石砸不破，火烧不熔，水浸不透。他的身影突然大了起来，凛然立于宇宙之间，给人带来无限的鼓舞与力量。

同刻着"早"字的那一张书桌仅有一壁之隔，就是鲁迅文章里提到的那一个小院子。他在这里读书的时候，常常偷跑到这里来寻蝉蜕，捉苍蝇。院子确实不大，大概只有两丈多长、一丈多宽。墙角上长着一株腊梅，据说还是当年鲁迅在这里读书时的那一棵。按年岁计算起来，它的年龄应该有一百八十岁了。可是样子却还是年轻得很。梗干茁壮坚挺，叶子是碧绿碧绿的。浑身上下，无限生机；看样子，它还要在这里站上一千年。在我眼中，这一株腊梅也仿佛成了鲁迅那坚毅刚强的、威武不能屈、富贵不能淫的性格的象征。我从地上拾起了一片叶子，小心地夹在我的笔记本里。

把树叶夹在笔记本里，回头看到一直陪我们参观的闰土的孙子在对着我笑。我不了解他这笑是什么意思。也许是笑我那样看重那一片小小的叶子；也许是笑我热得满脸出汗。不管怎样，我也对他笑了一笑。我看他那壮健的体格，看他那浑身的力量，不由得心里就愉快起来，想同他谈一谈。我问他的生活情况和工作情况，他说都很好，都很满意。我这些问题其实都是多余的。从他那满脸的笑容、全身的气度来看，他生活得十分满意、工作得十分称心，不是很清清楚楚的吗？

我因此又想到他的祖父闰土。当他隔了许多年又同鲁迅见面的时候，他不敢再承认小时候的友谊，对着鲁迅喊了一声"老爷"。这使鲁迅打了一个寒噤。他给生活的担子压得十分痛苦，但却又说不出。这又使鲁迅吃了一惊。可是他的儿子水生和鲁迅的侄儿宏儿却非常要好。鲁迅于是大为感慨：他不愿意孩子们再像他那样辛苦展转而生活，也不愿意他们像闰土那样辛苦麻木而生活，也不愿意他们像别人那样辛苦恣睢而生活。他们应该有新的生活。

这样的生活鲁迅没有能够亲眼看到。但是，今天这新的生活却确确实实地成为现实了。他那老朋友闰土的孙子过的就是这样的新生活，是他们所未经生活过的。按年龄计算起来，鲁迅大概没有见到过闰土的这个孙子。但这是不重要的。重要的是，鲁迅一生为天下的"孺子"而奋斗，今天他的愿望实现了。这真是天地间一大快事。如果鲁迅能够亲眼看到的话，他会多么感到欣慰啊！

我从闰土的孙子想到闰土，从现在想到过去。今昔一比，恍若隔世。我眼前看到的虽然只是闰土的孙子的笑容；但是，在我的心里，却仿佛看到了普天下千千万万孩子的笑容，看到了全国人民的笑容。幸福的感觉油然流遍了我的全身。我就带着这样的感觉离开了那一个我以前已经熟悉、今天又亲眼看到的门口。

1963年11月23日写毕

登黄山记

早就听人说过:"五岳归来不看山,黄山归来不看岳。"又经常遇到去过黄山的人讲述那里的奇景,还看到画家画的黄山,摄影家摄的黄山,黄山在我的心中就占了一个地位。我也曾根据那些绘画和摄影,再搀上点传闻,给自己描绘了一幅黄山图,挂在我的心头。我带着这样一幅黄山图曾周游国内,颇看了一些名山大川。五岳之尊的泰山,我曾凌绝顶,观日出。在国外,我也颇游览了一些国家,徜徉于日内瓦的莱茫湖畔,攀登了雪线以上的阿尔卑斯山,尽管下面烈日炎炎,顶上却永远积雪皑皑。所有这一切都是永世难忘的。但是我心中的那一幅黄山图,尽管随着游览的深广而多少有所修正,但毕竟还是非常美的,非常迷人的。

今天我就带着我心中的那一幅黄山图,到真正的黄山来了。

汽车从泾县驶出,直奔黄山。一路上,汽车蜿蜒绕行于万山丛中。我的幻想也跟着蜿蜒起来。眼前是千山万岭，绵延不绝；但是山峰的形象从远处看上去都差不多。远处出现了一个耸入晴空的高峰，"那就是黄山了吧！"我心里想。但是一转眼，另一个更高的山峰呈现在我的眼前，我只好打消了刚才的想法。如此周而复始，不知循环了多少遍。还有一个问题一直萦回在我的脑际：在这千山万岭中，是谁首先发现黄山这一个天造地设的人间仙境呢？是否还有另一个更美的什么山没有被发现呢？我的幻想一下子又扯到徐霞客身上。今天我们乘坐汽车来到这里，还感到有些疲惫不堪。当年徐霞客是怎样来的呢？他只能自己背着行李，至多雇上一个农民替他背着，自己手执藤杖，风餐露宿，踽踽独行于崇山峻岭中，夜里靠松明引路，在虎狼的嗥叫声中，慢慢地爬上去。对比起来，我们今天确实是幸福多了。……

就这样，汽车一边飞快地行驶，我一边在飞快地幻想。我心里思潮腾涌，绵绵不断，就像那车窗外的绵延的万山一样。

汽车终于来到了黄山大门外。

一走进黄山大门，天都峰就像一团无限巨大的黑色云层，黑乎乎地像泰山压顶一般对着我的头顶压了下来，好像就要倒在我的头上。我一愣：这哪里是我心中的那个黄山呢？然而这毕竟是真实的黄山。我几十年蕴藏在心中的那一幅黄山图一下子烟消云散了。我心中怅然若有所失；但是我并不惋惜。应该消逝的让它消逝吧！我现在已经来到了真实的黄山。

从此以后，真实的黄山就像一幅古代的画卷一样，一幅一幅地、慢慢地展现在我的眼前。

出宾馆右行，经疗养院右转进山，山势一下子就陡了起来。我曾经听别人说过，从什么地方到什么地方是多少多少华里。在导游书上，我也看到了这样的记载。我原以为几华里几华里都是在平面上的，因此我对黄山就有了一些不正确的理解。现在，接触了实际，才知道这基本上是按立体计算的。在这里走上一华里,同平地上不大一样,费的劲儿要大得多。就是向上走上一尺,也要费上一点力气。没有别的办法,只好喘气流汗了。我低头看着脚下的台阶,右手使劲地拄着竹杖,一步一步地向上爬行。我眼睛里看到的只是台阶,台阶,台阶。有时候,我心里还数着台阶的数目。爬呀,数呀,数呀,爬呀,以为已经很高了。但是抬眼一看,更高、更陡、更多的台阶还在前面哩。想当年登泰山的时候,那里还有一个"快活三里"。这里却连一个快活三步都没有。但是,既来之,则安之,爬就是一切。

我到黄山来,当然并不是专为来走路的。我还是要看一看的。但是,在黄山,想看也并不容易。有经验的人说:"走路不看山,看山不走路。"这确实是至理名言。这有点像鱼与熊掌的关系,不可得而兼之。谁要想"兼之",那就有失足坠下万丈深涧的危险。我只在爬到了一定的阶段时,才停下脚步,小心地抬头向身后和左右看上一看,但见峭壁千仞,高岭入云,幽篁参天,苍松夹道,鸟鸣相和,蝉声四起。而且每看一次,眼前的情景都不一样,扑朔迷离,变幻万端。就连同一个地方,从不同的角度去看,都能看出不同的形象。从慈光阁看朱砂峰,看到天都峰上的金鸡叫天门。但是登上龙蟠坡,再抬头一看,金鸡叫天门就变成了五老上天都。在什么地方才能看到黄山真面目呢?我想,在什么地方也是看不到的。我很想改一改苏东坡的诗:"横看成岭侧成峰,远近高低各不同。不识黄山真面目,即使身在此山中。"

我有时候也有新的发现,我简直觉得其中闪现着"天才的火花",解人难得,我只有自己拍手(这里没有案)叫绝。比如,我看远山上的竹石树木,最初只觉得一片蓊郁。但细看却又有明暗之别。有的浓绿,有的淡绿。经过我再三研究揣摩,我才发现,明的是竹,暗的是松,所谓"苍松翠竹",大概指的就是这个意思吧。我又想改陆游的两句诗:"山穷水复疑无路,松暗竹明又一山。"

一想到陆游，我又想到了徐霞客。我们且看看他登上慈光寺以后是怎样看黄山的：

> 由此而入，绝危崖，尽皆怪松悬结；高者不盈丈，低仅数寸，平顶短鬣，盘根虬干，愈短愈老，愈小愈奇。不意奇山中又有此奇品也。

他看到了奇山，又看到了奇松。他看到的山同我们今天看到的几乎完全一样，这毫无可怪之处。但是他看到的松，有多少是我们今天还能看到的呢？"愈短愈老，愈小愈奇"，难道在这几百年的漫长时间内，它们就一点也没有长吗？就是起徐霞客于地下，我这样的问题恐怕也无法回答了。

我就是这样一边爬，一边看，一边改着古人的诗，一边想到徐霞客，手、脚、眼、耳、心，无不在紧张地活动着，好不容易才爬到了天都峰脚下。这是一个关键的地方，向右一拐，走不多远，就可以登上台阶，向着天都峰爬上去。天都峰是黄山的主峰。不到天都非好汉，何况那天险鲫鱼背我已经久仰大名，现在站在天都峰下，一抬头就可以看到，上面有蚂蚁似的人影在晃动，真是有说不出的诱惑力啊！但是一看到那一条直上直下的登山盘道，像一根白而粗的线绳一样悬在那里，要爬上去，还真需要有一把子力气呢。我知道，倘若给我半天的时间，登上去也是没问题的。可惜现在早已经过了中午，到我们今天的住宿的地方玉屏楼还有一段路要走。我再三斟酌，只好丢掉登天都峰的念头，这好汉看来当不成了。我一步三回头地向左一拐，拾级而上，一直爬到了一线天的门口。这时我们坐了下来，背对一线天口，脸朝前望，可以看到近在咫尺的蓬莱三岛。所谓蓬莱三岛只是三个石笋似的小山峰，上面长着几棵松树。下面是一片深不见底的山谷。据说，白云弥漫时，衬着下面的云海，它们确确实实像蓬莱三岛。但现在却是赤日当空，万里无云，我只能用想象力来弥补天公的不作美了。

一线天真正是名副其实。在两个峭壁中，只有一条缝隙，仅容人体，抬眼一看，只见高处露出一线光明，上面是蓝蓝的天，这一团光明就召唤着我们，奋勇前进。我们也就真地一个个精神抖擞，鼓足了余勇，爬了上去。低头从我们两条腿中间向后看去，还可以看到悬挂在天都峰上的那一条白练似的磴道。

过了一线天，再向右一拐就走上了玉屏楼，这里是从温泉到北海去的必由之路。一般人都是在这里过夜的。徐霞客时代，这里叫玉屏风。他在《游记》里写道："四顾奇峰错列，众壑纵横，真黄山绝胜处。"可见徐霞客对此处评价之高。原来这里有一座庙，叫做文殊院。古人曾说过："不到文殊院，没见黄山面。"这同徐霞客的意见是一致的。

这里有什么特点呢？这里是万山丛中一块比较平坦的地方，好像天造地设，就是一个理想的中途休息的地方。一转过山角，就能看到峭壁上长着一棵松树。提起此松，真是大大地有名。全中国人民和全世界人民大概都经常能看到它的形象。挂在人民大会堂里的那一幅叫做"迎客松"的照片，就是它。这棵松树的大名就叫做"迎客松"。许多来访的外国领导人，以及名人、学者会见中国领导人时，就在那个照片下面照相。你看它伸出双臂，其实是不知道多少臂，仿佛想同来游的人握手、拥抱，它那青翠的枝头仿佛能说出欢迎的语言，它仿佛就是黄山好客的象征，不，它实际上成了中国人民好客的象征。你若问它的高寿，那就很难说。它干并不粗，也不特别高，看样子它至多也不过几十年至百年，然而据人说，它挺立在这里已经有一千多年的历史了。这里山高风劲，夏有酷暑，冬有寒冰，然而它却至今巍然屹立，俊秀挺拔，苍翠欲滴，枝头笼烟，仿佛正当妙龄青春。我在这里祝它长寿！

至于玉屏楼本身，可看的东西并不多。只是因为此地处万山之中，抬眼四顾，前有大谷深壑，下临无地，上面有参天云峰，耸然并立。同前一段的地无三尺平的情况比较起来，当然显得空阔辽廓，快人心目。当白云弥漫时，云海苍茫，必然另有一番景色。可惜我们没有这个福气，只看到了一片干涸了的大海。在玉屏楼的右边，就是那一棵在名声上稍逊一筹的送客松。它也像迎客松一样，伸出了它那许多胳臂，好像向游客告别，祝他们身强体健，过一些时候再来黄山。我也祝它长寿！

我们就是在住宿一夜之后，怀着还要再回来的心情走过这一棵松树向黄山深处前进的。一走过送客松，山路就好像一反昨天上山时的规律，陡然下降，下降，下降，再下降，一直降到涧底。这一段路走起来非常舒服，似乎还要超过泰山的"快活三里"。我们虽低头走路，仍可以抬头望山。走过望客松，蒲团松，右边可以看到指路石，回头则见牛鼻峰上的犀牛望月。下到深涧涧底以后，一泓清泉，就在道旁，清澈见底，冷冽可饮。拿做文章来比，我们走这一段山路，好像是在作"承"的那一段，"起"得突兀，"承"得和缓，我们过了一段舒服的时光。

但是，再拿做文章来比，"承"过以后，就来了"转"，这一"转"，可真不得了。到了涧底，抬眼一看，前面是八百级的莲花沟。这八百级仿佛是直上直下，令人看了真有点发怵。实际上，往上攀登的时候，比在下面仰望时更令人感到可怕。我们面前好像只有这一条窄窄的石阶，只能向上，不能回转，"马行在夹道内，难以回马"，不管流多少汗，喘多少气，到此也只有奋勇攀登，再没有回旋的余地了。

皇天不负有心人。爬上了八百石阶，一转就到了莲花峰脚下。这一座莲花峰也是黄山主峰之一。从它的脚下上山好像比从天都峰脚下攀登天都峰要容易得多，只需往右一转，爬上几个台阶就可以达到峰顶。然而，正唯其觉得容易，也就失掉了吸引力。同时，我们今天的目标是到北海。我于是只在莲花峰下少坐片刻，抬头看到不远的峰顶上游人多如过江之鲫，然后左转走上前去。要说到黄山的险境，仿佛现在才算是开始。身右峭壁凌空，左边却是悬崖无地。山路是整修过的，在最危险的地方加了石头栏杆或铁链。但栏外就是危险境地，好像泰山上的阴阳界一样。走在这样的地方，连昨天奉行的"看山不走路，走路不看山"的箴言都无法奉行，无已，只有一心一意埋头苦走而已。这里就是鼎鼎大名的万丈云梯。真可以说是名不虚传。但是，大自然最憎恨的是单调，它决不会让百步云梯成为千步云梯、万步云梯。过了百步云梯，又是一段比较平直的山路。此时我仿佛已经过了险关，大有闲情逸致，观赏山景。蓦抬头，在远处的山崖上，忽然看到"万绿丛中一点红"。此时正是盛夏，早过了春暖花开的时节，这一点红是哪里来的呢？我无法攀上悬崖去看，无从探索与研究。我只有沉入幻想中，幻想暮春四五月间，黄山漫山遍野开满了杜鹃花的情况。我眼前的黄山一下子变了样，"日出山花红胜火"，红色的火焰仿佛燃遍了全山，直凌太空，形成了一幅红透宇宙的奇景。

就这样，一路幻想下去。平路走尽，又上山路，穿过鳌鱼洞，就到了天海。这一段路更平了，仿佛已经离开黄山，到了平地上。一路树木蓊郁，翠竹夹道，两旁蝉声啼不住，轻身已到北海边。

北海真是个好地方。人们已经看过了天都峰和莲花峰，奇景险境，久已身履，大概总会觉得黄山胜境已经探过，到了北海已经成为尾声了。

然而实则不然。

我先讲一个口头传说。距北海不远有一个山峰，叫做始信峰。什么叫始信峰呢？这里熟于掌故的人说，就是"开始相信"，意思就是，到了这里才开始相信黄山之美。不管这个解释是否正确，是否就是原意，我确确实实是相信的。我到了北海以后，才知道，北海决不是黄山之游的尾声，而是高峰，是顶端。上文曾引过一句古语："不到文殊院，没见黄山面。"我想改一改："走不到北海，黄山没有来。"再拿写文章作比，如果过了玉屏楼算是"转"，那么，到了北海就算是"合"。一篇精巧的文章写到这里，才算是达到精妙的顶点，黄山乃山中之奇山，北海是众奇并备，万巧同臻。游黄山到此，真可以说是叹观止矣。

然而究竟"合"出一些什么东西来呢？

三言两语是说不完的。以北海为中心，三五华里的半径内，景色万千，名目繁多。大则崇山峻岭，小至一石一树，无不奇绝人寰。从宾馆右转，走不多远，在深山绝谷的边缘上，出现了散花精舍，前面不远就是梦笔生花，笔架峰，骆驼石，上升峰和老翁钓鱼，再往前走就是始信峰。登上始信峰顶，下临无地，隔着深涧远处可见仙女峰、石笋矼，石笋壁立千仞，真仿佛天上有一个顶天立地的金刚巨无霸从上面把石笋栽在那里，成为宇宙奇观。我们只是从远处看石笋矼的，徐霞客是亲身到过。他在《游记》里写道："趋石笋矼，至向年所登尖峰上，倚松而坐，瞰坞中峰石回攒，藻缋满眼，如觉匡庐、石门，或具一体，或缺一面，不若此之闳博富丽也。"

"闳博富丽"当然还不仅限于石笋矼。北海附近这一些名胜，无不"闳博富丽""藻缋满眼"。比如清凉台、曙光亭，都各有奇妙之处。出宾馆左折西行，可以到西海。沿路青松参天，翠竹匝地。有很多有名的奇景。走到尽头，同别的地方一样，眼前又是峭壁千仞，深涧万寻。从这里的排云亭上，可以看到丹霞峰、松林峰、石床峰，各个刺入青天，令人神往。据说这地方是看落照的好地方，可惜我们来的时候，不是黄昏，我们只有怅望西天，幻想一番日落西山、红霞满天的情景而已。

是不是北海就只"合"出了这样一些东西来呢？

也还不是的。黄山有所谓四大奇景：奇松、怪石、云海、温泉。温泉一进山就可以看到，上面已经说过，这里不再提了。其他三奇，除了云海以外，一进山也都陆续可以看到。从慈光阁开始，只要你注意，奇

201

松、怪石，到处可见。简直是让你一步一吃惊，一步一感叹。到了北海算是达到了顶峰，所谓集大成者就是。

那么，人们也许要问，奇松奇在什么地方呢？这个问题问得好，我初次听说奇松时，心里也泛起过这个问题。我游遍了黄山，到了北海，要想答复这个问题，也还感到非常困难，简直可以说是回答不出。我常常想，世间一切松树无不是奇的，奇就奇在它同其他一切树都不一样。其他树木的枝子一般都是往上长的，但是松树的枝干却偏平行长着或者甚至往下长。其他树木从远处看上去都能给人一个轮廓，虽然茂密，但却杂乱；然而松树给人的轮廓却是挺拔、秀丽，如飞龙，如翔凤，秩序井然，线条分明。松柏是常常并称的。如果它们站在一起，人们从远处看，立刻就能够分清哪是松，哪是柏。总之一句话，我们脑中一切关于树的规律，松树无不违反。此之所谓奇也。

但是，黄山上的松树比其他地方更奇，是奇中之奇。你只要看一看黄山上有名字的名松，你就可以知道：蒲团松、连理松、扇子松、黑虎松、团结松、迎客松、送客松、飞虎松、双龙松、龙爪松、接引松，此外还不知道有多少松。连那些不知名的大松、小松、古松、新松，长在悬崖上的松，长在峭壁上的松，长在任何人都不能想象的地方的松，千姿百态，石破天惊，更是违反了一切树木生长的规律。别的地方的松树长上一千多年，恐怕早已老态龙钟了，在这里却偏偏俊秀如少女，枝干也并不很粗。在别的地方，松树只能生长在土中；在这里却偏偏生长在光溜溜的石头上。在别的地方，松树的根总是要埋在土里的；在这里却偏偏就把大根、小根、粗根、细根，一股脑地、毫不隐瞒地、赤裸裸地摆在石头上，让你看了以后，心里不禁替它担起忧来。黄山松奇就奇在这里。看松而看到黄山松，真可以说是达到顶峰了。

谈到怪石，也真是够怪的。那么这些石头怪又怪在何处呢？在别的名山胜地中，也有一些有名有姓的山峰，也有一些有名有姓的石头。

但是在黄山，这种山峰和石头却多得出奇：虎头岩、郑公钓鱼台、莺谷石、碰头石、鲫鱼背、羊子过江、仙人飘海、仙桃石、蓬莱三岛、鹦哥石、飞鱼石、采莲船、孔雀戏莲花、象石、金龟望月、仙鼠跳天都、仙人下轿、仙人把洞门、姜太公钓鱼、犀牛望月、指路石、金龟探海、老僧入定、老僧观海、仙人绣花、鳌鱼吃螺蛳、容成朝轩辕、鳌背驮金鱼、仙人下棋、仙人背包、飞来钟、老翁钓鱼、梦笔生花、猪八戒吃西瓜、书箱峰、达摩面壁、仙人晒靴、老虎驮羊、天鹅孵蛋、关公挡曹、仙人铺路、太白醉酒、五老荡船、天狗望月、双猫捕鼠、苏武牧羊、老僧采药、仙人指路、喜鹊登梅、猴子捧桃，等等，等等。名目确实够繁多的了。名目之所以这样繁多，决定因素就是因为这里石头长得怪。如果不怪的话，就决不会有这样多的名目。你以为这些五花八门的名目已经把黄山的怪石都数尽了吗？不，还差得很远。如果你有时间，静坐在黄山的某一个地方，面对眼前的奇峰怪石，让自己的幻想展翅驰骋，你还可以想出一大批新鲜动人的名目。比如我们几个人在西海排云亭附近面对深涧对面的山，我看出了一座"国际饭店"。这个名字一提出，你就越看越像，像得不能再像了，我们都为这个天才的发现而狂欢。假我以时日，我们可以巧立名目，为黄山创立一大批新鲜、别致，不但神似而且形似的名目，再为黄山增添光彩。

在怪石中最怪的，当然要数飞来石。顾名思义，人们认为这块大石头是从天外飞来的。我们从玉屏楼到北海的路上，快到北海的时候，已经从远处看到了它。它是在一座小山峰的顶上，孑然耸立在那里。上粗下细，同山峰接触的地方只是一个点，在山风中好像是摇摇欲坠，让人不禁替它捏一把汗。后来我们从北海到西海，在回去的路上，爬了上去，一直爬到峰顶上，同黄山别的山头一样，小小的一个峰顶，下临万丈深涧。看到飞来石，我们都大吃一惊：原来同峰顶连接的地方有一条缝。这样一块巨石，上粗下细，又不固定在峰顶上，怎能巍然屹立在那里,而且还不知已经屹立了多少年呢?在这漫长的时间内,谁知道它已经经历了多少狂风暴雨,山崩地震呢?而它到今天仍然是岿然不动,简直违反了物理的定律。我们没有别的话可说,只能说它是奇中之奇了。

至于黄山的云海,更是我闻所未闻,见所未见。一座大山竟然有北海、西海、天海、前海、后海,这样许多海,初听时难道不真是让人不解吗?原来这些海都是云海。我从小读王维的诗:"行到水穷处,坐看云起时。"觉得这个境界真是奇妙,心向往之久矣。可是活了六十多岁,也从来没能看到云起究竟是什么样子。一天,我们正在北海的一个山头上,猛回头,看到隔山的深涧忽然冒起白色的浓烟。我直觉地认为这是炊烟。但是继而一想,炊烟哪能有这样的势头呢?我才恍然:这就是云起。升起来的云彩,初时还成丝成缕,慢慢地转成一片一团,颜色由淡白转浓,最初群山的影子还隐约可见,转瞬就成了一片云海,所有的山影都被遮住,云气翻滚,宛若海涛。然而又一转瞬,被隐藏起来的山峰的影子又逐渐清晰,终于又由浓转淡,直到山峰露出了真面目,云气全消,依然青山滴翠,红日皓皓。所有这一切都发生在几分钟内。这算不算是云海呢?旁边有人说:"还不能算是真正的云海。那要大雨之后。"我只好相信他的话。但是,"慰情聊胜无",不是比没有看到这种近似云海的景象要好得多吗?

除了上面谈的四大奇景之外,我还有一点意外的收获,那就是我在黄山看了日出。日出并没有列入黄山四奇之内,但仍然可以说是一奇。北海的曙光亭,顾名思义,就是看日出的最好的地方。几十年前,当我还年轻的时候,我曾登泰山看日出,在薄暗中,鹄候在玉皇顶上,结果除了看到一团红红的云彩之外,什么也没有看到。我只有暗自背诵姚鼐的《登泰山记》,聊以自慰:

  及既上，苍山负雪，明烛天南，望晚日照城郭，汶水、徂徕如画，而半山居雾若带然。戊申晦五鼓，与子颖坐日观亭待日出。时大风扬积雪击面。亭东自足下皆云漫。稍见云中白若樗蒲数十立者，山也。极天云一线异色，须臾成五彩，日上，正赤如丹，下有红光，动摇承之。或曰：此东海也。

  这一次来到黄山北海，早晨天还没有亮，就有人跑着、吵着去看日出。我一骨碌爬起来，在凌晨的薄暗中摸索着爬上曙光亭，那里已经是黑压压的一团人。我挤在后面，同大家一样向着东方翘首仰望。天是晴的，但在东方的日出处，却有一线烟云。最初只显得比别处稍亮一点而已。须臾，彩云渐红，朝日露出了月牙似的一点；一转眼间，它就涌了出来，顶端是深紫色，中间一段深红，下端一大段深黄。然而立刻就霞光万道，白云为霞光所照，成了金色，宛如万朵金莲飘悬空中。

  就这样，黄山的三奇，奇松、怪石、云海，还加上一个奇：日出，我在黄山，特别是在北海，都领略过了。再拿做文章来打个比方，起、承、转、合，这几大股都已作完，文章应该结束了。

  然而不然，从我的感情和印象说起来，合还没有合完，文章也就不能结束。从我的激情来看，这仿佛刚才达到高潮，文章更不能就此结束了。我们原来并不想在北海住这样久。但是越住越想住，越住越不想走。三天之内，我们天天出去，天天有新的发现，大有流连忘返之意。我们最后怀着惜别的心情，离开了北海的时候，我的内心如潮涌，如云起，一步三回头。我们绕过黑虎松走上后山的道路，向着云谷寺的方向走去。一路之上，流水潺潺，山风习习，蝉声相送，鸟鸣应和，苍松翠竹，映带左右。我们又像走到山阴道上，应接不暇了。但是我们走到幽篁中，闻鸟声却不见鸟，我们笑着开玩笑说，这是留客鸟，它们也惋惜我们即将离去，大有依依不舍之意呢。

此时周围清幽闃静,好像宇宙间只有我们几个人似的。但是我的内心里却又像来黄山的路上那样如波涛汹涌,遐想联翩,我想到过去游览过国内外的名山大川。我一时想到泰山,一时又想到石林。这都是天下奇秀,有口皆碑。但是我觉得,同黄山比起来,泰山有其雄伟,而无其秀丽;石林有其幽峭,而无其雄健。黄山是大则气势磅礴,神笼宇宙,小则剔透玲珑,耐人寻味。如果拿美学名词来比附的话,我们就可以说,黄山既有阳刚之美,又有阴柔之美。可谓刚柔兼,二难并,求诸天下名山,可谓超超玄箸了。

我一下子又想到中国的山水画。远山一般都只用淡墨渲染,近山则用各种的皴法。对远山的那种处理,只要在有山的地方,看到过远山的人,都会同意的,都会知道,那实际上是把自然景物,再加上点画家个人的幻想与创造,搬到了纸上来的。这不同于自然主义。这是形似而又神似。但是对近山的那些不同的皴法,则生长在北方高山不多的地方的人,有时就不大容易理解,认为这不过是画家的传统手法,没有多大意思的。特别是对大涤子这样的画家,更不容易理解。今天我到了黄山,据说大涤子在这里住过,积年疑团,顿时冰释。我站在任何一个悬崖峭壁的下面,抬头仰望,注意凝视,观之既久,俨然是一幅大涤子的山水画出现在自己的眼前,我也俨然成了画中人了。但见这一幅画,笔墨恣纵,元气淋漓,皴法新颖,巨细无遗。倘若我们请天上匠作大神,来到人间,盖上一座万丈高的大厦,把这一幅大画挂在里面,不知会产生什么效果,恐怕观赏的人都会目瞪口呆、惊愕万状吧!此时,只在此时,我才真正理解中国古代山水画家,其中也包括像大涤子这样有天才、有独创性,能独辟蹊径,开一代风气的画家,都是在仔细观察自然山色,简练揣摩,融会贯通之后,然后才下笔的。他们决不是专门抄袭古人,拾古人牙慧的。

我一下子又想到,天下名山多矣,中外皆然。但是像黄山这样的名山，却真如凤毛麟角。为什么中国竟会有黄山这样的山呢？这个问题似乎非常幼稚，实际上却是发自我内心深处的一个问题。我并不觉得它有什么幼稚、可笑。古人会说，这是灵气所钟。什么又是灵气呢？灵气这东西摸不着，看不到，实在是玄妙得很。但是依我看，它又确实是存在着的。我们一到黄山，第一天晚上，坐在宾馆外深涧岸边，细听涧中水声，无意中捉到了一个萤火虫，发现它比别的地方的都大而肥壮。后来我们又发现这里的知了也比别的地方的大而肥壮，就连苍蝇也和别的地方不同，大得、壮得惊人，而在海拔近两千尺的天都峰顶，天风猎猎，人站在那里都摇摇欲坠，然而却能见到苍蝇，而且都有点气魄，飞驶迅速，呼啸而过。这实在使我吃惊不小。不用灵气所钟，又怎样解释呢？世界各国都有它们灵气所钟的地方，对于这些地方，只要我能走到、看到，我都喜爱、欣赏，一视同仁，决不会有任何偏心。但是，有黄山这样灵气所钟的地方，我作为一个中国人感到无比地骄傲与幸福。我因此更热爱我们这一块土地，我更热爱我们这一个国家。我们也并不想把黄山秘而不宣，独自享受。"但愿人长久，千里共婵娟。"我也但愿世界永存，黄山永在，永远以它那无比美妙的山色，为我们提供无比美妙的怡悦。

我一下子又想到，古人说，人生要读万卷书，行万里路。又说太史公司马迁周览名山大川，故其文疏宕有奇气。还有人说，唐代大书法家张旭观公孙大娘舞剑器，因而书法大进。我现在游览了黄山，将来会产生什么样的影响呢？我一非文豪，二非书法家，这影响究竟要产生在什么地方呢？不管怎样，影响终归会有的，我且拭目以待。

我就是这样一边走，一边想，一边还欣赏四周奇丽景色，不知不觉地就回到了温泉。等到我从北海返回温泉的时候，我仿佛成了一个阿丽丝，我漫游了一个奇而又奇的奇境。过去一周的游踪，历历呈现在我心中。我的黄山梦于今实现了。但我并不满足于实现了梦境，而是梦得更

207

加厉害起来。我仿佛还并没有到过真正的黄山,不,黄山对我来说,比原来还要陌生,还要奇妙,我直觉地感到,真正的黄山我还没有看到。我从北海归来,只看了黄山的皮毛。黄山的名胜真如五光十色,扑朔迷离,在那"万壑树参天,千山响杜鹃"中似乎还隐藏着什么秘密,有待于我,有待于其他人去发现,去欣赏,去惊叹。古时候有一首关于黄山的诗:

> 踏遍峨嵋与九嶷,
> 无兹殊胜幻迷离。
> 任他五岳归来客,
> 一见天都也叫奇。

我还没有历游五岳,也还没有到过峨嵋与九嶷。我对黄山、对天都叫奇,完全是很自然的。我相信,即使我有朝一日真的遍游五岳,登峨嵋,探九嶷,我再到黄山来,仍然会叫奇不绝的。

我来的时候,心里带来了一个假的黄山图,它一遇到真黄山就破碎消失了。我现在离开的时候,带走了一幅真正的黄山图,虽然我还不能相信,这一幅图就是黄山的真相。但是这幅黄山图将永远留在我的心中。经过了一段时间酝酿思忖,我现在写出了我心目中的黄山。但写的过程中,我时时怀疑我这一支拙笔会玷污了黄山。古人诗说:"美人意态画不出,当时枉杀毛延寿。"[①] 我现在真觉得,"黄山意态写不出,枉费不眠数夜间"。《世说新语》任诞第三十三说:

---

① 此处疑为作者笔误,诗句原出自王安石《明妃曲二首(其一)》:"意态由来画不成,当时枉杀毛延寿。"

桓子野每闻清歌，辄唤："奈何！"谢公闻之曰："子野可谓一往有深情。"

这里指的是，桓子野每闻清歌，辄情动乎中。我现在面对着黄山，心中有一美妙的黄山，笔下的黄山却并不那么美妙，我也只能学一学桓子野，徒唤奈何。

1979年12月9日写毕

登蓬莱阁

去年,也是在现在这样的深秋时分,我曾来登过一次蓬莱阁。当时颇想写点什么;只是由于印象不深,自己也仿佛没有进入"角色",遂致因循拖延,终于什么也没有写。现在我又来登蓬莱阁了,印象当然比去年深刻得多,自己也好像进入了"角色",看来非写点什么不行了。

蓬莱阁是非常出名的地方,也可以说是"蓬莱大名垂宇宙"吧。我在来到这里以前,大概是受蓬莱三山传说的影响,总幻想这里应该是仙山缥缈,白云缭绕,仙人宫阙隐现云中,是洞天福地,蓬莱仙境,不食人间烟火。至少应该像《西游记》描绘镇元大仙的万寿山那样:

高山峻极,大势峥嵘。根接昆仑脉,顶摩霄汉中。白鹤每来栖桧柏,玄猿时复挂藤萝……麋鹿从花出,青鸾对日鸣。乃是仙山真福地,蓬莱阁苑只如此。

然而，眼前看到的却不是这种情况。只不过是一些人间的建筑，错综地排列在一个小山头上。我颇有一些失望之感了。

既然是在人间，当然只能看到人间的建筑。从这个标准来看，蓬莱阁的建筑还是挺不错的：碧瓦红墙，崇楼峻阁，掩映于绿树丛中。这情景也许同我们凡人更接近，比缥缈的仙境更令人赏心悦目。一进入嵌着"丹崖仙境"四个大字的山门，就算是进入了仙境。所谓"丹崖"，指的是此地多红石，现在还有四大块红石耸立在一个院子里面。这几块石头不是从别的地方搬来的，而是与大地紧紧地连在一起，原来是大地的一部分，其名贵也许就在这里吧。

进入天后宫的那一层院子，最引人注目的还不是天后的塑像和她那两间精致的绣房中的床铺，而是那一株古老的唐槐。这一棵树据说是铁拐李种下的，它在这仙境里生活了已经一千多年了，虽然还没有"霜皮溜雨四十围，黛色参天二千尺"；但是老态龙钟，却又枝叶葱茏，浑身仙风道骨，颇有一点非凡的气概了。我想，一看到这样一棵古树，谁也会引起一些遐思：它目睹过多少朝代的更替，多少风流人物的兴亡，多少度沧海桑田，多少次人事变幻，到现在依然青春永葆，枝干挺秀。如果树也有感想的话，难道它不应该大大地感喟一番吗？我自己却真是感慨系之，大有流连徘徊不忍离去之意了。

回头登上台阶，就是天后宫正殿。正中塑着天后的像，俨然端坐在上面。天后是海神。此地近海，渔民天天同海打交道；大海是神秘难测的，它有波平浪静的一面，但也有波涛汹涌的一面。自古以来，不知道有多少渔民葬身波涛之中。他们迫不得已，只好乞灵于神道，于是就出现了天后。我们南海一带都祭祀天后。在这个端庄美丽的女神后边，不知道包含着多少血泪悲剧啊！在我上面提到的左右两间绣房中，床上的被褥都非常光鲜美丽。据说，天后有一个习惯：她轮流在两间屋子里睡觉。为什么这样？其中定有道理。但这是神仙们的事，我辈凡夫俗子还是以少打听为妙,还是欣赏眼前的景色吧!

到了最后一层院子,才真正到了蓬莱阁。阁并不高,只有两层。过去有诗人咏道:"登上蓬莱阁,伸手把天摸",显然是有点夸张。但是,一登上二楼,举目北望,海天渺茫,自己也仿佛凌虚御空,相信伸手就能摸到天,觉得这两句诗决非夸张了。谁到这里都会想到蓬莱三山的传说,也会想到刻在一个院子里两边房墙上的四句话:

登上蓬莱阁

人间第一楼

云山千里目

海岛四时秋

现在不正是这样子吗?我自己也真感觉到,三山就在眼前,自己身上竟飘飘有些仙气了。

多少年来就传说,八仙过海正是从这里出发的。阁上有八仙的画像,各自手中拿着法宝,各显神通,越过大海。八仙中最引人注目的当然是吕洞宾。提起此仙,大大有名。全国许多地方都有关于他的神话传说。据说,吕洞宾并不姓吕。有一天,他同妻子到山洞里去逃难,这两口子住在洞中,相敬如宾,于是他就姓了吕,而名洞宾。这个故事很有趣,但也很离奇,颇难置信。可是,我觉得,这同天后的床铺一样,是神仙们的私事,我辈凡夫俗子还是以少谈为妙,且去欣赏眼前的景色吧!

眼前景色是美丽而有趣的。我们在楼上欣赏窗外的景色。楼中间围着桌子摆了许多把古色古香的椅子,正中一把太师椅,据说是吕洞宾坐过的;谁要坐上,谁就长生不老。我们中吕叔湘先生年高德劭,又适姓吕,于是就被大家推举坐上这一把太师椅,大家哄然大笑。我们虔心祷祝吕先生真能长生不老!

在这楼上,人人看八仙,人人说八仙,人人听八仙,人人不信八仙,八仙确实是太渺茫无稽了。但是,从这里能看到海市蜃楼却是真实的。我从前从许多书上,从许多人的嘴里读到、听到过海市的情景,心向往之久矣。只是海市极难看到。宋朝的大文学家苏轼,曾在登州做过五天的知府。他写过一首诗,叫做《登州海市》,还有一篇短短的序言,我现在抄一下:

予闻登州海市旧矣。父老云:"尝出于春夏,今岁晚,不复见矣。"予到官五日而去,以不见为恨,祷于海神广德王之庙,明日见焉,乃作此诗。

东方云海空复空　群仙出没空明中
荡摇浮世生万象　岂有贝阙藏珠宫
心知所见皆幻影　敢以耳目烦神工
岁寒水冷天地闭　为我起蛰鞭鱼龙
重楼翠阜出霜晓　异事惊倒百岁翁
人间所得容力取　世外无物谁为雄
率然有请不我拒　信我人厄非天穷
潮阳太守南迁归　喜见石廪堆祝融
自言正直动山鬼　岂知造物哀龙钟
伸眉一笑岂易得　神之报汝亦已丰
斜阳万里孤鸟没　但见碧海磨青铜
新诗绮语亦安用　相与变灭随东风

在这里,苏东坡自己说,祷祝成功,海市出现。但是,给我们导游的那个小姑娘却说，苏轼大概没有看到海市；因为他呆的时间很短，而且是岁暮天寒之际。究竟相信谁的话呢？我有点怀疑，苏轼是故弄玄虚，英雄欺人。他可能是受了韩愈祝祷衡山的影响："潜心默祷若有应，岂非正直能感通，须臾静扫众峰出，仰见突兀撑青空。"他的遭遇同韩文公差不多，他们俩都认为自己是"正直"的。韩文公能祝祷成功（实际上也未必），为什么自己就不行呢？于是就写了这样一首诗，写得有鼻子有眼，仿佛亲眼看到一般。但是，这只是我个人的怀疑。又焉知苏轼的祝祷不会适与天变偶合、海市在不应该出现的时候出现了呢？我实在说不清楚。古人的事情今人实在难以判断啊！反正登州人民并不关心这一切，尽管苏轼只在这里呆了五天，他们还是在蓬莱阁上给他立庙塑像，把他的书法刻在石头上，以垂永久。苏轼在天有灵，当然会感到快慰吧。

我们游遍了蓬莱阁，抚今追昔，幻想迷离。八仙的传说，渺矣，茫矣。海市蜃楼又急切不能看到，我心里感到无名的空虚。在我内心的深处，我还是执着地希望，在蓬莱阁附近的某一个海中真有那么一个蓬莱三山。谁都知道，在大自然中确实没有三山的地位。但是，在我的想象中，我宁愿给蓬莱三山留下一个位置。"山在虚无缥缈间"，就让这三山同海市蜃楼一样，在虚无缥缈间永远存在下去吧，至少在我的心中。

1985年10月26日写完

延边行（小引）

今年夏天，应延边大学副校长郑判龙教授之邀，冒酷暑，不远数千里，飞赴延吉，参观访问。如果学一点时髦的话，也可以说是"讲学"吧。我极不喜欢用这个词儿。因为我知道有不少的"学者"，外国话不会说半句，本来是出国旅游的，却偏偏说是应邀"讲学"。我真难理解这个"学"是怎样"讲"的。难道外国人都一下子获得了佛家所说的"天耳通"，竟能无师自通地听懂了中国话吗？出国旅游，并非坏事；讲出实话，实不丢人。又何必一定要在自己脸上贴金呢？我这个人生性急，喜爱逆反。即使是真讲学，我也偏偏不用。这一次想来一个例外。我毕竟真是在延边大学讲了一次。所以一反常规，也给自己脸上贴一点金。

我在延边只呆了六天，时间应该说是非常短的。但是，我却闻所未闻，见所未见，吃所未吃，感所未感，大开眼界，大开口界。我国的朝鲜族是异常好客的，简直可以说是好客成性。住在这里的汉族，本来也是好客的，又受到了朝鲜族的熏陶，更增加了好客的程度。我们时时刻刻沉浸在友谊的海洋之中，友谊之浪，情好之波，铺天盖地，弥漫一切；我们仿佛生活在人类世界之上的另一个世界里，我们的感觉决不能用感激二字来表达，这是远远不够的，我年届耄耋，有生之年，永远不会忘记了。

我舞笔弄墨，成癖成性，在思绪感情奔腾澎湃之余，不禁又拿起笔来。但限于时间，只能表达所闻所见于万一，聊志个人的雪泥鸿爪而已。

1992年7月29日于延边大学专家招待所

我在延吉吃的第一顿饭

今天是我的生日。我来到这个世界上已经整整八十一年了。按天数算，共是二万九千五百六十五天。平均每天吃三顿饭，共吃了八万八千六百九十五顿饭。顿数多得不可谓不惊人了。而且我还吃遍了世界上三十多个国家的饭。多么好吃的，多么难吃的，多么奇怪的，多么正常的，我都吃过，而且都吃得下去。我自谓饭学已极精通，可以达到国际特级大师的标准了。对吃饭之事圆融自在，已臻化境。只要有饭可吃，我便吃之。吃饭真成了俗话说的"家常便饭"了。

到了延吉，刚一下飞机，到机场迎接我们的延边大学郑判龙副校长、卢东文人事处长、王文宏女士和金宽雄博士，随随便便一说："我们到朝鲜冷面馆去吃个便饭吧！"客随主便，我就随随便便地答应了。数千里劳顿之余，随便吃一点便饭，难道还不是世间最惬意的事吗？

我们好像是随便走进一家饭馆，坐在桌旁，我万没有想到,不远千里来避暑的延吉,热得竟超过了北京。在挥汗如雨之余,菜逐渐上桌了。除了有点朝鲜风味以外,菜都是平平常常的,一点也没有引起我的特别注意。只有肚子确实有点空了,于是就大吃起来。好在主人几乎都是老朋友。他们不特别讲求礼仪,强客人之所难;我们也就脱落形迹,不故作虚伪,任性之所好,随随便便地大吃起来。此时好像酷暑骤退,满座生春,我真有点怡然自得,"不知何处是家乡"了。

然而,正在此时,厨师却端上了一条活蹦乱跳的大鳞鱼来,鱼摇着尾巴,口一张一合,双鳍摆动,每一个鳞片都闪出了耀眼的珍珠似的白光。我立即大吃一惊,把眼睛瞪得圆而且大,眼里面的白内障还有什么结膜炎,仿佛一扫而空,又能洞见纤微,视芥子如须弥山了。我真不知道,我们这一群可敬可爱的延吉的老朋友主人,葫芦里想卖什么药。我的心怦直跳,不知如何是好。我以为还会有火锅之类的东西端上桌来。说不定厨师还会亲临前线,表演一下杀煮活鱼的神奇手段,好像古代匠人的运斤成风,或者从制钱的小眼里把香油灌入瓶中。我屏住了呼吸,虔心以待。

可是主人却拿起了筷子,连声说:"请!请!"他是要我们下筷子吃鱼了。他似乎看出了我们的困惑,首先用筷子尖一扒拉,仿佛是一个魔术师似的,一整块联着鱼肉的鱼鳞被掀了起来,露出了鱼肉,粉红色的肉上横贯着一条深红的线。再一细看,鱼肉并非一个整体,而是已经被切成了鱼片。只需用筷子一拨,再一夹,一片生嫩——用广东话来说,应该是生猛吧——的鱼片就能纳入口中了。

我怎么办呢?我的心直跳,眼直瞪,手直颤,唇直抖。我行年八十,生平面临的考验,多如牛毛,而且五花八门,种类繁多。但是,今天这样的考验,我却还没有面临过而且连梦想也没有想到过。我鼓足了勇气,拿起了筷子,手哆里哆嗦地,把筷子伸向鱼身,拨出了一片鱼肉,正想往嘴里放时,鱼忽然把尾巴摇了摇,双鳍摆了摆,瞪大了眼睛，张开了嘴巴。这一切好像都是对着我来的。我的心跳动得更厉害了。我不能也不敢再把鱼片放回原处。眼睛一闭，狠心一下，硬是把鱼片塞进嘴内。鱼片究竟是什么滋味，大家可以自己想象了。

可是，好客的主人却偏偏要遵照当地人民的习惯，一定要把盛鱼的瓷盘改动位置，一定要让鱼头对准座上的主宾，就今天来说，当然就是我了。这真是火上加油，"屋漏偏遭连夜雨，船破又遇打头风"。我心情迷离，神志恍惚，怵然、悚然、怆然、怂然、悴然、惘然无所措手足，一下子沉入梦幻之中……

我听到这一条仅仅剩下头和尾巴的鱼最初是慢声细气地开口对我说话了："你可知道，你们人是从鱼变来的吗？我们鱼类，本领也是异常惊人的。我们一条鱼一下子就能够下子成千上万；如果没有什么东西遏制我们，用不了多少时间，我们鱼就能够把世界上的江、河、湖、海统统填满。你们人有什么本领呢？不知道是你们走了什么后门，让造化小鬼把你们变成了人，我们则是千万年以来，毫不进化，仍然留在水里，当我们的鱼类。我们并没有闹情绪，找领导，闹而优则人。我们是正派的，正直的，乐天知命的。既然命定为鱼，我们就顺顺从从，任人宰割。我们自我感觉良好，从无非分之想，我们本来是鱼嘛！"

我毛骨悚然，屁股下面发热，有点坐不住了。我以为鱼已经把话说完了呢。然而不然。鱼摇了两下尾巴，张了张嘴，又说了起来："可你们人真也太损了，你们的花样真也太多了。你们在勾心斗角之余，把心思全用在吃上。德国人心眼稍微好一点，他们的法律不允许把活着的鱼带回家。日本人吃生鱼片，已经可以说花样翻新了。可是你们中国人呢，以这样一个聪明伟大的民族，早年奋发图强，对世界文化做出过卓越的贡献。后来就渐渐地劲头不够了，专门讲究吃喝，还美其名曰饮食文化。这也罢了，可你们把闹派系的本领也用到饮食上来。全国分成了京、鲁、川、粤、湘、苏等等不知道多少菜系。这也罢了。可你们不知道从哪里来的一股劲,专跟我们鱼类干上了。哪一个菜系也不放过我们,而且还是煎、炸、煮、炒、涮、烹、腌、烤,弄得我们狼狈不堪,魂不守舍。最可怕的是四川的干烧,浑身是辣椒,辣得我们的魂儿都喘不过气来。这一些你都知道吗?"

我喘了一口气,以为鱼的训话已经结束。正当我伸出筷子想夹住最后一片鱼片的时候,鱼的嘴张得更大了,声音也更提高了,又说了下去:"在延吉这里,你们这些人不知道从哪里来了这样一股邪劲,非要让我们完全活着,神志完全清醒,把我们的鳞皮揭开,把我们身上正面反面的肉都切成了一片一片的,再把鳞皮盖上,宛然是一条活而整的鱼,端到饭桌上来,先让你们这些外地来的乡巴佬,瞪大了眼睛,大大地吃上一惊,然后再怀着胆怯、兴奋、好奇而又愉快的心情,在主人的'请!请!请!'的催促下,一齐伸出了筷子。我瞪着眼,摇着尾巴,摆动双鳍,以示抗议,可我发不出声音。难道只有看到我眼瞪、尾摇、嘴巴张,你们咀嚼着我的肉才觉得香吗?你们这是一种什么心理呀!你要告诉我!否则,即使你把我的残骸做成了酸辣汤,我也是不能瞑目的!"

听着、听着,我完全吓呆了,我一句话也说不出来,而别人正吃风甚健,然而这一条鱼却不给我留一点情面,它穷追不舍;它喝道:"你可是说话呀!"

"你可是说话呀!"

"你可是说话呀!"

我浑身觳觫,脸上流汗,双腿发抖,心里打鼓,茫然,悯然,不知所措,我只有低头沉思,潜心默祷,又陷入了梦幻中:"鱼呀!你今生舍身饲人,广积阴德。涅槃之后,走入六道轮回,来生决不会再托生成鱼,而定是转生成人。'二十年后,又是一条好汉。'等我庆祝百岁诞辰时,一定再来延吉。那时,我请你吃饭,无论如何也不会再把你前生的同类活蹦乱跳地端到饭桌上来了。呜呼！今生休矣，来生可卜。阿门！拜拜！你安息吧！"

沉思完毕，心情怡悦，一下子走出了梦幻，跟着延吉的主人，走出饭店，汇入花花世界的人间，兴致盎然，欣赏我毕生八十一年从未见过的延吉的风情。

1992年8月6日

延吉风情

延吉是一个好地方,好到难以想象;但又是一个怪地方,怪到不易理解。

天好,地好,人好,一切都好,难道还不是一个好地方吗?这个一说,大家就懂。

但是为什么又怪呢?这必须多啰唆几句,否则别人会觉得,不是地方怪,而是我这人有点怪了。

延吉是一个非常小的城市,人口只有三十万,远远赶不上我所住的北京的海淀区。但是这里的出租汽车却有一千二百辆,在所有的马路上,风驰电掣,一辆接一辆,多似过江之鲫,人均占有量全国第一。这难道还不算怪吗?但是怪劲还没有完。你站在马路旁一秒钟,最多一分钟,不用思索,随意一招手,必然会有一辆出租车停在你眼前。二话甭说,开门上车,不管路远路近,只要不出市区,一律五元。路近,司机(其中有不少是妙龄女郎)当然不会厌烦;路远,司机也处之泰然，不说半句怨言，连眼都不会眨一眨。司机从来不问是到什么地方去。一上车，座客指挥，司机遵命，一言不发。一下车，五元钞票一递，各走各的路，仍然是一言不发，皆大欢喜，天下太平。

说到乘出租汽车，我也可以说是一个老行家了。在许多城市，我都乘坐过出租车。香港是规规矩矩的，无可指摘。在深圳，在广州，在北京，你有急事，站在马路旁边，"望尽千车皆不是，市声喧腾单车流"。偶尔有空车驶过，如果司机先生想回家吃饭，或者别的公干，或者兴致不高，你再拼命招手，他仍置若罔见，掉首不顾，一溜烟驶了过去。忽然有车停下，你正心花怒放，在深圳和广州，有的司机可能问你是付人民币还是付港币。如果是前者，他仍然是一溜烟驶走。有的司机先问到哪里去，太近不行，太远也不行。不远不近，得乎中庸，勉强成交，心中狂喜。如果你真有急事，急得像热锅上的蚂蚁，又适逢非中庸之道，或者时间不合适，则你无论怎样向司机恳求，也是无济于事，"禅心已作沾泥絮，不逐车风历乱飞"，司机都成了参禅的大师。勉强上了车，有计程器，偏又不用，到了目的地，狠狠地敲你一下竹杠。老百姓的口头语说："听诊器，方向盘，人事干部，售货员"，都是惹不起的人物，难道其中就没有一点道理吗？

反观延吉的出租汽车，你能说他们的道德水平不高吗？可是，在"滔滔者天下皆是也"的氛围中，你能说他们不"怪"吗？

但是，我凭空替他们担起心来。人口这样少，而汽车又这样多，他们会不会赔钱呢？我怀着疑虑的心情，悄悄地问过一个出租汽车司机，每个月能挣多少钱。他回答说："三四千元。"我相信他说的是真话，说不定还打了点埋伏。

接着又来了问题：一千二百个出租汽车司机，每人每月挣三四千元，加起来是一个相当庞大的数目。延吉人能出得起这么多钱吗？延吉朋友告诉我过，这里工业并不发达，农业也非上乘，按理说延吉人不应该太富。可是,你别慌,这个朋友一转口又告诉我,延吉人几乎口袋里都有钞票。这就够了。若问此钱何处来?据说都是正当途径。详情就用不着我们多管了。反正延吉人口袋里有钱,这是事实。

他们有钱,还表现在另一个方面。三十万人口的一个小城,竟有卡拉OK一百二十家,还有二十家在筹建中。另有人告诉我,城中类似卡拉OK的茶馆、咖啡馆之类,有四百家。不管怎么说,延吉在这方面又占全国第一了。朝鲜族十分重视文化教育,文化水平可能列全国榜首。他们能歌善舞,名闻华夏神州。他们据说又善于花钱。不是有人提倡过能挣会花吗?我认为,延吉人算是做到了。由于以上种种原因,延吉卡拉OK人均数在全国拿了金牌,不是很自然的吗?

与上面说到的两件事有联系的,延吉人还有一个全国第一,这就是喝啤酒。喝啤酒原是欧风东渐的结果。啤酒这玩意儿大概真是有不可思议的魔力。一传到中国——世界其他地方也一样——立即以排山倒海之势独占酒类鳌头,人们饮之如琼浆玉液。全国皆然,非独延吉。然而别的地方喝,论杯,论"扎",至多论瓶。在这里则是非杯,非"扎",非瓶,而是论箱,每箱二十四瓶。看了这情况,即使是酒鬼的外乡人,也必然退避三舍,甘拜下风,而非酒鬼如我者竟至舌翘不下,眼睛不闭,吓得魂儿快要出窍了。我在世界啤酒之乡德国呆过十年。那里的啤酒不比水贵多少,人们喝起来皆比喝水多得多。我自以为天下之最盖在此矣。这次到了延吉,才知道自己竟是一只井蛙。

我们在天山宾馆吃晚饭时,邻近有一桌客人,男的六七个,女的三四个,说中国话,并非老外。我们进去的时候,他们已吃喝起来。我们吃完走时,他们还在吃喝。喝啤酒时真是"饮如长鲸吸百川",气势磅礴。桌上酒瓶林立,桌旁空箱两只。喝到什么时候,地上空箱摞起多高,只有天知道了。我做了一夜啤酒梦。

我在上面讲了延吉的三个全国第一。你能说这不怪吗?

但是,"怪"字是一个中性词,决不等于"坏"字。在延吉,我毋宁说,这里怪得可爱,怪得可钦可敬。有的地方怪得简直像是小说中的君子国。我觉得,这三怪的背后隐藏着一种非常深刻的意义,它们是与我开头说的"好"字紧密相联的。这里的人热情豪爽,肝胆相照。我走过全国不少的少数民族地区。在那里,汉族成了少数民族。尽管一般说起来,汉族同当地人相处得还不错,有的好一点,有的差一点,可是达到水乳交融水平的,毕竟极为稀见。一到延边,我就向几个朝鲜族朋友问起这个问题,他们说毫无问题,汉朝两族毫无芥蒂。我又向几个汉族朋友问起这个问题,他们也说毫无问题,朝汉两族亲如兄弟。尽管语言不同,绝大多数的人都使用两种语言。彼此共事,民族界限早已泯灭,他们只感到同是中华民族,而不感到是朝鲜族或汉族。

我们此行虽然短促,但确实交了许多朋友。在我的潜意识里,只有朋友,而没有什么汉族朋友,什么朝鲜族朋友之分。延吉这个地方,我永远不会忘记。延吉的朋友们,我永远不会忘记。我遥望东天,为他们虔诚祝福!

我开头说,延吉是个好地方。谁还会怀疑我这句话的真实性呢?

1992年8月5日

美人松

我看过黄山松,我看过泰山松,我也看过华山松。自以为天下之松尽收眼中矣。现在到了延边,却忽然从地里冒出来了一个美人松。

我年虽老迈,而见识实短。根据我学习过的美学概念,松树雄奇伟岸,刚劲粗犷,铁根盘地,虬枝撑天,应该归入阳刚之美。而美人则娇柔妩媚,婀娜多姿,应该归入阴柔之美。顾名思义,美人松是把这两种美结合起来的。两种截然相反的东西,竟能结合在一起,这将是一种什么样子呢?

我就这样怀着满腹疑团,登上了驶往长白山去的汽车。一路之上,我急不可待,频频向本地的朋友发问:什么是美人松呀?美人松是什么样子呀?路旁的哪一棵树是美人松呀?我好像已经返老还童,倒转回去了七十年,成了一个充满了好奇心的顽童。

汽车驶出了延吉已经一百七十多公里。我们停下休息,在此午餐。这个地方叫二道白河，是一个不大的小镇。完全出我意料，在我们的餐馆对面，只隔着一条马路，有一小片树林，四周用铁栏杆围住，足见身份特异。我一打听，司机师傅漫应之曰："这就是美人松林，是全国，当然也就是全世界唯一的一片美人松聚族而居的地方，是全国的重点保护区。"他是"司空见惯浑闲事"，而我则瞪大了眼睛，惊诧不已：原来这就是美人松呀！

我的疲意和饿意，顿时一扫而空。我走近了铁栏杆，把全身的神经都集中到了双眼上，原来已经昏花的老眼蓦地明亮起来，真仿佛能洞见秋毫。我看到眼前一片不大的美人松林。棵棵树的树干都是又细又长，一点也没有平常松树树干上那种鳞甲般的粗皮，有的只是柔腻细嫩的没有一点疙瘩的皮，而且颜色还是粉红色的，真有点像二八妙龄女郎的腰肢，纤细苗条，婀娜多姿。每一棵树的树干都很高，仿佛都拼着命往上猛长，直刺白云青天。可是高高耸立在半空里的树顶，叶子都是不折不扣的松树的针叶，也都像钢丝一般，坚硬挺拔。这样一来，树干与树顶的对比显然极不协调。棵棵都仿佛成了戴着钢盔，手执长矛，亭亭玉立的美女：既刚劲，又柔弱；既挺拔，又婀娜。简直是个人间奇迹，是个天上神话，是童话中的侠女，是净土乐园中的将军。……我瞪大了眼睛，失神落魄，不知瞅了多久，我瞠目结舌，似乎要喘不过气来了。

因为我看到这些树实在都非常年轻，问了一下本地的主人。主人说：这些树有的是一二百年，有的三四百年，有的年龄更老，老到说不出年代。反正几十年来，他们看到这里的美人松总是一个样子，似乎他们真是长生多术，还童有方。他们天天坐对美人松，虽然也觉得奇怪，但毕竟习以为常。但是，对我这样初来乍到的人来说，却只有惊诧了。

美人松既然这样神奇，极富于幻想力的当地老百姓中，就流传起来了一段民间传说：当年，在抗日战争最艰苦的时期，杨靖宇将军率领着抗日联军，与顽敌周旋在长白山深山密林中。在一次战略转移中，一位

227

女护士背着一个伤病员,来到了一片苍秀挺拔的松树林中,不幸与敌人遭遇。敌我人数悬殊,护士急中生智,把伤病员藏在一个杂树荫蔽的石洞中,自己则向相反的方向跑去。敌人把她包围起来。她躲在一棵松树后面,向敌人射击。敌人一个个在她的神枪之下倒地身亡。最后的子弹打光了,她自己也受伤流血。她倚在一棵高耸笔直的松树后面,流尽了自己最后一滴血。从此以后,血染的松树树干就变成了粉红色。……

这个传说难道不是十分壮烈又异常优美吗?难道还不能剧烈地拨动每一个人的心弦吗?

然而对一个稍微细心的人来说,其中的矛盾却是太显而易见了。美人松的粉红色的树皮,百年,千年,万年以前,早已成为定局。哪里可能是在五六十年前才变成了粉红色的呢?编这一段故事的老百姓的心情,是完全可以理解的。我也宁愿相信这一个民间传说。但是,我在上面提到的那一不大不小的矛盾,实在是太明显了,即使相信了,心也难安,而理也难得。

我苦思苦想,排解不开,在恍惚迷离中,时间忽然倒转回去了数千年,数万年,说不清多少年。我进入了一场幻觉,看到了长白山下百里松海的大大小小的、老老少少的松树们聚集在一起开会。一棵万年古松当了主席,议题只有一个,就是向长白山土地抗议:为什么他们这一批顶撑青天碧染宇宙的松树,只能在长白山脚下生长,连半山都不允许去呢?这未免太不公平,太不合理了。于是悻悻然,愤愤然,群情激昂,决议立即上山。数百万棵松树,形成大军,以排山倒海之势,所向无前之威,棵棵奋勇登山,一时喧声直达三十三天。此时山神土地勃然大怒,咒起了狂风暴雨,打向松树大军。大军不敌,顷刻溃败,弃甲曳兵,逃回山下。从此乐天知命,安居乐业,莽莽苍苍,百里松海,一直绿到今天。

众松中的美人松,除了登山泄忿的目的以外,还有一点个人的打算。她们同天池龙宫的三太子据说是有宿缘的。她们乘此机会，奋勇登山，想一结秦晋之好，实现万年宿缘。然而，众松溃退，她们哪里有力量只身挺住呢？于是紧随众松，退到山下，有几棵跑得慢的，就留在了长白山下百里松海之中，错杂地住在那里。树数不多但却占全部美人松大部分的，一气跑了下去，跑到了离开了长白山已经一百多公里的二道白河，煞住了脚，住在这里了。她们又急、又气、又惭、又怒，身子一下子就变成了粉红色。……

我正处在幻觉中，猛然有一阵清风拂过美人松林，簌簌作响，我立即惊醒过来。睁眼望着这一些真正把阴柔之美与阳刚之美融合得天衣无缝的秀丽苗条的美人松，不知道应该作何感想。美人松在风中点着头，仿佛对我微笑。

1992年7月30日草稿写于延吉
1992年8月9日定稿于北京燕园

后记：写这一篇短文，实出于延边大学王文宏女士之启示。如果没有她的启示，我也许根本不会写的。如果不写这一篇，《延边行》的其余四篇也许根本写不出来。以表心感。

观天池

长白山天池真可谓"大名垂宇宙"矣。我们此次冒酷暑，不远数千里，飞来延吉，如果说有一个确定不移的目的的话，那就是天池。

我们早晨从延吉出发，长驱二百三十公里，马不停蹄，下午到了长白山下的天池宾馆。我们下车，想先订好房间，然后上山。但是，宾馆的主人却催我们赶快上山，因为此时天气颇为理想，稍纵即逝，缓慢不得，房间他会给我们保留下来的。

宾馆老板的话是非常有道理的。长白山主峰海拔二千六百九十一米，较五岳之尊雄踞齐鲁大地的泰山还要高一千多米。而天池又正在山巅，气候变化无常。延边大学的校长昨天告诉我，山顶气候一天二十四变。换句话说，也就是一个小时变一次。而实际情况还要比这个快，往往十几分钟就能变一次。原来是丽日悬天，转眼就会白云缭绕，阴霾蔽空。

此时晶蓝浩瀚的天池就会隐入云雾之中，多么锐利的眼睛也不会看见了。据说一个什么人，不远万里，来到天池，适逢云雾，在山巅等了三个小时，最终也没能见天池一面，悻悻然而去之，成为终生憾事。

我们听了宾馆主人的话，立即鼓足余勇，驱车登山。开始时在山下看到的是一大片原始森林。据说清代的康熙皇帝认为长白山是满洲龙兴之地，下诏封山，几百年没有开放，因此这一片原始森林得到了最妥善的保护。不但不许砍伐树木，连树木自己倒下，烂掉，也不许人动它一动。到了今天，虽然开放了，树木仍然长得下踞大地，上撑青天，而且是拥拥挤挤，树挨着树，仿佛要长到一起，长成一个树身，说是连兔子都钻不进去，决非夸大之词。里面阔叶、针叶树都有，而以松树为主，挺拔耸峭，葱茏蓊郁，百里林海，无边无际，碧绿之色仿佛染绿了宇宙。

汽车开足了马力，沿着新近修成的盘山公路，勇往直上。在江西庐山是"跃上葱茏四百旋"。但是庐山比起长白山来直如小丘。在这里汽车究竟转了多少弯，至今好像还没有人统计过。我们当然更没有闲心再去数多少弯。但见在相当长的行驶时间内是针阔混交的树林。到了大约一千一百米以上，变成了针叶林带。到了一千八百米至二千米的地方，属于针叶的长白松突然消逝，路旁一棵挺起身子的高树都见不到了。一片岳桦林躬着腰背，歪曲扭折，仿佛要匍匐在地上，不敢抬头。尖劲的山风，千万年来，把它们已经制得服服帖帖，趴在地上，勉强苟延残喘，口中好像是自称"奴才"，拜倒在山风脚下连呼"万岁"了。

此时，我们已经升到海拔二千米以上，比泰山的玉皇顶还要高出五六百米。以"爬山虎"著称的北京吉普车，也已累得喘起了粗气。再一看路旁，连跪在地上的岳桦林也一律不见。看到的只有死死抓住石头的青草，还是一片翠绿。但是它们也没有一棵敢向高处长的，都是又矮又粗，低头奋力伏在石头上。看来长白山狂猛的山风连小草也不放过。

小草为了活命,也只有听从山风的命令了。看样子,即使小草这样俯首帖耳,忍辱负重,也还是不行的。再往上不久,石头上光秃秃的,连一根小草的影子再也不见。大概山风给小草规定下的生命地界已经到了极限。过此往上,一切青色的东西全皆不见。此处是山风独霸的天下,在宇宙间只许自己在这里狂暴肆虐,耀武扬威了。

既然山上已一无可看,我们就往山下看看吧。近处是壁立万仞,下临无地,看了令人不由得目眩股栗,赶快把眼光投向远方。大概我们宾主五人都积了善有了余庆。我们都交了好运,天气是无比地晴朗。千里松海,尽收眼底,令人逸兴遄飞,心旷神怡。回望背后群山,山背阴处,盛夏犹有积雪。长白山真不愧"长白"之名。

可是,真出我们意想之外,汽车出了毛病,发动机忽然停止工作了,火再也打不着。司机连忙下车,搬来大石块,把车后轮垫牢。否则车一滑坡,必然坠入万丈深谷,则我们和车岂不就成了齑粉了吗?我确定有点慌了起来;但司机却说:汽车患了"高山反应症",神态自若。我真有点摸不清,他说的究竟是真话,还是笑话?但见他从容不迫,把车上的机器胡鼓捣了一阵,忽然"砰"的一声,汽车又发动起来了。我的心才又回到腔子里。汽车盘旋上山,皆大欢喜。

真正到了山顶了,我急不可待,立即开门想下车。别人想拦住我,但没有拦得住,连忙给我把制服上衣穿上,车门刚开了一个小缝,一股刺骨的寒风立即狂袭过来。原来山下气温是摄氏三十二三度,而在这里,由于没有寒暑表,不敢乱说,根据我的感觉,恐怕是在十度以下。我原以为是个累赘一点用处也没有的毛衣,这时却成了至宝。我忙忙乱乱地把它穿在制服外面,别人又在我身上蒙上了一件风雨衣。这样一来,上半身勉强对付;但是我头顶上的真正的纱帽却不行了。下面的裤子也陡然薄得如纸。现在能有一件皮袄该多好呀!我浑身抖抖簌簌,被三个年轻人架住双臂,推着背后,踉踉跄跄,向前迈步。山风迅猛,刺入骨髓。别提我有多么狼狈了。有人拍了一张照片，我自己还没有看到。我想，那将是我一生最为可笑的一张照片了。

但是，我的苦难历程还没有完结。我虽然已经站在我渴望已久的天池边上，却还看不到天池，一座不高不低的沙堆挡住了我们的去路。我此时实在已经是精疲力尽，想躺倒在地，不再动弹。但是，渴望了几十年，又冒酷暑不远数千里而来，难道竟能打退堂鼓功亏一篑吗？当然不行！我收集了我的剩勇，在三个年轻人的连推带拉之下，喘着粗气，终于爬上了沙丘。此时，天空虽然黑云未退，蓝色的天池却朗朗然呈现在我的眼前。

啊，天池！毕生梦寐以求，今天终于见到你了。

天池实际水面高程为二千一百九十四米，最大水深三百七十三米，是我国最高最深的淡水湖。有诗写道："周回八十里，峭壁立池边。水满疑无地，云低别有天。"池周围屹立着十六座高峰，峰巅直刺青天，恐怕离天连三尺都不到。时虽盛夏，险峰积雪仍然倒影池面。白雪碧波，相映成趣。山风猎猎，池面为群山所包围，水波不兴，碧平如镜。真是千真万确的大好风光，我真是不虚此行了。

但是，我一下子就想到了盛名播传四海的天池水怪。在平静的碧波下面，他们此时在干些什么呢？是在操持家务呢？还是在开会？是在制造伪劣商品呢？还是在倒买倒卖？是在打高尔夫球呢？还是在收听奥运会的广播？是在品尝粤菜的生猛海鲜呢？还是在吃我们昨天在延吉吃的生鱼片？……问题一个个像联成串的珍珠，剪不断，理还乱。有人拍了一下我的肩膀，我蓦然醒了过来，觉得自己真仿佛是走了神，入了魔，想入非非，已经非非到可笑的程度了。我擦了擦昏花的老眼：眼前天池如镜，群峰似剑。山风更加猛烈，是应该下山的时候了。

我们辞别了天池，上了车，好像驾云一般，没有多少时间，就回到了山下。顺路参观了著名的长白瀑布，品尝了在温泉水中煮熟的鸡蛋，在暮霭四合中,回到了天池宾馆。

吃过晚饭,躺在床上,辗转反侧,无论如何也难以入睡。在朦朦胧胧中,我仿佛走出了宾馆。不知道怎么一来,就到了长白山巅,天池旁边。此时群山如影,万籁俱寂。天池水怪纷纷走出了水面,成堆成堆地游乐嬉戏,或舞蹈,或唱歌,或戏水,或跳跃,一时闹声喧腾,意气飞扬。我听到他们大声讲话:

"你看这人类多么可笑!在普天之下,五湖四海,争名夺利,勾心斗角,胜利了或者失败了,想出来散散心,不远千里,不远万里,冒着生命危险,来到我们这里,瞪大了贪婪罪恶的眼睛,看着天池;其实是想看一眼被他们称为'天池怪兽'的我们。我们偏偏不露面,白天伏在深水里,一动也不动。看到他们那失望的目光,我们真开心极了!"

"我们真开心极了!"

"我们真开心极了!"

"万岁!"

"乌拉!"

此时闹声更喧腾了,气氛更热烈了——

"还有人居然想给我们拍照哩!"

"听说已经有人把照片登在报纸上了!"

"这两天又风风火火地谣传:一家电视台悬赏万金,要拍我们的照片哩!"

"真是活见鬼!"

"真是活见鬼!"

"谁要是让他拍了照,我们决定开除他的怪籍,谁说情也不行!"

"万岁!万岁!"

"乌拉!乌拉!"

此时喧声震天,波涛汹涌。我吓得浑身发抖,不知所措。赶快撒腿就跑，一下子跑到了宾馆的床上。定一定神，才知道自己刚才做了一个梦。

第二天一大早，我们就在晨光熹微中离开了天池宾馆。临行前，我曾同李铮到原始森林的边缘上去散了散步，稍稍领略了一下原始森林的情趣。抬头望着长白山顶，向天池告别。我相信，我还会回来的。但是，我向天池中的怪兽们宣誓：我决不会给他们拍照。

1992年8月8日
写于北京大学燕园